D1872598

Géza von Cziffra

Dr. Martin Ottler, Mitläufer

Originalausgabe

Géza von Cziffra

Dr. Martin Ottler, Mitläufer

Roman

lambda dossier No. 3

Der Autor

Géza von Cziffra, geboren am 19. Dezember 1900 im ungarischen (heute rumänischen) Arad, begann seine künstlerische Laufbahn als preisgekrönter Lyriker. 1918 kam er als Flüchtling nach Wien, wo er zunächst als Journalist arbeitete, bis er beim Film landete – erst als Dramaturg, dann als Drehbuchautor. Zu den über 60 Skripts gehören so berühmte wie «Es war eine rauschende Ballnacht» und «Der weiße Traum», der unter seiner Regie zum größten Schwarzweiß-Film-Erfolg Deutschlands wurde. Unter den über 70 Spielfilmen, bei denen Cziffra Regie führte, befinden sich so sprichwörtliche Titel wie «Die dritte von links» und «Nachtschwester Ingeborg». Mit mehr als 30 schriftstellerischen Arbeiten ist Cziffra auch als Autor hervorgetreten, dem u.a. selbst von der FAZ höchstes Lob gezollt wurde.
In fünfter Ehe verheiratet, lebt Géza von Cziffra heute im bayerischen Dießen am Ammersee.

1. Auflage Oktober 1988

© 1988 Lambda Edition Verlags-, Druck- und Vertriebsges. mbH, Hamburg
Redaktion: Gunther Angerstein, Robert Forst
Titelgestaltung: Lambda Edition GmbH, Hamburg
Satz: PC-SATZ&LAYOUT, Hartmut Bauer, Hamburg
Druck und Bindung: Ueberreuter, Korneuburg/Österreich
Printed in Austria, 1988

ISBN 3-925495-25-8

1

Der Mann auf dem Rednerpodium trug einen etwas komischen, gestutzten Oberlippenbart, der Martin an das Bärtchen eines amerikanischen Filmkomikers erinnerte, den er einmal mit seinem Vater in Berlin in einem kurzen Film gesehen hatte. Der Komiker mit den traurigen Kulleraugen, dessen Name ihm nicht mehr einfiel, trug einen steifen Hut und ausgetretene, viel zu große Schuhe, die ihn zwangen, wie eine Ente zu watscheln. Er spielte dauernd mit einem elastischen Bambusstäbchen, das er immer wieder auf den Boden drückte und dann hochschnellen ließ.

Martins Vater, sonst ein ernster Mann, Doktor der Medizin, lachte sich krumm über den kleinen Mann und schlug sich dabei einigemal vergnügt auf die Schenkel. Martin amüsierte sich weniger. Er fand den unglücklichen kleinen Mann, dem am laufenden Band irgendein Mißgeschick zustieß, eher bedauernswert. Aber er schien mit seiner Meinung im Kino allein zu sein. Die anderen Zuschauer brüllten vor Lachen.

Der Mann auf dem Rednerpodium hatte kein Stöckchen bei sich. Dafür ließ er manchmal seine Stimme fallen – und dann wieder hochschnellen, wie der Filmkomiker sein Bambusspielzeug. Er trug auch keinen steifen Hut; unbändige Locken fielen ihm in die Stirn, und Martin konnte nicht entscheiden, ob er komisch oder gefährlich aussah.

Die Stimme des Mannes hatte einen angenehmen, sonoren Klang. Mit dieser Stimme zog der Redner seine Zuhörer in den Bann. Hingebungsvoll hörte man ihm zu, und mit aufgerissenen Augen hingen die Menschen an seinen Lippen, als würden sie dem Messias lauschen, der gerade das Evangelium verkündet. Auch Martin, der mit seinen eigenen Gedanken beschäftigt war und kaum zuhörte, ertappte sich dabei, von der Stimme gefangengenommen zu werden. Diese Stimme sagt die Wahrheit, mit so einer Stimme lügt man nicht – und er beschloß, von nun an genau zuzuhören.

Martin Ottler war bisher noch nie bei einer politischen Versammlung gewesen, obwohl er dazu in seiner Geburtsstadt Berlin reichlich Gelegenheit gehabt hätte. In den politischen Wirren der Nachkriegszeit wimmelte es von Parteien, und es verging kein Tag ohne Versammlungen oder Kundgebungen. Martin besuchte die oberste Klasse eines Gymnasiums und war noch voll auf die Schule konzentriert, aber viele seiner Freunde waren schon von politischen Ideen angesteckt oder plapperten nach, was ihre Väter sagten.

Martins Vater sagte gar nichts. Dr. Hermann Ottler war ein völlig unpolitischer Mensch, ein Arzt aus Leidenschaft, der sich nur für seine Patienten interessierte. Und für seine Familie: für seine Frau Selma, die Kinder Martin und Claudia.

Nicht, daß er blind durch die Welt lief und die Ungerechtigkeiten um sich herum nicht gesehen hätte. Er sah das soziale Elend eines Teils seiner Patienten, die steigende Zahl der Arbeitslosen, die steigenden Lebensmittelpreise, die hungernden Menschen, die Machtlosigkeit der Massen. Er rebellierte innerlich gegen die Mächtigen, aber nicht etwa gegen die regierenden Parteien. Die anderen würden es auch nicht besser machen, und er beklagte die Unzulänglichkeiten des einzelnen Menschen.

«Die Menschen sind unregierbar und unfähig zu regieren», pflegte er zu sagen, wenn er sich manchmal in seiner Skatrunde dazu hinreißen ließ, über Politik zu sprechen. «An unserem Elend ist Kaiser Wilhelm genauso schuld wie die Millionen, die ihm in den Krieg gefolgt sind. Oder die Alliierten, die uns jetzt die Haut abziehen. Eine Welt ohne Politiker wäre viel schöner.»

Begreiflich, daß Dr. Ottler bei dieser Haltung nie zur Wahl ging. Er weigerte sich, seine Stimme einer bestimmten Partei zu geben. «Ich will mich nicht mitschuldig machen», waren seine Worte.

Sein Sohn schnappte hie und da diese Sentenzen auf, ohne weiter über sie nachzudenken. Und auf sie angesprochen, ließ er sich niemals auf Debatten ein; er wußte, ihm fehlten das Vokabular und auch der Zusammenhang der väterlichen Gedankensplitter für eine glaubhafte Argumentation. Wenn seine Mitschüler sich über politische Fragen stritten, zuckte er nur die Achseln und ging weiter.

Martins Mutter war gebürtige Münchnerin, und ihr Bruder Clemens besaß ein kleines Familienhotel in Garmisch–Partenkirchen, den Wallnerhof. Jahr für Jahr lud Clemens Wallner die Familie seines Schwagers zu sich ein, Martins Weihnachtsferien gemeinsam in Garmisch zu verbringen, aber die Ottlers schlugen die Einladung mit der gleichen Regelmäßigkeit aus. Dr. Ottler wollte seine Patienten nicht für so lange Zeit im Stich lassen. Erst in diesem Jahr, da Martin kurz vor dem Abitur stand und bis dahin ausgezeichnete Zeugnisse aufweisen konnte, überredete Dr. Ottler seine Frau, die Einladung ihres Bruders anzunehmen, und mit Martin und Claudia nach Garmisch zu fahren. «Die Bergluft wird euch guttun, und für Isa wird es auch erholsam sein, mal nicht vier Personen versorgen zu müssen. Und vergeßt nicht, den Professor zu grüßen.»

Isa war die Köchin, die seit Martins Geburt in der Lützowstraße in Diensten der Ottlers stand. Sie war nicht mehr jung, doch immer noch ziemlich robust. Jedenfalls war sie in den vergangenen achtzehn Jahren nicht dazu zu bewegen, Urlaub zu machen. Sie war fest davon überzeugt, daß während ihres Urlaubs die häusliche Ordnung zusammenbrechen würde.

Der Professor war ebenfalls ein Wallner, Frau Ottlers ältester Bruder Paul, der Ehrgeizigste in der Familie. Er war entschlossen gewesen, fleißig zu studieren, um es «zu etwas zu bringen». Während Clemens im Restaurant seines Vaters ausgeholfen und Selma als Krankenschwester gearbeitet hatte, hatte er, unter einigen Entbehrungen, die Universität besucht. Er bekam von seinen Geschwistern den Spitznamen «Professor» – und er wurde auch einer. Er unterrichtete an einem Münchner Gymnasium und verbrachte die Ferien immer bei seinem Bruder Clemens.

Clemens Wallner wohnte nicht in seinem Hotel. Er besaß, nur zweihundert Meter vom Wallnerhof entfernt, ein einstöckiges kleines Haus. Hier hatte er mit Frau und Sohn bis vor einigen Jahren gelebt, aber seit seine Frau überraschend an Leukämie gestorben war, übernachtete er dort nur noch. Den Tag verbrachte er im Hotel. Nachdem in den letzten Kriegstagen sein Sohn in den Dolomiten gefallen war, hatte er beschlossen, das Haus zu verkaufen, doch dann fand er keinen Käufer, und seit der Inflation war er klug genug, nicht mehr verkaufen zu wollen.

Es lag schon viel Schnee am 24. Dezember in Garmisch, als die Ottlers nach einer langen Reise abends eintrafen. Sie wurden von Clemens mit dem Hotelschlitten abgeholt und fuhren mit fröhlichem Glockengeläut auf den Berghang hinauf, vorbei an kleinen freundlichen Häusern, mit helleuchtenden Fenstern. Besonders Claudia war von der Anmut des bayerischen Baustils beeindruckt. «Schöner als in der Lützowstraße!» seufzte sie entzückt.

Im ersten Stock, wo auch der Professor wohnte, bekam jeder ein Zimmer zugewiesen, mit herrlichem Blick auf die verschneiten Berge.

Im Wohnzimmer stand ein großer Weihnachtsbaum, den Clemens selbst im Wald ausgesucht hatte. Der buntgeschmückten Baum reichte bis zur Decke des hohen Raumes und war etwa dreimal so hoch wie die Christbäume in der Lützowstraße. Auch die Geschenke waren reichlicher. Mutter Selma erhielt ein Dirndlkleid und einen mit Pelz gefütterten Kamelhaarmantel, Onkel Paul ein Buch – ‹Hetärengespräche› von Pietro Aretino – Martin und Claudia je ein Paar norwegische Skier, Anoraks, Hosen und Skischuhe. Die Schuhe waren leider nach bayerischen Maßstäben ausgesucht worden und viel zu groß.

«Morgen früh geht ihr zum Schuster Fiala, der tauscht sie euch um», tröstete Clemens die Kinder.

«Morgen ist alles zu», meinte seine Schwester.

«Nicht für den Toni. Mit ihm kommt ihr beim Fiala durch den Hintereingang herein.»

Beim Abendessen lernten sie Toni kennen – mit vollem Namen Anton Buchfellner junior. Er saß mit ihnen zusammen an einem festlich gedeckten Tisch des Restaurants vom Wallnerhof, wo die Familie zu ziemlich später Stunde, nachdem die Gäste schon bedient worden waren, einen vorzüglichen Gänsebraten serviert bekam.

«Meine linke Hand», stellte Clemens ihn vor und klopfte ihm liebevoll auf die Schulter. In Wirklichkeit war Toni, der vier Jahre älter war als Martin, Clemens Wallners rechte Hand, wie sich später herausstellte. Er schmiß den Laden und war so was wie ein Juniorchef. Toni füllte die Stelle aus, die Clemens seinem gefallenen Sohn zugedacht hatte.

Clemens war mit Tonis Vater befreundet. Als Kinder wohnten sie im selben Haus in der Amalienstraße in München, und bis zur Mittleren Reife besuchten sie dieselbe Schule. Dann trennten sich ihre Wege. Anton Buchfellner ging in die Schlosserlehre, später wurde er bei der Reichsbahn angestellt, und in kurzer Zeit rückte er zum Leiter der Reparaturwerkstatt auf. Clemens begann seine Laufbahn als Pikkolo in einem Caféhaus in der Leopoldstraße, durchlief alle Berufsstationen zukünftiger Hoteliers – mit dem Endziel: Hotel Wallnerhof.

Es war für Clemens selbstverständlich gewesen, daß er ohne zu zögern ja sagte, als Buchfellner senior ihn nach dem Krieg darum bat, Toni unter seine Fittiche zu nehmen und ihn zu einem perfekten Hotelier auszubilden. Clemens hatte seinen schnellen Entschluß nie bereut. Buchfellner junior entpuppte sich als ein außerordentlich fleißiger und tüchtiger junger Mann, der Charme besaß und im Umgang mit den Gästen sehr liebenswürdig sein konnte. Außerdem war er sehr sportlich, einer der besten Skiläufer von Garmisch und Umgebung, der bei manchen Rennen Preise einheimste. Dies trug natürlich zu seiner Beliebtheit bei, in einem Ort, dessen Einwohner die «Zugereisten» nur gern sahen, wenn sie bloß für kurze Zeit als Winter- oder Sommergäste blieben.

Clemens brachte ein großes Opfer, als er Toni jeden Vormittag freigab, damit er den Ottler-Kindern, die noch nie auf Skiern gestanden hatten, das Skilaufen beibringen konnte.

«Ich werde versuchen, dich an den Vormittagen würdig zu vertreten», sagte er scherzhaft. Dabei war ihm gar nicht zum Scherzen zumute, denn er wußte, allerhand Arbeit kam auf ihn zu.

Toni war ein guter Lehrer. Schon nach einem Tag Schneepflugübungen konnten Claudia und Martin den Berghang mit vorsichtigen Stemmbögen hinunterrutschen, und am vierten durften sie schon ziemlich hoch steigen, mit Hilfe von Fellen, die man ihnen unter die Skier gespannt hatte.

Samstag, beim Abendessen, erzählte Toni, daß er am Sonntag nach dem Skiunterricht nach München führe. Er hatte seinem Vater versprochen, an einer Versammlung der Partei teilzunehmen, der er und Buchfellner senior angehörten. Und er fragte Martin, ob er nicht Lust hätte mitzukommen.

«Gern», antwortete Martin. «München würde mich schon interessieren, die Versammlung allerdings weniger.»

«Ich muß aber hin, mein alter Herr besteht darauf.»

Buchfellner senior war ein großer, breitschultriger Mann, mit einem kantigen Gesicht und riesigen Händen, die kräftig zupacken konnten. Er saß im Sternecker-Bräu allein an einem Tisch und löffelte seine Leberknödelsuppe, als sein Sohn und Martin eintrafen. Wortlos drückte er beiden die Hand und aß weiter.

«Das war der kräftigste Händedruck meines Lebens.» Martin massierte sich die Finger, und auf dem Gesicht von Buchfellner senior zeigte sich der Anflug eines Lächelns.

Der Junior, der schon die Speisekarte betrachtete, fragte: «Wie ist die Suppe?»

Der Alte nickte stumm, aber anerkennend. Toni bestellte zwei Leberknödelsuppen und zwei Schweinshaxen. Schweigend wurden die Suppen verzehrt.

Danach fühlte Martin sich verpflichtet, eine Konversation zu eröffnen. «Was ist das für eine Partei, zu der wir heute hingehen?»

«Die meinige», erwiderte Buchfellner senior würdevoll, in knorrigem Bayerisch.

«Vater hatte 1919 mit einigen Kameraden von der Reichsbahn die Deutsche Arbeiter-Partei gegründet.»

Das Thema löste dem schweigsamen Senior die Zunge. «Also, der Gründer war eigentlich mein Freund, der Drexler Anton. Mir war'n am Anfang nur sechs Leit'ln, a Stammtisch, nix weiter. Als der Adolf zu uns kemma is, hot der die Parteinummer 7 kriagt und hot nachad ois auf'n Kopf g'stoillt.» Buchfellner widmete sich der Schweinshaxe, die inzwischen serviert worden war.

«Wer ist Adolf?» wandte Martin sich an Toni.

«Adolf Hitler. Hast du noch nie etwas von ihm gehört?»

«Ich kümmere mich nicht um Politik. Ich kenne kaum die Berliner Politiker, geschweige denn die bayerischen.»

«Adolf ist genial», verkündete der Senior mit einem klar ausgesprochenen «g».

«Er ist ein ausgezeichneter Organisator», sagte sein Sohn, «ein großartiger Redner. Und Ideen hat er auch. Er hat die DAP in Nationalsozialistische Deutsche Arbeiterpartei umbenannt. Mit den zwei Buchstaben NS hat die Partei auch für Nationalisten und Bürgerliche mit sozialer Denkungsart eine Anziehungskraft erhalten.»

«Do, im Sternecker-Bräu», mischte Buchfellner senior sich ein und kaute an seiner Schweinshaxe, «hot er unser Parteibüro aufg'macht, und diese zwoa Buchstaben, N und S, wirkten Wunder. Von do o strömten die Leit'ln zu uns. Es is dem Adolf zum danka, daß mir heit über fuffzigtausend Mitglieder san.»

Martin interessierte sich mehr für das saftige Stück Fleisch auf seinem Teller, als für diesen angeblich so genialen Politiker, der der DAP zwei neue Buchstaben beschert hatte, doch erkundigte er sich: «Findet die Versammlung heute abend hier statt?»

«Na, na, im Bürgerbräu. Wann der Hitler red't, is der Raum hier vui z'kloa für die Massen.»

Der Mann auf dem Rednerpodium mit dem komischen Oberlippenbart hieß also Adolf Hitler. Kaum, daß Martin beschlossen hatte, besser zuzuhören, fand er, in den im Ton des tiefsten Überzeugtseins vorgetragenen Thesen des Schnurrbärtigen, ein bestimmtes Gedankengut, das er aus den Schriften des Philosophen Johann Gottfried Herder bereits kannte. Hitler sprach viel von dem Einzelnen, der ein nichts war ohne sein Volk. Er gebrauchte Herder, ohne ihn zu nennen, mit großem Pathos: «Das Volk ist die natürliche Familie, ein in den Strom des göttlichen Willens gebetteter Organismus der Natur.»

Hitler warf den Kopf zurück und machte eine bedeutungsvolle Pause. Die Pose war eine Aufforderung zum Applaus, und er bekam ihn.

«Herder», flüsterte Martin Toni zu.

Toni blickte ihn verständnislos an. Er konnte mit dem Namen nichts anfangen.

«Das Volk ist naturgewollt, der Staat ist ein künstliches Gebilde, eine Herde, durch Gewalt zusammengepfercht.»

«Alles Herder», brummte Martin und versuchte es bei Buchfellner senior. «Das hat einer schon vor hundertfünfzig Jahren geschrieben. Ich kann Ihnen das Buch leihen.»

Aber der alte Buchfellner wollte kein Buch lesen, sondern Hitler hören, und winkte nur ab.

«Der Staat! Unser Staat! Woraus besteht er? Aus einer verrotteten Bürokratie, und aus einer kapitalistischen Sauwirtschaft, und aus einer Schundjustiz, die die Versammlungen Nationalgesinnter verbietet!»

Wieder warf er den Kopf zurück und schwieg.

Die Menge applaudierte.

Martin hörte nicht mehr richtig hin die Tiraden interessierten ihn nicht. Erweckten noch am Anfang die Gedanken Herders, über die er sich einmal mit seinem Literaturprofessor unterhalten hatte, einigermaßen sein Interesse, die polemischen Ausfälle wollte er nicht hören. Er war froh, als der Redner seine letzten anklagenden Sätze unter tosendem Beifall hervorkrächzte und die Versammlung zu Ende ging.

«Was sagn's zu eahm? Is der net pyramidal?» fragte Buchfellner senior auf der Straße.

Martin schwieg verlegen. Er wollte mit seiner Ablehnung den alten Buchfellner nicht kränken, aber die Unwahrheit sagen, wollte er auch nicht. «Ich kann mir noch kein Urteil bilden, schließlich habe ich ihn heute zum erstenmal gehört.»

«Gerade die, die ihn zum erstenmal hören, sind von ihm beeindruckt», bemerkte Toni.

«Er ist sicher ein guter Redner», quälte Martin sich einige anerkennende Worte ab. «Ein echter Volkstribun.»

«Sie müssn in mei Partei einitretn!»

«Ich glaube nicht, daß ich jemals einer politischen Partei beitreten werde.»

Toni lachte. «Das wirst du dir noch überlegen. Aber jetzt müssen wir zum Bahnhof, sonst verpassen wir den letzten Zug.»

«Nun, Martin, wie hat dir Buchfellners falscher Prophet gefallen?» fragte Clemens am nächsten Tag beim Familienfrühstück.

«Falscher Prophet!» Martin lachte. «Das ist wohl die richtige Bezeichnung für ihn.»

«Außerdem halte ich ihn für einen Plebejer», fuhr Clemens fort. «Die Buchfellners haben mich schon zweimal zu Versammlungen mitgeschleppt, aber ich kann keinen Gefallen an ihm finden. Auch nicht daran, was er sagt. Vor allem mag ich es nicht, daß er über die Juden herzieht. Ich habe viele jüdische Freunde.»

«Ich wahrscheinlich auch.»

«Wieso wahrscheinlich?»

«Ich wüßte gar nicht, wer bei uns in der Klasse Jude ist, wenn sie beim Religionsunterricht nicht fehlen würden. Und da fehlen viele andere auch. Meistens auch ich.»

Martins Mutter, die gerade eine Semmel mit Butter bestreichen wollte, hielt in der Bewegung inne. «Das höre ich aber nicht gern, Martin!»

«Bist du etwa Atheist?» fragte Clemens. «Das ist heutzutage Mode.»

«Eigentlich nicht. Ich glaube an Gott, ich glaube nur nicht, daß er nichts Besseres zu tun hat, als Tag und Nacht darauf aufzupassen, was ich tue. Ich glaube auch nicht daran, daß er meine Schritte lenkt.»

«Wer denn sonst?» fragte seine Schwester.

«Ich.»

«Du bist ein eingebildeter Affe!»

Nach dieser Feststellung frühstückte man wortlos weiter, bis Clemens erneut zum Reden ansetzte. «Um wieder auf diesen Hitler zurückzukommen, was ist deine Meinung über ihn, Paul?»

«Er ist es nicht wert, daß man sich eine Meinung über ihn bildet.»

«Es ist geradezu unbegreiflich, wie die Menschen ihm nachlaufen. Wie einem Rattenfänger. Woher kommt das, Professor?» fragte Clemens kopfschüttelnd.

«Er sagt seinen Zuhörern genau das, was sie hören wollen. Das tun andere Politiker auch. Aber Hitler besitzt die Fähigkeit zu vereinfachen. Er bringt die kompliziertesten Probleme auf einen einfachen Nenner. Wozu andere Leitartikel brauchen, das sagt er in einem Satz.»

«Stimmt genau», mischte Martin sich ein. «Er hat zwei Bände Herder auf zwei Sätze komprimiert.»

Toni kam und holte seine Schüler zum Skilaufen ab. «Heute fangen wir mit dem Kristiania an», verkündete er. «Das ist der Querschwung. Damit kommt man viel schneller ins Tal, als mit dem Stemmbogen.»

«Oder ins Krankenhaus», ergänzte Paul Wallner, der kein leidenschaftlicher Skiläufer war.

Die zweite Urlaubswoche verlief genauso schön wie die erste. Blauer Himmel, Pulverschnee, Skilaufen, gutes Essen und ein klein bißchen Sehnsucht nach Berlin. Über Adolf Hitler wurde nicht mehr gesprochen. Als die Ottlers nach Hause fuhren, hatte Martin ihn schon vergessen.

2

Martins bester Freund war Karl Kaltz. Sie saßen während der Schulzeit auf dem Gymnasium in der Kantstraße nebeneinander, halfen sich gegenseitig bei den Schularbeiten, schwärmten für dieselben Dichter und für dieselben Schauspielerinnen. Sie waren unzertrennlich.

Karl war klein, schmächtig, unsportlich; Martin kräftig, hochgewachsen, der beste Turner der Klasse und auch beim privaten Fechtunterricht von Maestro Raimondi der beste. Karl ging in den Turnstunden immer ziemlich schnell die Puste aus. Trotzdem nahm er, Martin zuliebe, auch noch bei dem ewig polternden Maestro am Unterricht teil, und er entwickelte sich, nach anfänglichen Schwierigkeiten, zu einem katzenhaft geschickten Fechter.

Es war Karl, der Martins Interesse an Literatur geweckt hatte. In Dr. Ottlers Bücherregalen befanden sich hauptsächlich medizinische Fachbücher und Klassiker. Goethe, Schiller, Kleist, Storm, Fontane. Und zwei moderne Autoren: Thomas Mann und Heinrich Mann.

Karl schwärmte für expressionistische Schriftsteller, wie Richard Huelsenbeck, Hugo Ball und Arnolt Bronnen, die der mit den Klassikern großgewordene Martin anfänglich ablehnte, bis es Karl gelungen war, daß Martin seine Ansichten in puncto moderner Literatur übernahm. Im übrigen war auch Karls Vater, Dr. Kaltz, gegen die Expressionisten.

Dr. Eduard Kaltz war Witwer. Er war Feuilletonredakteur der *Neue Berliner Zeitung*, die von einem großen Verlag in der Zimmerstraße herausgegeben wurde. Sein sehr gutes Aussehen hatte ihm den Spitznamen «Adonis von der Zimmerstraße» eingebracht. Er war ein sehr bekannter Publizist und gefürchteter Kritiker, der im Kulturleben Berlins eine große Rolle spielte. Ein strenger Kritiker, der an die Autoren der Bücher, die er besprach, hohe literarische Ansprüche stellte. Ansprüche, die von vielen Schriftstellern seiner Zeit als esoterisch, überholt oder gar als veraltet bezeichnet wurden. Er ließ sich dadurch nicht beirren und kanzelte seine Kritiker als Asphaltliteraten ab, womit er sich viele Feinde geschaffen hatte. Zu diesen gehörte auch eine bildhübsche junge Frau, Helga Hardt, Redakteurin der progressiven Monatszeitschrift *Durchbruch*. Sie schrieb einmal einen lobenden, hymnengleichen Artikel auf den Dadaisten Richard Huelsenbeck, zitierte ihn und schloß sich seinen Ansichten an, die folgendermaßen lauteten: «Ich behaupte immer wieder: Der ganze Geistesbetrieb ist ein platter utilitaristischer Schwindel. In diesem Krieg haben sich die Deutschen mit Goethe und Schiller nach außen und innen zu rechtfertigen gesucht, die Deutschen sind Meister der Verstellung, sie sind die ausgemachten Illusionisten unter den Völkern, sie zaubern sich in jedem Augenblick ihres Lebens eine Kultur, einen Geist, eine Erhabenheit, die sie als Schutzschild vor ihre gefährdeten Bäuche halten können.»

Dr. Kaltz konterte in so scharfen Tönen wie noch nie. Er bezeichnete Huelsenbeck als einen «monokeltragenden Zweibeiner, der sich in frischgebügelten Hosen im Schlamm der Subkultur herumwälze», und die Hardt war für ihn schlicht und einfach «Blaustrumpf ohne Strümpfe».

Die derart apostrophierte Dame stürzte am nächsten Tag in das Redaktionszimmer des Dr. Kaltz, setzte sich, legte ihre wohlgeformten Beine auf den Schreibtisch des überraschten Kritikers und fauchte: «Wie Sie sehen, ich trage Strümpfe!»

Dr. Kaltz sah mehr als die Strümpfe, hörte sich geduldig Helgas Temperamentsausbrüche an, und vier Wochen später waren die beiden verheiratet.

Daß die Ehe auf Dauer nicht gutgehen konnte, das wußten nicht nur die nächsten Bekannten, sondern auch die Außenstehenden ganz genau. Nicht etwa, weil Dr. Kaltz mit seinen fünfzig Jahren bedeutend älter war als die zweiunddreißig Jahre alte Helga – die Unkenrufer führten andere Gründe an. In Anspielung darauf, daß Helga Hardt sich auch als Dichterin betätigte, meinte ein Witzbold: «Das ist eine poetische Heirat, aber es wird bald eine prosaische Scheidung geben.»

Sogar Dr. Ottler, der beide Heiratslustige nur von ihren Veröffentlichungen her kannte, sagte zu seinem Sohn: «Wie ich es von einer Patientin gehört habe, ist diese Helga Hardt eine Anhängerin von Karl Marx. Ihre Bibel ist ‹Das Kapital›. Wie du mir erzählt hast, schwärmt der Vater deines Freundes für Oscar Wilde. Diese Ehe muß schiefgehen.»

Und sie ging auch schief.

Dabei fing die Sache sehr gut an. Das junge Ehepaar machte eine richtig bürgerliche Hochzeitsreise – nach Venedig, Rom und Neapel, wie es in besseren Kreisen üblich war. Sie verbrachten ihre Zeit abwechselnd in Museen oder im Bett, gelegentlich unterbrochen durch Langustenessen. Helga kannte diese Städte noch nicht, und so konnte Dr. Kaltz, seiner Bildung entsprechend, in Museen und anderen Kultstätten das große Wort führen. Im Bett war eher sie tonangebend.

In diesen Wochen gab es keine ideologischen oder literarischen Auseinandersetzungen zwischen ihnen. Sie waren tolerant. Helga akzeptierte sogar Eduards Verehrung für Gabriele d'Annunzio. Nur einmal bemerkte sie: «Nun gut, schreiben kann er, aber sonst ist er ein eingebildeter Fatzke.»

Martin war dabei, als Helga Hardt in das Haus von Dr. Kaltz einzog. Dies geschah an einem Sonntag, und die Sonntagnachmittage verbrachte Martin seit Jahren bei seinem Freund Karl. Gleich nach dem Essen fuhr er mit dem Omnibus zum Hagenplatz, von wo er nur einige Minuten zur Douglasstraße brauchte. Hier bekam er regelmäßig einen duftenden, heißen Espresso zu trinken. In Deutschland war dieser Kaffeegenuß Anfang der 20er Jahre noch ziemlich unbekannt. Dr. Kaltz' Getränk hatte jedoch einen legendären Ruf. Er hatte einmal aus Neapel eine Maschine mitgebracht, mit der er jeden Sonntag für die Familie Espresso zubereitete. Nur am Sonntag, denn an den Wochentagen aß er bei Kempinski in der Leipziger Straße oder in einer kleinen Kneipe in der Nähe der Redaktion.

Nach der Espresso–Zeremonie setzte sich Martin meistens mit Karl in Dr. Kaltz' Arbeitszimmer, dessen Wände rundherum mit Bücherregalen bestückt waren.

Dr. Kaltz besaß eine reichhaltige Bibliothek. Er verlieh seine Bücher nie, aber sein Sohn und Marion, die siebzehnjährige Tochter, und Martin durften im Arbeitszimmer lesen, was sie wollten. Aber nur dort. Denn aus dem Zimmer durfte kein Buch entfernt werden, nicht einmal auf die Terrasse.

Auch an jenem Sonntag saßen die drei im Arbeitszimmer, als die Hochzeitsreisenden wieder in Berlin eintrafen. Sie kamen ohne Ankündigung. Marion zeigte Martin gerade ein Porträt Helga Hardts, das Oskar Kokoschka von ihr für den *Querschnitt* gezeichnet hatte. Sie hatte lackschwarze Haare und trug eine Pony–Frisur, auch Bubikopf genannt. Unter der Tuschezeichnung stand: Die Berlinerin.

Marion brach vor Aufregung in Tränen aus, als sie die Stimmen der Ankömmlinge aus der Halle hörte. «Wie soll ich sie bloß anreden? Ich kann doch nicht Mutti zu ihr sagen!»

Karl, der die Heirat seines Vaters viel gelassener hinnahm, riet seiner Schwester: «Sag einfach Frau Kaltz zu ihr.»

«Das würde ich nicht tun», bemerkte Martin. «Am besten sagst du gar nichts. Eine Anrede läßt sich mit ein bißchen Geschicklichkeit immer umgehen.»

«Am besten, ihr sagt Helga zu mir», forderte die neue Frau Kaltz ihre Stiefkinder auf. «Ich bin nun mal nicht eure Mutter, und für Tante Helga fühle ich mich noch zu jung.» Sie nahm Marion und Karl in die Arme, küßte sie kurz auf die Wangen und reichte mit einem freundlichen Lächeln Martin die Hand. «Sie sind sicher Martin?»

Martin nickte stumm. Er brachte kein Wort heraus, so sehr war er von der Schönheit dieser Frau beeindruckt. Von ihrem Fluidum, ihrer Persönlichkeit, dem erotischen Reiz und von dem koketten Schalk in ihren Augen.

«Ich weiß, Sie sind der beste Freund von Karl, und ich hoffe, wir werden auch Freunde werden.» Erst jetzt ließ sie Martins Hand los.

Nachdem sich das Ehepaar zurückgezogen hatte, nahm Martin ein Buch zur Hand, aber es gelang ihm nicht, sich auf seine Lektüre zu konzentrieren. Er starrte nur auf die Buchstaben, seine Gedanken waren bei Helga Kaltz. Martin wollte diese Gedanken ärgerlich verscheuchen, doch es gelang ihm nicht. Er sah ihr Gesicht, er hörte ihre Stimme und war deshalb wütend auf sich selber. Er konnte sich nicht erklären, warum er von dieser Frau derart verzaubert wurde.

Martin war schon einmal verliebt gewesen, und zwar in eine zierliche, kleine Patientin seines Vaters. Es war Liebe auf Distanz, eine stille Verehrung aus der Ferne. Lange Zeit wußte er nicht mal ihren Namen. Eigentlich war es eine übertragene Liebe; übertragen von der Schauspielerin Elisabeth Bergner, die er nur auf der Bühne sah, und die noch unerreichbarer war als die kleine Patientin, die Nelly von Mohrheim hieß. Verheiratet mit einem aktiven Offizier und der großen Bergner täuschend ähnlich, begegnete er ihr manchmal in der Ordination. Einmal, an einem Tag, als es in Strömen goß und Nelly frierend im Hausflur stand, sprach er sie an, holte ihr einen Schirm aus der Wohnung und begleitete sie mit klopfendem Herzen zur Straßenbahnhaltestelle. Während sie auf die Straßenbahn warteten, gestand er ihr unter dem Regenschirm seine Liebe – zu Elisabeth Bergner und daß er alle Stücke, in denen die Bergner aufgetreten war, mehrmals angeschaut hatte. ‹Fräulein Julie› sogar siebenmal. Stolz berichtete er von seinem dicken Bergner-Album, vollgeklebt mit Fotos aus den Zeitungen. Er zitierte Tucholskys Lobeshymnen: «Bergner! Bergner! Wie das blüht und duftet! Wie das im höchsten Sinne Kunst ist und im höchsten Sinne Natur!»

Die hübsche Nelly von Mohrheim hörte Martins Lobgesängen eine Weile mit steinernem Gesicht zu, dann fragte sie: «Warum erzählen Sie mir das alles?»

«Sie sehen der Göttlichen ähnlich», offenbarte sich Martin, und ein Blitz traf ihn aus Nellys Augen.

«Wissen Sie, daß die Göttliche eine Jüdin ist?»

«Na und? Hat das etwas zu bedeuten?»

«Es sollte Ihnen etwas bedeuten!» Frau von Mohrheim

drehte sich um und stieg rasch in die Straßenbahn ein, die gerade anhielt.

Verdattert starrte Martin ihr nach. Dann ging er nachdenklich nach Hause. Was hatte diese hübsche kleine Frau gegen die Juden? Hatte das irgendeine Bedeutung, daß eine gottbegnadete Schauspielerin, die von ganz Berlin angehimmelt wurde, der jüdischen Religion angehörte? Er erinnerte sich plötzlich an den Mann mit dem komischen Schnurrbart in München im Bürgerbräu, der von den Deutschen als dem «verlorenen Volk» gesprochen hatte, das sich vom internationalen Judentum über den Löffel barbieren ließ.

Von nun an war Martin der schönen Nelly aus dem Wege gegangen und hatte nicht mehr versucht, ihr im Wartezimmer oder vor dem Haus zu begegnen.

Für die Backfische, die jungen Mädchen des benachbarten Lyzeums, interessierte Martin sich überhaupt nicht. Dafür schwärmten diese um so mehr für «Martin, den Schönen», wie sie ihn unter sich nannten. Es gab fast kein Mädchen, das sich auf der Straße nicht nach ihm umdrehte, aber er kümmerte sich nicht um die «Gänse». Auch in der Tanzstunde nicht. Meistens drehte er mit seinen Partnerinnen, die ihn stumm anhimmelten, wortlos die Runden. Wenn eine ihn dann doch noch ansprach, antwortete er höflich, aber abschließend, und weitere Fragen hatten sich erübrigt. Bei besonders hartnäckigen Mädchen ergriff er die Initiative und fragte sie nach ihrer Meinung über Plato oder Schopenhauer – und erzielte die gleiche Wirkung.

«Dein Bruder ist ein eingebildeter Patron!» beschwerten sich die so Abgefertigten meistens bei Claudia.

«Was soll man denn mit denen schon reden? Nicht mal Zeitung lesen die!» pflegte er zu entgegnen.

Nach diesen recht mageren Erlebnissen mit der Weiblichkeit stand Martin nun Helga Kaltz gegenüber. Sie erweckte ihn aus seiner Lethargie; er spürte bei ihr Weiblichkeit, Erotik und Geist. Und sie jagte ihm Angst ein.

Am nächsten Sonntag beschloß Martin beim Mittagessen, nicht in die Douglasstraße zu fahren. Er hatte das Gefühl, daß ihm Gefahr drohte, Angst, sich in die Frau seines väterlichen Freundes zu verlieben. Es war besser, er sah sie nicht mehr wieder. Oder wenigstens nicht so oft, sagte er sich und fand auch gleich Gründe für seine Einschränkung. Wie sollte er sein völliges Fernbleiben erklären? Sollte er mit Karl eine Auseinandersetzung provozieren?

«Ich komme heute mit dir mit. Ich bin sehr neugierig auf die neue Frau Kaltz», verkündete Claudia.

«Gerade heute wollte ich nicht nach Grunewald fahren.»

«Dann fahre ich eben allein.»

«Wenn du unbedingt willst, komme ich natürlich mit.»

«Ich habe nichts dergleichen gesagt. Ich kann sehr gut allein fahren.»

«Auf jeden Fall», mischte Frau Ottler sich ein, «solltest du der Dame des Hauses Blumen mitbringen.»

«Haben Sie Gäste?» fragte Martin etwas enttäuscht, als er die lauten Gesprächsfetzen hörte.

«Die gnädige Frau hat Gäste», antwortete Berta, das Dienstmädchen, abweisend. «Ihre Kollegen von der Zeitung sind da.»

Während Martin und Claudia in der vollgestopften Garderobe ihre Sachen ablegten, sahen sie schon die Gäste in der Wohnhalle. Etwa zwanzig Personen, hauptsächlich Männer. Helga Kaltz stand, in einem engen Kleid, inmitten einer Gruppe von Männern, die ihr andächtig zuhörten.

«Ist sie das, in dem grünen Seidenkleid?» fragte Claudia neugierig.

Berta brummte ein «Ja».

«Toll sieht sie aus! Und Beine hat sie! Die schönsten, die ich je gesehen habe.»

Martin gab ihr vollkommen recht, aber er schwieg.

«Herr Karl und Fräulein Marion sind oben im Zimmer von Herrn Karl, Sie gehen am besten gleich hinauf.»

Martin blieb auf der ersten Stufe stehen und hoffte, daß Helga ihn bemerken würde. Aber sie schaute nicht in seine Richtung. So blieb ihm nichts anderes übrig, als die gelben Rosen Berta zu übergeben. «Für die gnädige Frau.»

«Oh, noch mehr Blumen! Sie hat heute schon sehr viele bekommen.»

Die gemütlichen Espresso–Stunden fanden nicht mehr statt; Helga hatte Sonntag für Sonntag Gäste. Nicht etwa, daß sie einen literarischen Salon, wie es damals Mode war, aufgemacht hätte. Das wollte sie nicht.

Dr. Kaltz noch weniger. «Ich möchte Betty Stern keine Konkurrenz machen, der Fürstin Lichnowsky schon gar nicht», sagte er, in Anspielung auf die beiden berühmtesten literarischen Salons in Berlin.

Helga teilte ihre Sonntagsgäste sorgfältig in Gruppen ein. Nach ganz anderen Gesichtspunkten als die üblichen Gastgeber, die darauf bedacht waren, nur Leute einzuladen, die zueinander paßten. Nicht so Helga. Sie lud Gegensätze ein und hoffte auf Konfrontation.

Am zweiten Sonntag nach ihrer Rückkehr waren Dr. Kaltz' Kollegen dran – die Kritiker. Und einige ihrer Zielscheiben – die Autoren. Von diesem Nachmittag versprach sich Helga sehr viel, vor allem von der Begegnung der beiden Großmogule unter den Kritikern, Alfred Kerr und Herbert Ihering, die sich in ihren Zeitungen erbittert bekämpften.

Martin freute sich, als Karl ihn am Sonntagvormittag anrief und einlud. Diesmal brachte er keine Blumen mit. Nachträglich ägerte er sich maßlos; auf sein Klingeln öffnete die Frau des Hauses, und er stand da, ohne Blumen.

Er kam sich wie nackt vor.

«Oh, der hübsche Martin!» begrüßte Helga ihn strahlend. «Marion hat mir erzählt, daß man Sie in der Mädchenschule den ‹schönen Martin› nennt.» Sie maß ihn von Kopf bis Fuß mit einem schnellen Blick. «Ich habe das Gefühl, Sie sind in einer Woche einen halben Kopf gewachsen.»

Helga stellte sich direkt vor ihn, ihre Körper berührten sich. Es herrschte eine knisternde Spannung, und Martin bekam einen roten Kopf. Er brachte keinen Ton heraus.

«Übrigens, ich danke Ihnen für die schönen Teerosen. Wo haben Sie die bloß aufgetrieben?» sagte sie lächelnd, hauchte ihm ein Kuß auf die Wange und huschte ins Haus.

Verwirrt folgte Martin ihr.

Die berühmten Schriftsteller Carl Sternheim und Fritz von Unruh waren schon da. Sie gaben Martin freundlich die Hand. Es war das erste Mal, daß Martin zwei Koryphäen der schreibenden Zunft persönlich begegnete.

Während der Espresso–Zeremonie versuchte Martin einen Blick oder ein Lächeln von Helga zu erhaschen. Vergeblich. Sie hatte nur Augen für ihren Mann und umschwirrte ihn wie eine verspielte Katze.

Man unterhielt sich über die Ursache der Feindschaft Kerr contra Ihering. Die beiden hatten schon von jeher unterschiedliche Auffassungen über Bühnenstücke und Autoren, aber endgültig entzweit waren sie erst seit November 1922. Herbert Ihering hatte den Kleist–Preis einem jungen, noch kaum bekannten Bühnenautor namens Bert Brecht für sein Stück ‹Trommeln in der Nacht› zugesprochen. Kerr lehnte Bert Brecht ab. Dr. Kaltz behauptete, Iherings Feindschaft gegen Kerr hätte auch politische Ursachen. Ihering könne seinem Kontrahenten nicht verzeihen, daß der im Jahre 1914 fleißig die Kriegsfanfare geblasen habe und Hetzgedichte wie ‹Jeder Tritt, ein Brit; jeder Stoß, ein Franzos; jeder Schuß, ein Russ› veröffentlicht hatte.

Helga zog sich bald zurück, sie mußte sich noch umziehen. Als sie wieder ins Zimmer trat, trug sie ein superkurzes Charleston–Kleid, das kaum die Knie bedeckte.

Sie sieht hinreißend aus, dachte Martin, und als ob sie seine Gedanken erraten hätte, schenkte Helga ihm ein huldvolles Lächeln.

«Du siehst verboten hübsch aus!» bemerkte Dr. Kaltz, sonst kein Freund von Komplimenten. «Ein Ehemann sollte seine Frau nicht so herumlaufen lassen.»

Er bekam als Dank ein Küßchen auf die Wange.

Wenige Sekunden später führte Berta zwei Gäste herein: Kerr und Ihering. Einträchtig betraten sie das Zimmer und erzählten, sie hätten sich vor dem Gartentor getroffen.

Dr. Kaltz mußte laut auflachen. «Ich glaube, ihr habt jetzt meine Frau bitter enttäuscht. Sie hat erwartet, ihr würdet euch in den Haaren liegen.»

«Das tun wir mit Druckerschwärze», bemerkte Ihering.

Kerr küßte Helga galant die Hand. «Für Sie würde ich mich auch mit dem Teufel schlagen, nicht nur mit Ihering.»

Dann kamen die anderen Gäste, einer nach dem anderen: Georg Kaiser, Walter Hasenclever, die Bühnenautoren Hans J. Rehfisch, Arnolt Bronnen und einige andere. Siegfried Jacobsohn, der Herausgeber der *Weltbühne*, der in der Nachbarschaft wohnte, trat ebenfalls ein.

«Ich bringe meine fünf teuersten Mitarbeiter mit», sagte Jacobsohn und zeigte auf Kurt Tucholsky.

Die Anwesenden verstanden den Spaß; Tucholsky schrieb nicht nur unter seinem Namen, sondern auch noch unter vier Pseudonymen: Ignaz Wrobel, Theobald Tiger, Kaspar Hauser und Peter Panter.

Martin war ein großer Verehrer von Tucholsky. Er war glücklich, ihn persönlich kennenzulernen.

Helga erzielte einen Lacherfolg, als sie Tucholsky auf einem Tablett fünf Teller mit kleinen Häppchen servierte. «Fünf Seelen wohnen in seiner Brust, er wird wahrscheinlich auch fünf Mägen haben.»

Martin und Karl hielten sich, soweit es möglich war, immer in Tucholskys Nähe auf und lauschten seinen Worten. Das allerdings taten die anderen auch, denn Tucholsky kam gerade aus München zurück, wo vor kurzer Zeit Adolf Hitler gegen die Regierung geputscht hatte. Daß der Putsch mißlungen war und Hitler und Konsorten verhaftet und in die Festung Landsberg am Lech eingeliefert worden waren, wußte die Runde um Tucholsky. Ebenso, daß die NSDAP verboten und Adolf Hitler bald der Prozeß gemacht werden würde. Die meisten waren der Ansicht, damit wäre die Hitler-Episode für alle Zeiten erledigt.

Tucholsky war anderer Meinung. «Die Partei hat allein in München beinahe hunderttausend Mitglieder. Keineswegs nur aufgehetzte Arbeitslose, wie man uns das glaubhaft machen will. Mit Hitler wurde immerhin General Erich von Ludendorff verhaftet, außerdem ein Obergerichtsrat, zwei Universitätsprofessoren, ein Major, ein Hauptmann und noch andere führende Mitverschwörer in dieser Preislage.

Die wahren Schuldigen, die Leute, die ihn und die Partei finanzieren, konnte man nicht verhaften. Ihre Namen werden nur hinter vorgehaltener Hand kolportiert: Fritz Thyssen, der Lokomotivfabrikant von Borsig, der Klavierfabrikant Bechstein und die Familie Hanfstaengl und einige andere finanzkräftige Namen. Er bekam auch Geld von einigen reichen, aus dem Baltikum stammenden Antikommunisten, es flossen ihm sogar aus der Schweiz Fränklis zu.»

«Warum haben die Bayern diesen Hitler nicht schon längst ausgewiesen?» fragte jemand. «Er ist doch Österreicher.»

«Das hatte der Bayerische Landtag auch vor», klärte Tucholsky ihn auf. «Aber ausgerechnet der Führer der Sozialdemokraten, Erhard Auer, hat es verhindert. Aus rechtsstaatlichen Gründen.»

«Nun gut, das war ein Fehler», warf Dr. Kaltz ein. «Aber nun sitzt er hinter Schloß und Riegel, der Traum ist ausgeträumt.»

«Das denkst du», bemerkte Tucholsky. «Ich habe in München an der Universität einer Studentenversammlung beigewohnt. Ein Professor Ferdinand Sauerbruch hielt eine stark patriotische Rede. Er setzte sich zwar nicht offen für Hitler ein, aber er sagte auch nichts gegen ihn. Um so mehr setzte sich der nächste Redner für Hitler ein, Kapitän Hermann Ehrhardt.»

«Der Freischärler und Fememörder?» fragte Helga erstaunt.

«Genau der. Allein die Tatsache, daß er mit Erlaubnis des Rektors in der Aula der Universität sprechen durfte, kennzeichnet die Lage in München.»

«Bei uns geht es auch schon los», empörte sich Fritz von Unruh. «Ich habe mit eigenen Augen die Randalierer auf dem Alexanderplatz gesehen. Sie schrien ‹Hoch Hitler› und ‹Jude verrecke›. Es waren etwa tausend. Lauter Braunhemden.»

«Genug von Hitler!» Carl Sternheim, von dem alle wußten, daß er krankhaft eitel war, war plötzlich aufgesprungen. «Reden wir über einen interessanteren Menschen. Reden wir über mich!»

Niemand lachte.

* * *

Unter dem Eindruck der berühmten Literaten, die er persönlich kennengelernt hatte, beschloß Martin, selbst zu schreiben. Und zwar eine Novelle über die Entstehung des berühmten Mausoleums Tadsch Mahal im siebzehnten Jahrhundert in der Nähe von Agra. Heraus kam eine romantische Dreiecksgeschichte zwischen dem französischen Abenteuerer Austin de Bordeaux, der das Bauwerk im Auftrag des Schahs Dschehan entworfen und mit Hilfe von Tausenden von Arbeitern auch erbaut hatte, und zwischen der Gattin des Maharadschas, Mumtaz–i–Mahall. Die Liebe zu der Maharani kostete den Franzosen den Kopf. Er wurde enthauptet.

Die Novelle, die Martin Dr. Kaltz zwecks Prüfung übergab, war eine, wenn auch unbewußte, Mischung aus Hanns Heinz Ewers und Gustav Meyrink; exotisch, romantisch und ein klein wenig blutdürstig – aber Dr. Kaltz gefiel sie.

Martin hatte auch einen glücklichen Moment für die Überreichung des Manuskriptes gewählt. Am nächsten Sonntag fand die Espresso–Zeremonie im kleinsten Kreis statt, nicht einmal Helga war dabei. Sie war mit einigen Bekannten zur Avus gefahren, wie man die Automobil–Verkehrs– und Übungs–Straße nannte. Die Straße hatte Hugo Stinnes ursprünglich als Privatstraße zwischen Berlin und Wannsee bauen lassen, und hier fanden die ersten Autorennen statt. An jenem Sonntag maßen Rudolf Caracciola und Fritz von Opel hier die Pferdestärken ihrer Wagen.

«Ich lese es gleich, oder nie», sagte Dr. Kaltz, als er Martins Novelle entgegennahm und zeigte auf mehrere Stapel Manuskripte auf seinem Schreibtisch. «Die warten alle darauf, gelesen zu werden.»

Er vertiefte sich in die Lektüre und meinte nachher: «Sie haben Fantasie, mein Junge, und schreiben können Sie auch. Nur den Titel würde ich ändern. ‹Tadsch Mahal› ist zu trokken. Außerdem würden uns die Kunsthistoriker wegen des zweifelhaften Wahrheitsgehalts auf den Kopf steigen.»

«Soll das etwa heißen, Sie wollen die Novelle veröffentlichen, Herr Doktor?»

«Das habe ich allerdings vor. Und als Titel schlage ich die ‹Die Legende von Tadsch Mahal› vor.»

Martin schluckte. Er war sprachlos vor Freude.

Karl, der die Novelle schon kannte, klopfte ihm auf die Schulter. «Gratuliere, Kumpel!» Dann fügte er warnend hinzu: «Nur paß auf, daß du mit unserem geliebten Direktor Hähnchen keine Schwierigkeiten kriegst. Du kennst die Schulbestimmungen. Wir dürfen nichts veröffentlichen, was der Diri nicht gelesen hat.» Er lachte. «Zum Überfluß ist er auch noch Kunsthistoriker.»

«Am besten überlegen Sie sich ein Pseudonym», löste Dr. Kaltz das Problem.

«Gern», willigte Martin rasch ein, «Ottler klingt sowieso nicht sehr literarisch. Aber wie soll ich heißen?»

«Kottler», witzelte Karl, indem er den Namen eines wohlbekannten schwäbischen Restaurants in der Augsburger Straße nannte.

«Du bist albern», konstatierte sein Vater. «Schließlich erleben wir gerade einen wichtigen Augenblick – die Entdekkung eines Dichters.»

«Ich notiere die Uhrzeit für die Nachwelt: zwei Uhr dreißig!»

«Ihr solltet mir lieber helfen, ein wohlklingendes Pseudonym zu suchen!» sagte Martin.

«Wir überlassen die Sache meiner Frau. Sie hat für so was eine ganz besondere Begabung.»

Am nächsten Tag, ausgerechnet um die Mittagszeit, klingelte bei den Ottlers das Telefon. Frau Ottler hob den Hörer ab.

«Guten Tag!» erklang eine burschikose Frauenstimme. «Ich möchte bitte den schönen Martin sprechen. Den schönen Martin Orbán.»

«Orbán? Hier gibt es keinen Orbán, weder einen schönen noch einen häßlichen. Sie sind mit der Wohnung von Dr. Ottler verbunden.»

«Auch gut», lachte Helga. «Dann geben Sie mir bitte Martin Ottler.»

Verärgert drückte Frau Ottler ihrem Sohn den Hörer in die Hand. «Irgendein albernes Frauenzimmer will dich sprechen!»

«Nun, wie gefällt Ihnen Ihr neuer Name – Martin Orbán?» kam Helga gleich zur Sache. «Klingt doch gut?»

«O ja, sehr gut», hauchte Martin.

«Dann ist ja alles in Ordnung. Kaufen Sie sich Donnerstag die *Neue Berliner*. Eduard bringt Ihren ‹Tadsch Mahal› in der Literaturbeilage.»

Bevor Martin sich bedanken konnte, hatte Helga nach einem kurzen «Auf Wiedersehen» schon den Hörer aufgelegt.

Donnerstag in der Früh lief Martin zur nächsten Straßenecke und kaufte fünf Exemplare von der *Neue Berliner*. Noch vor dem Frühstück las er aufmerksam seine Novelle und stellte fest, daß an seinem Werk einige Veränderungen vorgenommen worden waren, allerdings fast immer zum Vorteil. Stolz und glücklich legte er neben jede Kaffeetasse ein Exemplar der Zeitung. So schweigsam hatten die Ottlers noch nie gefrühstückt, und sie tranken auch noch nie ihren Kaffee so kalt.

«Gut. Sehr gut», begann der Vater zu sprechen. «Aber eine Schwalbe macht noch keinen Sommer. Komm bloß nicht auf die Idee, kein Studium machen zu wollen!»

«Bestimmt nicht, Vater.» Nach kurzem Nachdenken fügte er hinzu: «Wenigstens im Augenblick nicht.»

Der Vater sagte nichts.

«Die Liebesgeschichte ist sehr schön, aber daß der Arme am Schluß geköpft wird . . .», ließ Frau Ottler sich vernehmen.

«Alle Männer müßten geköpft werden!» schimpfte Claudia. Sie machte gerade die Hölle einer unerwiderten Liebe zu einem jüngeren Professor durch.

«Ruf jetzt bei Dr. Kaltz in der Redaktion an und bedanke dich», sagte Dr. Ottler, und Martin folgte seinem Rat.

Martins Danksagungen wurden von Dr. Kaltz unterbrochen, indem er ihn aufforderte, in die Redaktion zu kommen und sein Honorar abzuholen. Er habe ihm «großzügigerweise» eine Anweisung auf hundertfünfzig Mark ausgeschrieben.

Als Dr. Ottler die Summe hörte, lachte er. «Ein Glück, daß deine Novelle nicht im vorigen Monat erschienen ist. Dann hättest du zwei Schrankkoffer und eine Pferdedroschke gebraucht, um dein Honorar abzuholen.»

Dr. Ottler hatte nicht übertrieben. Wenige Wochen vor Erscheinen der Novelle wurde zur Beendigung der Inflation die Rentenmark eingeführt. Die zwei Schrankkoffer hätten für die hundertfünfzig Billionen Altmark wahrscheinlich gar nicht ausgereicht.

«Ich helfe dir gern, das Geld auszugeben», meinte Claudia. «Vor allem möchte ich dabei sein, wenn du es kassierst. Ich wollte schon lange sehen, wie so eine Redaktion aussieht. Onkel Kaltz hat bestimmt nichts dagegen, wenn ich mitkomme.»

Dr. Kaltz war nicht allein in seinem Zimmer, als die beiden eintraten. Ein rundlicher Mann mit hochgeknöpfter, roter Weste und goldumrandetem Monokel saß bei ihm. Es war Roda Roda, der berühmte österreichische Humorist. Er berichtete Dr. Kaltz gerade über das Ergebnis einer Untersuchung, der er sich im Virchow-Krankenhaus unterwarf. «Alle meine Organe sind gesund – nur ich bin krank.»

Dr. Kaltz stellte Roda Roda die Neuankömmlinge vor und erzählte ihm, daß Martin gerade sein Jungfernhonorar abholen wollte.

Roda Roda gratulierte Martin. «Aber schreiben Sie, bitte, keine Humoresken. Ich habe schon genug Konkurrenten am Hals.»

Nachdem Roda Roda gegangen war, erhielt Martin seine Anweisung für die Kasse. Ehrfurchtsvoll betrachtete er den kleinen Zettel.

«Was werden Sie mit dem Geld machen?» fragte Dr. Kaltz.

«Als erstes schicke ich Ihrer Frau Blumen», antwortete Martin spontan und fügte erschrocken hinzu: «Wenn Sie nichts dagegen haben, Herr Dr. Kaltz.»

«Ich habe nichts dagegen, aber ich warne Sie, verlieben Sie sich nicht in sie.»

«Aber ... ich will mich nur bedanken ... für das Pseudonym ...», stotterte Martin und bekam einen roten Kopf.

Dr. Kaltz klopfte ihm freundschaftlich auf die Schulter. «Tun Sie das, junger Freund, tun Sie das.»

Verwirrt verließ Martin das Zimmer.

«So, ihm ist das also auch schon aufgefallen», bemerkte Claudia spöttisch.

«Was?»

«Daß du in seine Frau verknallt bist.»

«Du bist eine alberne Gans!»

Im Blumenladen suchte er mit weltmännischer Geste eine Orchidee aus und schrieb dazu eine Karte: Die beiden Martins danken Ihnen herzlichst! Er unterzeichnete schwungvoll mit Martin Orbán, als ob der Name ihm schon hundertmal aus der Feder geflossen wäre.

Karl Kaltz, stolz auf seinen Freund, sorgte dafür, daß Martins literarischer Erfolg den Mitschülern des Französischen Gymnasiums nicht verborgen blieb. Viele gratulierten ihm, lobten seinen Stil, manche beneideten ihn. «Du brauchst dich nicht an der Uni herumzuquälen, du wirst einfach Schriftsteller.»

Diese Bemerkung stachelte seinen Ehrgeiz nur an. Und eines Tages nahm ihn sogar Dr. Brückner, Professor für Literatur, beiseite. «Offiziell weiß ich nicht, wer diese Novelle über den Tadsch Mahal geschrieben hat, aber wer es auch war, er ist bestimmt ein begabter Bursche. Wenn ich ihn kennen würde, würde ich ihn ermuntern, die Feder nicht aus der Hand zu legen.»

Nur von Helga Kaltz bekam Martin kein Lob. Erst einige Sonntage später bedankte sie sich bei ihm für die Orchidee, erwähnte aber mit keinem Wort die Novelle.

«Sie haben mir gar nicht gesagt, wie Ihnen meine Novelle gefallen hat.»

«Ich hätte sie im *Durchbruch* nicht gedruckt», lautete die harte Antwort, von einem charmanten Lächeln begleitet.

Betroffen starrte Martin Helga an. Sie lachte. «Sie brauchen nicht in Tränen auszubrechen! Ihr ‹Tadsch Mahal› liest sich ja ganz nett, aber genügt das? Ein junger Mann wie Sie sollte seine Themen nicht in der Historie suchen, sondern heute. Sie liegen auf der Straße. Was spielt schon der Kopf von Austin de Bordeaux für eine Rolle, in einer Zeit, wo Millionen von Soldaten sinnlos ihr Leben lassen mußten? Die

Maharadschas sind Blutsauger, die hätte man längst davonjagen sollen wie ihre Kollegen, die Kaiser und Könige. Unsere Märtyrer heißen Rosa Luxemburg und Karl Liebknecht. Wir leben in der Zeit des Umbruchs, der Revolutionen. Sie brauchen nicht einmal nach Rußland zu schauen, auch bei uns entsteht eine neue Gesellschaft und festigt sich eine neue Staatsform. Lassen Sie die Toten ruhen, und beschäftigen Sie sich mit unseren Problemen.»

«Dann werden Sie im *Durchbruch* gedruckt und bekommen zwanzig Mark Honorar», lachte Dr. Kaltz.

«Sie meinen also, ich soll nicht weiterschreiben?»

«Natürlich sollen Sie das», rief Helga. «Aber nicht über die Maharadschas.»

Diese Unterhaltung bremste Martins literarischen Eifer. Er konnte sich mit so unromantischen Gestalten wie Rosa Luxemburg und Karl Liebknecht als Romanfiguren nicht anfreunden. Die dauernden Ermahnungen seines Vaters kamen noch hinzu. Er stürzte sich wieder in sein Schülerdasein, legte das Abitur mit ausgezeichneten Noten ab und ließ sich an der Universität, wo noch Friedrich Wilhelms Geist herrschte, immatrikulieren. Als Studienfächer belegte er Philologie, Geschichte, Germanistik und Theologie.

«Ist das nicht ein bißchen zuviel?» fragte ihn Karl, der bescheiden nur Philosophie und Geschichte studieren wollte.

«Ist das nicht egal, wie viele Fächer ich nicht zu Ende studieren werde?»

3

Der obligate Einladungsbrief von Clemens Wallner aus Garmisch traf wieder ein, allerdings mit einer Einschränkung: Frau Ottler sollte das Zimmer mit ihrer Tochter teilen, da das Zimmer in dem Privathaus, in dem Frau Ottler sonst wohnte, für längere Zeit besetzt war. «Mein Haus ist voll mit politischen Gästen», schrieb Clemens an seine Schwester, die mit der Mitteilung allerdings nicht viel anfangen konnte. Es war ihr auch egal. Sie hatte schon längst beschlossen, Martin und Claudia nach einem gemeinsamen Weihnachtsfest diesmal allein nach Garmisch fahren zu lassen.

«Die Kinder sind groß genug, sie können schon auf sich selbst aufpassen», sagte sie zu ihrem Mann. «Außerdem ist Clemens da und auch Paul, sie werden sich um die zwei kümmern.»

«Um die vier», verbesserte Claudia ihre Mutter, die noch nicht wußte, daß Martin und Karl Dr. Kaltz überredet hatten, seinen Kindern ebenfalls zu erlauben, vierzehn Tage in Garmisch zu verbringen. «Am besten sagen wir Dr. Kaltz gar nicht, daß du nicht mitkommst, Mutti.»

«Was bist du für eine hinterhältige Katze! Ihr werdet ihm das sagen, und zwar heute noch. Schließlich muß er Quartiere für seine Kinder besorgen.»

«Ist schon alles geregelt. Marion schläft bei mir und Karl beim Martin. In jedem Zimmer ist ein breites Sofa.»

In den Garmischer Bergen war der Schnee genauso weiß wie vor einem Jahr und die Eispiste genauso hart – aber sonst hatte sich einiges verändert.

Als sie aus dem Zug stiegen, hielten Claudia und Martin vergebens Ausschau nach Toni Buchfellner. Besonders Claudia war enttäuscht; sie hatte Marion schon in Berlin in den höchsten Tönen von dem Aussehen und dem ländlichen Charme Buchfellner juniors berichtet. Clemens Wallner war ebenfalls nicht da.

Die vier steuerten, mit schweren Koffern und Skiern beladen, auf den Ausgang zu, als ein hochgewachsener junger Mann, der eine Trachtenjoppe mit Silberknöpfen, Bundhosen aus Leder und weiße Strümpfe trug, sie ansprach. «Kommen Sie aus Berlin?»

Die Frage wurde unisono mit ja beantwortet. Der junge Mann, jeder Zoll ein Bayer, sagte in reinstem Spreeathenisch: «Ick och.» Dann fuhr er in Hochdeutsch fort: «Der Toni läßt sich entschuldigen und der Herr Wallner auch. Sie sind beide bei einer Versammlung im Jägersaal. Sie müssen also mit mir und meinem Wagen vorliebnehmen.» Er schlug die Hacken zusammen und verbeugte sich knapp. «Leutnant Erich von Odenburg.»

Der Leutnant nahm den Mädchen die Koffer ab, klemmte sich ihre Skier unter den Arm und führte sie zu einem großen, aber ziemlich klapprigen Roadster.

«Was ist das für ein Wagen?» fragte Marion neugierig, während er die Koffer auflud.

«Eine Promenadenmischung. Adler, Opel und eine Prise Mercedes. Selbst geklaut und selbst gebaut.» Er lachte und zeigte fröhlich seine blendendweißen Zähne.

«Er hat vierundsechzig Zähne», flüsterte Martin Karl zu.

Während der Fahrt saß Marion, in Decken gehüllt, neben dem Fahrer und beobachtete ihn neugierig von der Seite. Sie war fest entschlossen, herauszukriegen, was mit diesem bayerisch aussehenden Berliner los war. Er gefiel ihr; blonde Haare und blaue Augen waren absolut nach ihrem Geschmack. «Sie arbeiten im Wallnerhof?» fragte sie ohne Umschweife.

«Manchmal, wenn Not am Mann ist», antwortete der junge Mann. «Ich bin ein Freund vom Toni und wohne bei ihm. Hie und da vertrete ich ihn bei der Arbeit.» Er lachte plötzlich auf. «Ich trage sogar seine Anzüge. Dieses bayerische Kostüm, das ich anhabe, ist auch von ihm.»

«Haben Sie denn keine eigenen Anzüge?»

«Doch, doch, ich habe schon welche, in meiner Wohnung in München. Aber ich habe die Stadt etwas plötzlich verlassen müssen.»

«Warum?»

Erich von Odenburg warf ihr einen kurzen Blick zu und schwieg.

«Sei nicht so neugierig, Marion!» sagte Martin, dem Marions Fragerei schon längst peinlich war. Und nach einer Weile erkundigte er sich: «Laufen Sie auch Ski, Herr von Odenburg?»

«Wie einer, der es auf dem Kurfürstendamm gelernt hat.»

Eine Zeitlang sprachen sie über Skilaufen, dann stockte die Unterhaltung wieder, bis Odenburg plötzlich fragte: «Sie sind doch ein Freund von Toni, Herr Ottler?»

«Ja. Ich glaube schon.»

«Dann kann ich Ihnen ja ruhig die Wahrheit sagen, damit die junge Dame zu meiner Rechten nicht glaubt, ich wäre ein entsprungener Sträfling. Die Wahrheit ist: Ich gehöre zum Rossbach-Haufen.»

«Rossbach-Haufen? Was ist das?» fragte Marion.

«Im Jahre 1919 kannte man uns in Berlin ganz genau. Aber Sie waren damals noch zu jung, um sich um Politik zu kümmern.»

«Das tue ich heute auch nicht», sagte Marion schnippisch.

Der Wagen hielt vor Clemens Wallners Haus. Leutnant von Odenburg half bereitwillig, die Koffer in den ersten Stock zu schleppen und verabschiedete sich. «Wir sehen uns sicher beim Abendessen.»

«Was sagst du zu diesem seltsamen Vogel, Martin?» meinte Karl.

«Ein bißchen naßforsch, aber nicht unsympathisch.»

«Na hör mal, ein Rossbach-Mann!» Karl rümpfte die Nase.

«Jetzt erklärt uns bitte, was ein Rossbach-Mann ist», sagten Marion und Claudia.

«Das sind Soldaten, die nach dem Krieg nicht aufhören konnten, Soldat zu sein. Ein Oberleutnant Gerhard Rossbach hat einen Teil von ihnen in einem sogenannten Freikorps gesammelt. Ein viel größerer Teil ist bei dem Marinekommandanten Hermann Ehrhardt gelandet.»

«Na und?» fragte Marion. «Und was war 1919 in Berlin?»

«Die Freikorps haben der sozialistischen Regierung geholfen, den Aufstand des Spartakusbundes niederzuschlagen.»

«Der Herr von Odenburg ist also ein Held.»

«Oder ein Mörder», sagte Karl. «Es kommt auf den Standpunkt an.»

«Ich werde ihn mal fragen, wofür er sich hält», lachte Marion.

Martin packte während der Unterhaltung rasch seine Sachen aus, rief Karl zu, daß er in der Hotelhalle auf ihn warten würde und beeilte sich fortzukommen.

In der Halle setzte er sich so, daß er die Tür zum Jägersaal, an der ein Schild ‹Geschlossene Gesellschaft› hing, im Auge behalten konnte. Die Halle war leer, nur ein junges Mädchen saß da, einige Tische von Martin entfernt, und schrieb. Sie war sehr jung, sehr hübsch und sehr blond. Martin beobachtete sie lange; sie gefiel ihm. Manchmal hörte sie zu schreiben auf und schaute nachdenklich vor sich. Ihre Gesichtszüge zeigten trotz ihrer Jugend große Ernsthaftigkeit. Einmal blickte sie auf, ihre hellblauen Augen blitzten Martin an; sie schien es gespürt zu haben, daß er sie unentwegt anstarrte. Selbstsicher und selbstbewußt schenkte sie ihm ein kurzes Lächeln und schrieb dann weiter. Sie machte jetzt öfters eine Denkpause, blickte auf, schaute aber nie wieder in Martins Richtung.

Nach einer Viertelstunde erschien in feierlichem dunklen Anzug Leutnant von Odenburg in der Halle. Er steuerte auf das junge Mädchen zu, setzte sich zu ihm und küßte es auf die Wange. Erst etwas später bemerkte er Martin und rief ihm zu: «Setzen Sie sich zu uns, Herr Ottler!»

Martin sprang rasch auf und ärgerte sich über seine Eile. «Hoffentlich störe ich nicht?»

«Ich kann den Brief auch später zu Ende schreiben», sagte

das junge Mädchen. Es hatte eine angenehme, warme Stimme.

«Herr Martin Ottler. Meine Schwester Annemarie.»

Martin setzte sich. «Sie schreiben einen Brief? Dabei sahen Sie manchmal so grüblerisch aus, daß ich annahm, Sie arbeiteten an einem Aufsatz über Immanuel Kant.»

«Nein», lachte Annemarie. «Das ist nur ein Brief an meinen Vater. Aber er ist vielleicht schwerer zu schreiben, als eine Doktorarbeit über Kant.»

«Das ist wahr», bemerkte der Leutnant. «Vater gegenüber muß man jeden Satz zweimal überlegen.»

«Ist er so streng?» fragte Martin.

«Er ist so verzweifelt», sagte Annemarie.

«Er war aktiver Offizier und gehörte zum Generalstab», erklärte der Leutnant. «Den verlorenen Krieg empfindet er als persönliche Niederlage. Er ist entsetzt über die politische Situation, über den Zerfall der moralischen Werte. Die Sozialisten betrachtet er als Grund allen Übels.»

«Er wurde im Krieg schwer verwundet», fügte Annemarie hinzu. Es klang wie eine Entschuldigung, begleitet von einem bezaubernden Lächeln, das Martin, der aufbegehren wollte, verstummen ließ. Er fragte nur: «Ist das auch Ihre Ansicht?»

«O ja, Papa hat recht.»

«Und ob er recht hat!» rief ihr Bruder.

Als Leser der *Weltbühne* wollte Martin widersprechen, aber bevor er etwas sagen konnte, deutete der Leutnant auf die Tür des Jägersaales. «Die Sitzung ist zu Ende.»

Etwa zehn Männer kamen aus dem Saal, unter ihnen Clemens Wallner und Toni Buchfellner. Zu seiner Überraschung entdeckte Martin auch Buchfellner senior, der sich, auf einen Stock stützend, nur langsam fortbewegen konnte. Clemens Wallner bemerkte Martin nicht; er begleitete einige Männer in den Vorraum der Halle, wo ihre Mäntel hingen. Toni hingegen entdeckte Martin sofort. Er begrüßte ihn freudig und erkundigte sich gleich nach Claudia.

«Meine Schwester ist noch beim Auspacken, und die anderen auch.»

«Das werde ich jetzt auch endlich tun», sagte Annemarie und stand auf. «Ich bin nämlich auch erst heute angekommen.» Sie nickte Martin zu. «Wir sehen uns sicher noch.»

Als sie gegangen war, kam Buchfellner senior angehinkt und setzte sich.

«Kannst du dich an Martin Ottler erinnern, Vater?»

«Mir ham letztes Jahr im Sternecker-Bräu z'samm a Schweinshax'n gess'n.»

«Aber damals war Ihr Bein noch in Ordnung. Hatten Sie einen Unfall?» fragte Martin.

«Einen Jagdunfall», antwortete Buchfellner und grinste vieldeutig.

«So kann man's auch nennen», lachte der Leutnant. «Gelaufen sind wir ja wie die Hasen.»

«Kimm, bring' mi z'ruck, hoam, Toni. Der Weg is z'rutschig.»

«Vater wohnt jetzt in dem Zimmer, in dem im vorigen Jahr deine Mutter gewohnt hat.»

Der alte Buchfellner konnte sich nur sehr schwer aus dem Stuhl erheben und röchelte beim Atmen. Als die beiden gegangen waren, fragte Martin den Leutnant: «Ist der alte Herr krank?»

«Er hat einen Lungenschuß abbekommen.»

«Wo ist denn das passiert?»

«Am 9. November in München auf dem Odeonsplatz, als wir mit Hitler marschierten», meinte Odenburg, als würde er von einem Osterspaziergang erzählen.

«Sie waren bei dem Putsch wirklich dabei?»

«An der Seite von Rossbach.» Er nickte fröhlich. «Hinter mir ging Toni mit seinem Vater.»

«Und wer hat geschossen?»

«Die Polizei», antwortete Odenburg. «Interessiert Sie die Geschichte wirklich?»

«Natürlich!»

«Etwa hundert Polizisten besetzten die Feldherrnhalle, und von dieser erhöhten Stelle schossen sie auf die wehrlosen Demonstranten. Hitler, der in der ersten Reihe mit General Ludendorff und Hauptmann Göring marschierte, rief: ‹Leistet keinen Widerstand! Ergebt euch!› Die Menschen liefen auseinander, aber die Polizisten schossen weiter. Der alte Buchfellner wurde gleich von zwei Kugeln getroffen. Toni und ich kümmerten uns um ihn und brachten ihn hinter dem Anast–Torbogen in Sicherheit. Während ein Medizinstudent, der mit uns marschierte, ihn notdürftig verband, besorgte Toni einen Wagen, mit dem wir den alten Herrn in die Chirurgische Klinik brachten, zu Professor Sauerbruch. Später erfuhren wir, daß Hitler von einer Kugel an der linken Schulter getroffen worden war und Hauptmann Göring lebensgefährliche Verletzungen erlitten hatte. Trotzdem gelang es Ulrich Graf und einigen anderen, beide in Sicherheit zu bringen.» Odenburg machte eine Pause und seufzte. «Sechzehn Kameraden haben wir verloren.»

Martin hatte interessiert zugehört. Er spürte die echte Betroffenheit hinter Odenburgs Worten und stellte plötzlich fest, daß die Putschisten, über die Tucholsky so verächtlich und feindselig gesprochen hatte, auch nur Menschen waren, die von Gewehrkugeln verletzt und getötet werden konnten. Etwas verlegen bemerkte er: «Aber Hitler wurde doch verhaftet.»

«Ja, zwei Tage später in Uffing am Staffelsee. Der alte Buchfellner und ich versteckten uns hier beim Toni. Wir wußten, die Polizei kannte unsere Namen. Rossbach setzte sich nach Österreich ab und Göring auch.» Er lachte plötzlich auf. «Ausgerechnet ein jüdischer Bankier ließ ihn gesundpflegen und verhalf ihm zur Flucht. Ist das nicht komisch?»

«Warum sollte das komisch sein?» fragte Martin.

«Ja, kennen Sie denn nicht Hitlers und Görings Auffassung über die Juden?»

«Nein. Jedenfalls nicht genau. Ich weiß überhaupt sehr wenig über Hitler. Ich habe ihn nur ein einziges Mal reden gehört.»

«Dann haben Sie verschiedenes nachzuholen», bemerkte Odenburg väterlich. «Übrigens, Ihre Freunde kommen gerade. Und, behalten Sie es bitte für sich, was ich Ihnen erzählt habe. Man kann ja nie wissen!»

«Kennt Onkel Clemens die Geschichte?» fragte Martin.

«Natürlich. Tonis Vater war ziemlich schwer verwundet; er lag hier zwei Wochen in dem Zimmer in Wallners Privathaus, wo er auch jetzt noch wohnt. Ihr Onkel kümmert sich rührend um ihn.»

Martin wunderte sich, doch dann meinte er: «Schließlich sind die beiden ja Schulfreunde.»

«So? Das ist mir neu. Jedenfalls sind sie jetzt Parteigenossen.»

Martin traute seinen Ohren nicht. Er erinnerte sich genau an Onkel Wallners ablehnende Haltung gegenüber Hitler. Einen «Plebejer» hatte er ihn genannt. Martin beschloß, seinen Onkel so bald wie möglich auf diesen Sinneswandel anzusprechen.

Am ersten Tag kam er nicht dazu. Sein Onkel begrüßte ihn sehr herzlich, aber nur kurz, und entschuldigte sich gleich, daß sie am Abend nicht zusammen essen könnten, wie es im vergangenen Jahr jeden Abend der Fall gewesen war. «Ich muß mich heute um meine Gäste im Kaisersaal kümmern.»

«Ich leider auch», sagte Toni, der sich jetzt ebenfalls zu ihnen gesellte.

Als Clemens Wallner Martins enttäuschtes Gesicht sah, legte er ihm die Hand auf die Schulter. «Morgen zerstreuen sich meine Gäste in alle Windrichtungen, dann können wir mit unserem Familienleben beginnen.»

«Apropos Familienleben!» bemerkte Claudia. «Ich habe Onkel Paul noch nicht gesehen.»

«Wirst du wohl auch kaum», brummte Clemens.

«Habt ihr euch verkracht?»

«Verkracht nicht, wir haben nur grundverschiedene politische Auffassungen und gehen uns neuerdings lieber aus dem Weg.»

«Das ist aber traurig», meinte Claudia.

«Wird sich sicherlich bald geben. Auch Paul muß einmal einsehen, daß es mit Deutschland so nicht weitergeht.» Er tätschelte liebevoll Claudias Wange und ging davon.

So kam es, daß die sechs jungen Leute am Abend allein an einem großen Ecktisch saßen, und sofort begann Odenburg zu berlinern. «Eijentlich sin wir janz unter uns. Sechs Berliner. Ick bin zwar in Potsdam jeborn, aber jleich danach nach Berlin umjezojen, vis-á-vis vons Joethedenkmal.» Plötzlich lachte er laut auf. «Wißt ihr, was een Paradox is? Wenn det Joethedenkmal durch die Bäume schillert.»

Alle lachten. Marion, die hingerissen an seinen Lippen hing, klatschte sogar. Derart ermuntert, gab der Leutnant im Verlauf des Essens nicht mehr das Wort ab. Er erzählte lustige Streiche aus seiner Zöglingszeit in der Kadettenanstalt in Lichterfelde, und dann folgten Kriegserinnerungen, lauter lustige Anekdoten.

«Im Krieg gab es unzählige Tote, Herr Leutnant», sagte Karl. «Sie tun so, als ob der Krieg lediglich eine lustige Episode gewesen wäre.»

«Nein, das war er nicht», entgegnete Odenburg ernst. «Aber wollen Sie, daß ich beim Abendessen die Damen mit Berichten von zerfetzten Soldatenleibern unterhalte?»

«Natürlich nicht», pflichtete Marion ihm bei. «Du mit deinen Toten, Karl!»

Nach dem Essen gingen sie in die Bar. Toni hatte für sie einen Tisch reservieren lassen, und zwei Flaschen Wein warteten auf sie. Die Bar war eher eine Schänke, wo man, neben scharfen alkoholischen Getränken, aus einem frisch angezapften Faß auch Vollbier ausschenkte. Eine Kostbarkeit, die es vor einem Jahr in ganz Bayern noch nicht gegeben hatte. Martin erinnerte sich genau, wie Onkel Clemens sich darüber aufgeregt hatte.

Und es gab Musik. Eine erstaunliche Mischung zwischen Salonorchester und bayerischer Blaskapelle spielte auf. Militärmärsche und Walzer wechselten ab, und hie und da, als modische Einlage, quälten sich die wackeren Musikanten einen Onestep ab.

Kaum waren die ersten Weingläser gefüllt, verkündete Odenburg: «Kinder, ich bin der Älteste, ich erlaube euch, mich zu duzen. Ex!» Und er trank sein Glas in einem Zug aus. «Ihr werdet selbstverständlich zurückgeduzt.»

«Müssen wir jetzt auch ‹du› zueinander sagen?» fragte Martin Annemarie, die neben ihm saß.

«Nein, bestimmt nicht!» protestierte das Mädchen.

Martin fand diese Ablehnung selbstverständlich. Sie ist keine Kurfürstendammpflanze, dachte er und erkundigte sich gleich, wo sie ständig lebe.

«In Berlin», lautete die Antwort. «Ich wohne bei einer Tante in Dahlem, seit ich das Lyzeum besuche. Aber an den Wochenenden fahre ich immer nach Odenburg.»

«Odenburg?»

«Das ist ein kleines Fleckchen im Mecklenburgischen. Eigentlich nur ein Dorf mit dreißig Menschen. Dort lebt mein Vater auf einem Gutshof.»

«Ich war noch nie auf einem Gutshof», bemerkte Martin besinnlich.

«Sie können uns ja einmal besuchen», sagte das Mädchen und fügte rasch hinzu: «Wenn Papa es erlaubt.»

«Ich würde sehr gerne kommen. Hält Ihr Herr Vater zu Hause ein sehr strenges Regiment?»

«Wie man's nimmt. Es hat jedenfalls viel Anstrengung gekostet, ihn zu überreden, mich nach Berlin gehen zu lassen. Jetzt kämpfe ich darum, daß er mir erlaubt, die Uni zu besuchen. Das sei nichts für Mädchen, meint er.»

«Was wollen Sie denn studieren?»

«Philosophie. Papa ist allerdings dagegen. Das sei keine echte Wissenschaft, sagt er.»

«Da muß ich dem alten Herrn recht geben», mischte der Leutnant sich ein. «Er meinte auch nur, die Philosophie sei keine exakte Wissenschaft. Man kann sich nur nach verschiedenen Meinungen und Auffassungen richten, die aber nie wissenschaftlich zu begründen sind und sich mit den Zeiten auch noch ändern.»

Martin wunderte sich, mit welcher Ernsthaftigkeit Odenburg diese Worte vorgetragen hatte.

«Der einzige Philosoph, den Vater gelten läßt, ist Clausewitz», fügte der Leutnant hinzu.

Die Kapelle setzte schüchtern mit einem Onestep ein, und Marion erhob sich plötzlich. «Wer tanzt mit mir?»

Jeder wußte, daß Odenburg gemeint war. Er sprang auch sofort auf und schlug die Hacken zusammen.

Karl tanzte mit Claudia.

Martin, der mit Annemarie tanzte, sagte: «Ihr Bruder ist ein sehr lustiger Mensch.»

«Nicht immer. Manchmal tut er auch nur so. Er leidet sehr darunter, daß seine militärische Karriere zu Ende gegangen ist, bevor sie richtig angefangen hat.»

«Ehrlich gesagt, ich kann es nicht verstehen, wie jemand auf die Idee kommen kann, aktiver Offizier zu werden», sagte Martin.

«Auf die Idee kommen!» Annemarie lachte. «Das war nicht seine Idee, sondern die des Eberhard Anton von Odenburg, der in der Armee von Friedrich dem Großen General geworden ist. Seitdem ist es Tradition in unserer Familie, daß jeder Erstgeborene Offizier wird. Aber zum General hat es noch keiner gebracht.»

«Ernst hat also nichts anderes gelernt, als Soldat zu sein?»

«Nichts anderes. Und er war mit Leib und Seele Soldat. Das heißt, er ist es immer noch.»

«Fährt er auch oft nach Odenburg?» wechselte Martin das Thema.

«Das kann er nicht. Er würde sofort verhaftet werden.»

«Verhaftet? Warum?»

Annemarie antwortete nicht.

«Hat er ein Verbrechen begangen?»

«Aber nein», sagte sie lächelnd und fügte bitter hinzu: «Die Regierung hat die Freikorps gegen die Spartakisten zu Hilfe gerufen, und jetzt, wo man sie nicht mehr braucht, sollen die Korps aufgelöst werden. Aber sie weigern sich. Die meisten von ihnen haben Angst, daß sie nicht mehr ins Zivilleben zurückfinden.»

«Einmal werden sie es tun müssen», meinte Martin.

«Ja, einmal», rief das Mädchen, «wenn sie Arbeit finden. Aber wer findet heute schon Arbeit?»

Martin wußte darauf auch keine Antwort. Er schwieg.

«So bleiben sie lieber zusammen. Erich sagt, so ein Haufen gäbe einem das Gefühl der Zusammengehörigkeit und der Sicherheit. Erich hat recht. Wenn letzteres auch ein Irrtum ist. Schließlich werden sie verfolgt. Wenn man einen von ihnen erwischt, wird er eingesperrt. Deshalb haben sich die meisten nach Bayern abgesetzt.»

«Aber hier werden sie doch auch verfolgt, wie mir Ihr Bruder erzählt hat.»

«Seit dem Hitler-Putsch schon. Aber die Bayern nehmen die Verfolgung nicht so ernst wie die Preußen.»

«Woher wissen Sie das alles?»

«Das weiß doch jedes Kind!»

«Nicht in der Douglasstraße!» entfuhr es Martin.

«Was ist in der Douglasstraße?» fragte Annemarie.

«Ach, nichts.»

Die Kapelle wechselte vom Onestep zu einem Walzer, und Martin konnte jetzt die Arme um Annemarie legen. Das Mädchen ließ es sich gern gefallen, ließ es aber nicht zu, daß sich der Abstand zwischen ihnen bedeutend verkleinerte.

Im Bett unterhielten sich Martin und Karl noch eine Weile über ihre neuen Bekannten.

«Das Mädchen ist sehr hübsch», meinte Karl. «Man muß allerdings abwarten, ob es wirklich so sanft ist, wie es sich gibt.»

Martin sagte nichts. Er erinnerte sich daran, wie anschmiegsam und leichtfüßig Annemarie sich beim Tanzen führen ließ.

«Der Herr von Odenburg ist nicht mein Fall», sagte Karl. «Als er sich beim Abendessen produzierte, habe ich mir vorgestellt, wie es wäre, wenn ich ihn einmal in die Douglasstraße einladen würde. Zusammen mit Tucho und George Grosz und den anderen. Er würde wirken wie der oft erwähnte Elefant im Porzellanladen.»

«Also, mit zerbrechlichem Porzellan würde ich Tucho und seine Freunde nicht vergleichen!» Martin überlegte eine Weile. «Er sieht die Welt aus einer anderen Ecke als wir, ist anders erzogen, in einer anderen Umgebung, die uns fremd ist. Kannst du dir dich als Zögling einer Kadettenanstalt in Lichterfelde vorstellen?»

«Nein, das kann ich nicht. Jedenfalls ist das ein gräßlicher Gedanke. Hoffentlich träume ich nicht davon!»

Nach einem knappen «Gute Nacht!» knipste Karl das Licht aus.

Am nächsten Tag, schon um halb acht in der Früh, wartete Toni in der Halle auf die vier Berliner und führte sie in den Keller, wo Sepp, der Skimeister, gerade dabei war, die Skier zu wachsen. Sepp war ein bärtiger, knorriger alter Garmischer, keineswegs ein Meisterfahrer, aber ein Meister im Wachsen. Als er Toni erblickte, der als erster den Keller betrat, schlug er die Hacken zusammen und streckte seinen rechten Arm zum Gruß aus. Karl, der diese Art des Grüßens noch nicht kannte, flüsterte Martin zu: «War der in seinem früheren Leben mal Legionär im alten Rom?»

Martin, der sich daran erinnerte, daß im Bürgerbräu Adolf Hitler nach seiner Rede von der begeisterten Menge mit demselben Legionärsgruß verabschiedet worden war, flüsterte zurück: «Ich erkläre dir das später.»

Der Skimeister nahm seine Tätigkeit wieder auf. Während Marion und Karl, Neulinge im Schnee, ihm interessiert zuschauten, erklärte Toni den Weg zur Sammelstelle der Skischulen. Er hatte Claudia und Martin bei dem Skilehrer Lugi in der Gruppe für Fortgeschrittene angemeldet. Die Geschwister Kaltz mußten sich bei der Anfängergruppe melden, die von der Skilehrerin Anna Prucker geleitet wurde.

Auf dem Sammelplatz erlebten sie eine Überraschung. Inmitten einer Reihe von etwa vierzehn zehn– bis zwölfjährigen Buben stand Leutnant Odenburg. Wie ein Riese ragte er zwischen den Knirpsen heraus.

«Ich habe beschlossen, meine Skifahrkünste zu vervollständigen», sagte er gutgelaunt zu Marion. «Wenn ich schon in den Schnee purzeln muß, nur mit Ihnen!»

«Macht deine Schwester nicht mit?» fragte Martin.

«Sie muß deinem Onkel helfen, die Protokolle von der gestrigen Sitzung abzutippen.»

«Wieso? Onkel Clemens hat doch eine Sekretärin, warum macht die das nicht?»

«Die ist nicht unbedingt vertrauenswürdig. Ihre Schwester ist mit einem Juden verheiratet.»

Martin gefiel diese Antwort nicht, und er erkundigte sich weiter. «Was war das überhaupt für eine Sitzung?»

«Eine Sitzung der Ortsgruppe Garmisch», flüsterte der Leutnant. «Es ging um die Neugründung der Partei, da ja die NSDAP verboten wurde.»

Mehr erfuhr Martin nicht, denn die Skilehrerin mahnte ihre Klasse mit einem energischen «Vorwärts, Kinder!» zum Aufbruch, und das Kind Odenburg mußte mitmarschieren.

Der noch sehr junge Lugi entpuppte sich als ein rasanter Skiläufer, der seinen sechs Schülern allerhand zumutete. Er stellte sie am Hang der Reihe nach auf, fuhr mit einem Jodler los; die anderen mochten sehen, wo sie blieben. Beherzt folgte ihm als erste Claudia, dann, weniger beherzt, Martin.

Beim ersten Halt, als sie sich eine Weile ausgeruht hatten, fragte Lugi den schweratmenden Martin: «Wia schaugsts in Berlin aus?»

«Wie immer.»

«Hobt Ihr dort a an Jugendbund?» forschte er weiter und duzte Martin dabei kameradschaftlich.

«Jugendbund? Was soll denn das sein?»

«Dös waast net?» Überrascht starrte er Martin an. Dann grinste er höhnisch. «Vor mir muast di net fürchtn, Kamerad. Die Partei is verbotn, oba redn werd ma no derfn.» Plötzlich stutzte er. «Du bischt do a Freind vom Buchfellner Toni?»

«Ich glaube schon», antwortete Martin.

«No also. Nachha wirst aa wissn, doß der Toni dea Leiter vo dera Jugendgruppe in Garmisch is.»

«Natürlich wissen wir das», mischte Claudia sich ein.

Die Sonne ließ in den nächsten Tagen die Politik beinahe vergessen. Der Leutnant fand plötzlich großen Gefallen am Skifahren, er verbrachte mit Marion und Karl täglich vier Stunden auf der Piste in der Anfängergruppe der hübschen Anna Prucker, mit der er, zum Ärger Marions, ausgiebig flirtete. Mit Karl sprach er nicht über Politik; er spürte die Ablehnung, die Karls Verhalten ihm gegenüber bestimmte.

Die Tage verliefen in schöner Gleichmäßigkeit. Frühstükken, Skilaufen, die schweren Skistiefel mit bequemen Hüttenschuhen wechseln, Mittagessen, Zeitunglesen, Skilaufen, Kaffee mit Kuchen, vor dem Abendessen einen Cocktail und danach drei Flaschen leichten Tischwein, spendiert von Clemens Wallner.

Martin ertappte sich bald dabei, daß er sich auf die Abende besonders freute. Auf die Abende mit Annemarie. Weniger auf das Tanzen, vielmehr auf die langen Unterhaltungen mit ihr. Er stellte fest, daß Annemarie das erste Mädchen unter seinen Bekannten war, das zuhören konnte. Sie tat es stumm, beinah hingebungsvoll, und dieses Zuhören animierte ihn mehr zum Reden, als irgendwelche neugierigen Fragen. Er ging viel mehr aus sich heraus als sonst, da er echte Anteilnahme spürte, obwohl er über seine gewiß nicht weltbewegenden Probleme sprach. Über die Probleme eines jungen Mannes, der nicht wußte, was er mit seinem Leben anfangen sollte.

Martin erinnerte sich daran, daß Annemarie am ersten Abend beim Tanzen ziemlich viel geplaudert hatte, aber er erinnerte sich auch, daß er derjenige gewesen war, der dauernd Fragen gestellt hatte. Am nächsten Tag beim Abendessen fiel ihm ihre Schweigsamkeit auf. Sie mischte sich nie unaufgefordert in ein Gespräch, sprach nur, wenn sie direkt angesprochen wurde. Sonst saß sie stumm da, aber keinesfalls abweisend, mit einem kleinen, hübschen, fast traurigen Lächeln.

Einen Tag vor Silvester kam in aller Herrgottsfrühe Clemens Wallner in das Zimmer von Martin und Karl. «Ihr könnt ruhig weiterschlafen, Jungs, mit Skilaufen ist heute nix. Es tobt ein Schneesturm.»

«Was kann man hier beim Schneesturm machen?» fragte Karl und reckte sich.

«Im Keller ist ein Ping–Pong–Tisch, und im Hotel ist ein Billardzimmer. ... Übrigens, Martin, Paul ist gestern abend angekommen.»

«Onkel Paul? Wie schön!»

«Er sitzt drüben im Hotel und frühstückt.»

«Ich ziehe mich rasch an und laufe hinüber.»

«Ich komme mit», sagte Clemens. «Wir werden uns gegenseitig festhalten müssen, damit der Wind uns nicht einfach fortweht.»

Paul Wallner stand auf, als sein Bruder und Martin sich seinem Tisch näherten, und verneigte sich feierlich. «Ich begrüße den Schriftsteller Martin Orbán!» Dann umarmte er seinen Neffen.

«Du hast mir gar nicht geschrieben, Onkel, wie dir die Novelle gefallen hat.»

«Sehr gut hat sie mir gefallen», sagte Paul, während er sich setzte. «Du solltest aber lernen, einfacher zu schreiben. Du schwelgst zuviel in schmückenden Beiwörtern.»

«Das werde ich mir merken, Onkel», antwortete Martin ernst und legte die Hand auf Paul Wallners Arm. «Ich freue mich sehr, daß du da bist.»

«Paul legte Wert darauf, mir zu verkünden, daß er nur dir zuliebe hierhergekommen ist», bemerkte Clemens.

«Red doch keinen Quatsch. Ich habe lediglich erklärt, daß ich nicht die Absicht habe, mit dir politische Debatten zu führen.»

«Das ist aber sehr bedauerlich», meinte Martin. «Mich würde es sehr interessieren. Außerdem hätte ich auch einige Fragen an Onkel Clemens.»

«Schieß los!» rief Clemens Wallner in bester Laune.

«Ich habe gehört, du bist Mitglied der Hitler-Partei geworden. Ich kann mich erinnern, vor einem Jahr hast du zu uns noch gesagt, Hitler wäre ein Plebejer.»

«Also, ein Aristokrat ist er bestimmt nicht», lachte Clemens, «aber das braucht er auch nicht zu sein. Die Zeit, in der Politik Privileg einer Klasse war, ist vorbei. Hitler spricht die Sprache des Volkes. Die Masse versteht ihn. Und steht hinter ihm.»

«Die Masse!» höhnte Paul. «Nach Pressemitteilungen hatte die NSDAP vor ihrem Verbot siebenundfünfzigtausend Mitglieder.»

«In München! Es gibt noch andere Ortschaften. Ich sehe, wie viele Leute sich hier in Garmisch bei unserer Ortsgruppe einschreiben lassen.»

«Und noch etwas, Onkel», sagte Martin. «Du selbst hast erzählt, daß Hitler gegen die Juden hetzt. Und du hast auch gesagt, daß dir das nicht gefällt, da viele deiner Freunde Juden sind.»

«Da ist was dran, das habe ich tatsächlich gesagt. Aber inzwischen weiß ich auch, wie Hitler das meint. Er betrachtet die Juden als eine politische Gruppe. Er will sie ausschalten, wie er auch andere politische Gruppen ausschalten will.»

Martin waren die Mechanismen der großen Politik kaum bekannt, und fragend schaute er Paul an.

«Wenn bloß nicht mehr dahintersteckt!» meinte Paul und seufzte.

«Noch irgendwelche Fragen, Neffe?»

«Du mußt entschuldigen, Onkel, aber hier in Garmisch steht die Welt plötzlich auf dem Kopf. Meine Freunde und Bekannten in Berlin denken ganz anders über Hitler.»

Er erzählte über die Sonntagnachmittage bei Dr. Kaltz und zählte die Gäste auf, die dort verkehrten. Bei einigen Namen verzog Clemens angewidert das Gesicht, und als der Name von George Grosz fiel, rief er: «Also, der ist nun wirklich ein Kulturbolschewist. Ich habe einige Bilder von ihm gesehen, pure Schweinereien. Und Landesverrat obendrein.»

Martin schwieg betroffen und wandte sich mit fragendem Gesicht wieder an Paul.

«Also, mein Geschmack ist er auch nicht.»

Clemens wurde von seiner Sekretärin ins Büro gerufen. «Wir reden nochmal über die Sache», meinte er und tätschelte Martins Wange.

Als er fort war, schaute Martin hilfesuchend zu Paul. «Wie kann sich Onkel Clemens so rasch gewandelt haben?»

«Gewandelt hat er sich nicht. Clemens hat sich nie über die Probleme des Lebens den Kopf zerbrochen. Er sah alles immer nur von der praktischen Seite.»

«Schließlich ist er Hotelkaufmann», warf Martin ein. «Außerdem, was hat das mit seiner politischen Einstellung zu tun?»

«Sehr viel», antwortete Paul. «Diese Ortsgruppe versammelt sich jede Nacht im Jägersaal, da wird viel gegessen und getrunken. Das macht sich in der Kasse bemerkbar. Früher trafen sich die Herren in Partenkirchen in einem Gasthof; Toni hat sie herübergelockt. Es finden hier noch andere Versammlungen statt; die Leute kommen aus der Umgebung angereist und bevölkern das Hotel. Die beiden Buchfellners haben Clemens dauernd zugesetzt, er möge in die Partei eintreten. Dann hat Hitler hier drei Nächte übernachtet, das gab Clemens den Rest. Hitler sprach ihn dauernd als Parteigenossen an, und Clemens wagte es nicht zu widersprechen. Er wurde sozusagen nachträglich Parteimitglied.»

«Also nur aus Geschäftsinteresse?»

«Das weiß ich eben nicht. Vielleicht am Anfang. Heute schwört er auf Hitler.» Paul Wallner schwieg nachdenklich und fügte hinzu: «Hitler ist eben ein Rattenfänger.» Dann lachte er. «Womit ich nicht gesagt haben will, daß dein Onkel Clemens eine Ratte ist.»

Der Schneesturm dauerte den ganzen Tag; an Skilaufen war nicht zu denken. Die Hotelgäste kamen erst mittags aus ihren Zimmern, und nach dem Essen drückten sie sich schlechtgelaunt in der Halle herum, lasen, spielten Rommé oder Bridge. Odenburg, Martin und Karl spielten Billard, wenn sie einen Tisch ergattern konnten. Marion leistete ihnen Gesellschaft und notierte auf einer Schiefertafel die Punkte. Eigentlich tat sie es nur Odenburg zuliebe und jubelte jedesmal, wenn dem Leutnant eine Serie gelang. Sie hatte viel zu jubeln, denn Odenburg war ein ausgezeichneter Billardspieler; er schlug seine Gegner haushoch.

Marion war sehr enttäuscht, als Odenburg plötzlich erklärte, nicht weiterspielen zu wollen.

«Ich muß einen Bericht an den Kapitän schreiben», sagte Odenburg vertraulich zu Martin, bevor er das Billardzimmer verließ.

«Was für einen Kapitän meint er?» fragte Karl.

«Den Korpsführer Hermann Ehrhardt», antwortete Martin.

«Der sitzt nicht?»

«Offenbar nicht. Erich erzählte mir, daß er mit ihm ständig in Verbindung steht.»

«Ich habe das Gefühl, ihr seid dicke Freunde geworden, du und Erich.»

«Unsinn», sagte Martin. «Ich höre mir alles an, was er zu erzählen hat. Wie ich darüber denke, ist meine Sache.»

«Und wie denkst du darüber?»

«Wie Onkel Paul. Das sind arme, irregeleitete Leute.»

«Na, hoffentlich bleibst du dabei», brummte Karl.

Odenburg setzte sich in der Halle zu seiner Schwester, die gerade dabei war, einen Brief zu schreiben. Neben ihr saß Claudia und las in den ‹Buddenbrooks›.

Als Annemarie mit ihrem Brief fertig war, fragte Claudia sie: «Hast du schon etwas von Martin Orbán gelesen?»

«Nie den Namen gehört.»

«Das ist aber eine Bildungslücke. Er ist berühmter als Thomas Mann.» Claudia holte aus ihrer Handtasche die Zeitung mit Martins Novelle, die sie meistens bei sich trug, und klärte Annemarie und Erich über die wahre Identität des Autors auf. Der Leutnant rückte näher zu seiner Schwester, und gemeinsam lasen sie die Novelle. Als sich Martin mit Marion und Karl ebenfalls zu ihnen gesellten, lobten die beiden Odenburgs einstimmig den Autor.

«Schreiben Sie jetzt etwas Neues?» fragte Annemarie.

«Ich weiß nicht, worüber. Ich habe kein Thema.»

«Kein Thema?» rief der Leutnant. «Die Themen liegen heute doch auf der Straße.»

Martin erinnerte sich an Helga Kaltz' Standpauke und lachte: «Das hat man mir in Berlin auch gesagt.»

«Wer das auch gewesen sein mag, der hatte recht. Die Themen liegen auf der Straße. Auf dem Odeonsplatz zum Beispiel, wo friedliche Demonstranten niedergeschossen werden. Und wenn du unbedingt über jemanden schreiben willst, der hingerichtet wurde, so brauchst du nicht nach Indien zu gehen und schon gar nicht zurück in die Historie. Vor sieben Monaten wurde von den französischen Ruhrbesetzern auf der Golzheimer Heide bei Düsseldorf der deutsche Nationalheld Albert Leo Schlageter standrechtlich erschossen. Ist das kein Thema?»

«Nicht für Martin», sagte Karl.

Martin schwieg, und Karl fuhr ihn an: «Oder?»

«Ich weiß es nicht. So auf Anhieb weiß ich es nicht. Austin de Bordeaux hat mich gleich interessiert, als ich zum erstenmal von ihm gehört habe. Aber Schlageter? Was ich über den weiß, ist negativ.»

«Du liest die falschen Zeitungen, Martin», sagte Odenburg freundlich.

«Er liest die *Neue Berliner Zeitung*, und die macht mein Vater!» Wütend schwenkte Karl die Zeitung mit der Novelle.

Es wäre zwischen den beiden höchstwahrscheinlich zu einer Auseinandersetzung über geeignete beziehungsweise weniger geeignete Lesestoffe gekommen, wenn Bartel, der Hausdiener, Karl nicht ans Telefon gerufen hätte.

«Das ist Vati!» jubelte Marion und eilte mit Karl ins Büro.

Dr. Kaltz teilte ihnen mit, daß er sich drei Tage freigenommen hatte und mit seiner Frau nach Garmisch kommen wollte, um die Silvesternacht gemeinsam in den Bergen zu verbringen.

Karl gab die freudige Nachricht an Martin weiter und bat ihn, dafür zu sorgen, daß Clemens Wallner seinem Vater und seiner Stiefmutter einen separaten Tisch reservierte. «Nicht wegen Vati, sondern wegen Helga. Am liebsten wäre mir, wenn sie diesen Rossbach-Schergen überhaupt nicht kennenlernt. Sollte ein Gespräch ins Politische abrutschen, gibt es zwischen den beiden bestimmt Mord und Totschlag.»

Karls Befürchtungen erwiesen sich als überflüssig; Helga und Erich begegneten sich überhaupt nicht.

Am Abend, beim obligaten Onestep, sagte Annemarie zu Martin: «Was ich Ihnen jetzt sage, muß unter uns bleiben, aber ich möchte nicht abreisen, ohne mich von Ihnen verabschiedet zu haben.»

«Sie wollen abreisen?»

«Ja, morgen in der Früh. Aber bitte, bitte, erzählen Sie es niemandem. Und erwähnen Sie auch Erich gegenüber nicht, daß Sie es wissen.»

«Natürlich nicht. Aber weshalb diese Geheimnistuerei?»

«Wir fahren mit dem Wagen nach Mittenwald. Nachts um zwölf Uhr, wenn die Zöllner Silvester feiern, versucht Erich über die Grenze nach Österreich zu entkommen. Ich bringe am nächsten Tag, mit dem Wagen, seine Sachen nach Wien.»

«Sie können autofahren?»

«Leider nein. Ein Kamerad von Erich fährt mich hinüber. Die Zöllner kennen ihn gut.» Plötzlich kicherte sie. «Er ist selber Zöllner, aber auch Parteigenosse.»

«Es gefällt mir nicht, daß Sie sich auf solche Sachen einlassen.»

«Was ist schon dabei, einige Koffer nach Wien zu transportieren? Es sind keine Bomben drin.»

«Ich möchte nicht, daß Ihnen etwas passiert», sagte Martin, mit Wärme in der Stimme.

Annemarie streichelte mit dem Handrücken einmal über Martins Wange. «Das ist sehr lieb von Ihnen», flüsterte sie und legte den Zeigefinger auf seinen Mund. «Aber Sie schweigen!»

«Ich schweige. Aber nur unter einer Bedingung. Sie schreiben mir noch heute abend Ihre Berliner Adresse auf – und die Telefonnummer.»

«Mache ich», antwortete Annemarie und schenkte ihm ein Mona–Lisa–Lächeln.

Schweigend tanzten sie weiter. Martins Gedanken waren zwiespältig. Einerseits tat es ihm aufrichtig leid, daß Annemarie wegfuhr, denn er fühlte eine ehrliche Zuneigung zu ihr. Andererseits konnte er eine gewisse Freude nicht unterdrükken. Vielleicht war es besser, wenn das Mädchen nicht da war. So konnte er seine ganze Zeit Helga widmen, falls sie Wert darauf legte. Er schämte sich dieser Gedanken etwas, und plötzlich fiel ihm sein verstorbener Großvater ein: «Du bist ein Opportunist, Martin. Aber sei nicht beleidigt. Opportunisten sind mir lieber als Fanatiker. Die sind gefährlich und können die Welt ins Unglück stürzen. Opportunisten wollen nur gut leben. Deine Devise sollte sein: ‹Leben und leben lassen›.» Martins Vater, der bei dem Gespräch dabei gewesen war, hatte gelacht. «Das ist pure Sophisterei, Vater.»

Die Musik hörte zu spielen auf, und Martin geleitete Annemarie zum Tisch zurück. Schon einige Minuten später steckte sie ihm in der Halle einen Zettel zu.

«Ich würde Ihnen morgen zum Abschied sehr gern Blumen schicken, aber ich darf ja nicht verraten, daß ich von Ihrer Abreise weiß. Nehmen Sie also bitte an, ich hätte Ihnen einen Strauß geschickt», sagte Martin leise.

«Ich werde Ihre imaginären Blumen in Wien in eine Vase stecken», flüsterte sie zurück und drückte seine Hand.

«Nehmen Sie eine große Vase für fünfzig rote Rosen.» Martin gab ihr verstohlen, hinter dem Rücken der anderen, einen raschen Kuß auf den Mund.

Für Annemarie und ihren Bruder wurde am Frühstückstisch nicht mehr gedeckt. Clemens entschuldigte ihre Abwesenheit. Sie hätten plötzlich wegen einer Familienangelegenheit abreisen müssen, ließen schön grüßen und hofften auf ein Wiedersehen.

«Ich lege keinen Wert darauf», flüsterte Karl Martin zu, dann sagte er laut: «Mir fällt ein Stein vom Herzen. Der Odenburg und unsere Stiefmutter wären sicher aneinandergeraten. Ihre Weltanschauungen harmonieren wie Feuer und Wasser.» Während er sprach, nahm er Clemens Wallner direkt ins Visier. Er kannte dessen politischen Standort.

«Ich nehme es zur Kenntnis, junger Freund. Ich bin Gastwirt, und bei mir hat der Gast immer recht.»

«Auch politisch?» fragte Karl.

«Solange er bei mir wohnt, werde ich nicht versuchen, ihn zu meinen Ansichten zu bekehren.»

Das Gespräch konnte nicht fortgeführt werden, da der Portier meldete, der Schlitten sei vorgefahren, und die jungen Leute fuhren zum Bahnhof, um Dr. Kaltz und seine Frau abzuholen. Strahlend sprang Helga Kaltz aus dem Schlafwagenabteil, während sich ihr Mann, weniger strahlend, mit den zahlreichen Gepäckstücken abplagte. Marion und Karl wurden von Helga umarmt, sie erhielten auf jede Wange einen Kuß; Martin reichte sie nur die Hand.

«Wieso bekommt Martin keinen Kuß?» fragte Marion.

«Ich kann doch keine fremden Männer küssen», lachte Helga, und wandte sich an Martin. «So braungebrannt sehen Sie wie ein richtiger Mann aus.»

Martin schluckte und schwieg. Es hatte keine Ironie in Helgas Stimme gelegen. Sie schien ihre Worte ernst gemeint zu haben – wie eine überraschende Entdeckung, und diese Ernsthaftigkeit verwirrte ihn vollends. Er ärgerte sich über seine Befangenheit, die ihn immer befiel, wenn er dieser Frau gegenüberstand, aber er brachte wieder kein Wort heraus. Flüchtig mußte er an Annemarie denken, an die langen Gespräche. Ihr gegenüber hatte er sich nie gehemmt gefühlt.

Martin war froh, als der Kutscher zu ihnen trat, und er ihn Helga vorstellen konnte. «Das ist Korbinian.»

«Korbinian? Gibt es wirklich Leute, die so heißen? Ich dachte, die gibt es nur bei Ludwig Thoma.»

Wortlos nahm der Kutscher Dr. Kaltz die Koffer ab und schleppte sie zum Schlitten. Die Prachtkutsche des Hotels war sehr geräumig, trotzdem gehörte eine gewisse strategische Begabung dazu, sechs Personen darin unterzubringen. Helga saß mit ihrem Mann natürlich im Fond, zwischen ihnen Marion. Claudia und Martin begnügten sich mit dem kleinen schmalen Sitz auf der anderen Seite. Karl wurde auf den Bock neben den Kutscher verbannt.

Während der Fahrt fühlte sich Martin in eine Hölle versetzt, in der die Flammen allerdings keine schmerzlichen Verbrennungen verursachten, sondern nur angenehme Empfindungen. Er saß Helga gegenüber, und unter der dicken Pelzdecke, die Korbinian über die Beine der Insassen ausgebreitet hatte, berührten sich ihre Knie. Martin war das peinlich, und er versuchte der Berührung zu entgehen. Vergeblich. Er traute sich nicht, Helga anzusehen, bis er zufällig ihr spöttisches Lächeln und ihren herausfordernden Blick bemerkte. Martin hatte das Gefühl, wegen seiner Verlegenheit ausgelacht zu werden, und ärgerte sich. Helga preßte ihre Knie an seine, und von nun an unterließ er seine Ausweichmanöver. Knie an Knie saßen sie während der ganzen Fahrt. Oberhalb der Pelzdecke war davon nichts zu merken. Helga plauderte vergnügt mit ihrem Gatten und mit den Kindern. Martin schwieg und bekam langsam einen roten Kopf. Erleichtert und zugleich bedauernd atmete er auf, als Korbinian vor dem Hotel anhielt.

Clemens war nicht im Hotel, und so lernte er die neuen Gäste erst mittags im Restaurant kennen. Er hatte, Karls Wunsch entsprechend, einen separaten Tisch für sie reserviert.

«Warum sollen wir getrennt sitzen? Wir können die Tische doch wieder zusammenschieben», sagte Marion, die gern so nah wie möglich mit Toni Buchfellner zusammensitzen wollte.

«Aber selbstverständlich», erklärte Clemens. «Wenn die Herrschaften damit einverstanden sind.»

Die Herrschaften waren es.

«Hoffentlich geht das gut», flüsterte Karl Martin zu.

«Besitzen Sie eigentlich ein Beschwerdebuch?» fragte Helga mit einem liebenswürdigen Lächeln.

«Ein Beschwerdebuch? Nein. Ehrlich gesagt, ich bin noch nie auf die Idee gekommen, daß jemals sich jemand in meinem Hotel beschweren würde.»

«Ich werde es», sagte Helga spitzbübisch. «Ich habe den Zeitungsstand inspiziert und festgestellt, daß die Zeitschrift, die ich redigiere, hier nicht verkauft wird.»

«Oh! Das ist natürlich unverzeihlich. Wie heißt die Zeitschrift?»

«*Durchbruch*.»

«Ah! *Durchbruch*.»

«Kennen Sie die Zeitschrift überhaupt?»

«Offen gestanden, nein. Zu meiner Entschuldigung sei gesagt, daß ich kaum Zeit zum Lesen habe. Aber ich werde gleich nach dem Essen mit der Frau Lorenz reden. Sie ist die Pächterin des Zeitungsstandes.»

«Die wird dir was husten», bemerkte Paul, nicht ohne Vergnügen.

«Wie meinst du das?»

«Ich wollte einmal bei dir *Die Weltbühne* kaufen, und die Lorenz hat mich angefaucht: ‹So was nehme ich nicht in die Hand!› Und Frau Kaltz' Zeitschrift steht der *Weltbühne* in nichts nach. Nicht, was die ideologische Richtung anbelangt, und auch nicht qualitativ.»

«Ich danke für das Kompliment», sagte Helga. «Und was hat die Dame Lorenz gegen uns?»

Paul gab keine Antwort, aber man sah es ihm an, er wußte eine. Toni war es, der ernst erwiderte: «Sie ist eine überzeugte Anhängerin Hitlers.»

«Solche Leute muß es auch geben», meinte Dr. Kaltz nach einer Weile.

Kathi, die Kellnerin, servierte die Suppe. «Die gute Schöberlsuppe!»

Helga erkundigte sich, was Schöberl seien, und Clemens, froh vom Thema wegzukommen, klärte sie bereitwillig auf. «Die Suppeneinlage. Hackfleisch in Blätterteig eingebacken.»

Man löffelte schweigend die Suppe, dann fragte Dr. Kaltz: «Na, Martin, was macht die Schriftstellerei?»

«Sie ruht.»

«Er hat kein Thema», sagte Marion und kicherte.

«Jemand hat vorgeschlagen», erzählte Karl, «er solle eine Novelle über Leo Schlageter schreiben. Derjenige meinte, Schlageter hätte auch einen tragischen Tod gehabt – wie Austin de Bordeaux.»

«Ein tragischer Tod sagt nichts über die Qualitäten eines Menschen aus. Napoleon kann man auch nicht nach St. Helena beurteilen», bemerkte Helga. «Übrigens, Herr Wallner, die Suppe schmeckt ausgezeichnet. Glauben Sie, daß die Köchin mir das Rezept gibt? Oder ist sie auch Nationalsozialistin?»

«Ich besorge Ihnen das Rezept», sagte Martin und lächelte krampfhaft.

Nach diesem kurzen Geplänkel verlief das Essen harmonisch, und hinterher ging das Ehepaar Kaltz auf sein Zimmer. Marion und Karl begleiteten sie.

«Das war am Anfang eine recht peinliche Unterhaltung», sagte Karl. Da niemand auf seine Bemerkung reagierte, sprach er weiter. «Martins Onkel ist nämlich auch ein Anhänger Hitlers. Er ist sogar Parteimitglied.»

«Woher weißt du das?» fragte Dr. Kaltz.

«Martin hat es mir erzählt. Im vorigen Jahr schimpfte er noch auf Hitler, jetzt schwärmt er für ihn. Schuld daran soll der Toni Buchfellner sein, dessen Vater zu den Parteigründern gehört.»

«Dieser Hitler scheint eine bayerische Krankheit zu sein.»

«Die bayerische Krankheit! Eine großartige Überschrift für einen politischen Artikel», rief Helga begeistert aus. «Schenkst du sie mir, Edu?»

«Geschenkt. Aber du mußt mir versprechen, während unseres Aufenthalts hier jedem politischen Gespräch aus dem Weg zu gehen. Ich hoffe, daß du nicht auf die Idee kommst, die verirrten Lämmer zu *Durchbruch*-Lesern bekehren zu wollen.»

Schweigend hob Helga die rechte Hand zum Schwur.

«Ehrlich gesagt, ich verstehe eure Meckerei nicht. Alle politischen Parteien sind schließlich gleich», meinte Marion.

Ihr Vater lachte. «Manche sind gleicher.»

Abends, nach dem festlichen Silvesteressen – Leberknödelsuppe, Hasenbraten und Apfelstrudel – und einigen Gläsern Wein, war die Tischgesellschaft in guter Stimmung. Zu ihrer guten Laune trug viel die Bewunderung der übrigen Gäste bei; Helga zog bei ihrem Auftritt im Restaurant in ihrem körperengen, schwarzen Abendkleid alle Blicke auf sich.

«Ein hinreißendes Kleid!» rief Martin, als sie an dem festlich gedeckten Tisch erschien. Die zwei Gläschen Enzian, die er auf leeren Magen getrunken hatte, gaben ihm den Mut, ihr zuzuflüstern: «Und der Inhalt natürlich auch.»

Helga lachte laut und ungeniert. «Ich bin noch nie als Inhalt bezeichnet worden.»

Sie setzte sich an das Kopfende des Tisches, auf den Stuhl, den Clemens und Paul, beide im feierlichen Frack, ihr gemeinsam zugeschoben hatten. Sie betrachtete kurz die anderen, die artig aufgestanden waren und warteten, bis sie Platz genommen hatte, und erklärte: «Ihr seht reizend aus, Kinder.»

Das war schlicht gelogen. Claudia und Marion sahen in ihren, von ihren Müttern geerbten und umgeänderten Kleidern wie zwei Aschenbrödel aus, und Karl und Martin konnte man auch nicht als elegant bezeichnen. Beide trugen ihre dunklen Anzüge und schwarze Fliegen. Einen Smoking besaßen sie nicht.

Dr. Kaltz trug einen gestreiften Pyjama. Natürlich nicht im Restaurant, sondern im Bett. Er hatte sich im Schlitten erkältet, sein Hals war geschwollen, und Fieber hatte er auch. Dr. Bruckner, den Helga kommen ließ, riet ihm dringend, das Bett zu hüten. Nur widerstrebend befolgte Dr. Kaltz diesen Rat. Helga sollte ihm versprechen, um zwölf Uhr, nach dem allgemeinen Prosit–Neujahr–Wünschen, heraufzukommen, und mit ihm anzustoßen. Er wollte gleich eine Flasche Sekt kaltstellen lassen, aber Dr. Bruckner winkte ab. «Das werden Sie seinlassen. Sie dürfen nichts Kaltes trinken. Außerdem werden Sie um zwölf Uhr selig schlummern. Ich habe Ihnen ein Schlafmittel gegeben. Prosit Neujahr können Sie sich morgen früh sagen.»

So fehlte also Dr. Kaltz an dem Tisch und außerdem noch Toni Buchfellner. Marion, ziemlich enttäuscht, erkundigte sich nach ihm. «Kommt der Toni denn nicht?»

«Er muß seinen Pflichten nachgehen», antwortete Clemens ausweichend. Er wollte vor der *Durchbruch*–Redakteurin, die immerhin Gast in seinem Hotel war, nicht erzählen, daß Toni als Jugendleiter Silvester mit seiner Gruppe feiern mußte.

Der Hotelier zeigte sich von seiner charmantesten Seite und ließ seinen besten Wein auftischen — Sekt natürlich auch. Er war ein gutaussehender Mann, genauso sein Bruder Paul. Helga flirtete ausgiebig mit ihnen und tanzte mit den beiden. Martin, verbiestert, wie er war, forderte sie nicht auf.

Als die Uhr zwölf schlug, wurde es dunkel im Saal, Wangenküßchen wurden getauscht. Martin wollte Helga ebenfalls auf diese harmlose Weise küssen, doch plötzlich ergriff sie mit beiden Händen seinen Kopf und drückte ihm einen heißen Kuß auf den Mund. «Und jetzt gehen wir tanzen!»

Im Nebenraum, wo getanzt wurde, ging das Licht nur spärlich an, und die Paare tanzten eng aneinandergeschmiegt. Helga folgte dem guten Beispiel. Sie preßte ihren Körper an Martin und schaute ihn mit spöttisch–herausforderndem Blick an — wie im Schlitten, als sich ihre Knie berührt hatten. Hier, auf dem Tanzparkett, berührten sich andere Körperteile. Schon nach wenigen Schritten rührte sich Martins Männlichkeit, wie er erschrocken feststellte. Helga schien die

Sache Spaß zu machen, ihr Lächeln wurde noch spöttischer, noch herausfordernder. Allerdings, als sie einmal den Raum durchtanzt hatten, erlosch ihr Lächeln, und ihre Augen verschleierten sich. Sie schmiegte sich noch enger an ihn, ihr Atmen wurde immer hastiger, und plötzlich stieß sie kurze spitze, kaum hörbare Schreie aus. Dann blieb sie abrupt stehen und befreite sich aus Martins Armen. «Ich danke Ihnen, Martin. Grüßen Sie bitte die anderen, ich muß mich jetzt um meinen armen, kranken Mann kümmern.» Leichtfüßig lief sie davon, und Martin schaute ihr verdattert mit hochrotem Kopf nach.

Nachdem Martin wieder in Berlin eingetroffen war, stieg er sofort in die Kellerwohnung des Hauswarts Josef Patzke hinunter, um ihm die Speckseite zu schenken, die er von Korbinian für ihn gekauft hatte. Er traf nur Frau Patzke an, die wie immer in der Küche neben dem Waschtrog stand. Auf dem Strick, der durch den ganzen Raum gespannt war, hing schon ein rotes Hemd, ein zweites wrang Frau Patzke gerade aus. Martin wußte genau, wem die Hemden gehörten; den Zwillingen Max und Moritz Patzke, beide eifrige Mitglieder in einer Rotfront–Organisation. Schon als Kinder waren sie beim Matrosenaufstand, rote Fahnen schwenkend, auf einem Lastwagen gefahren, der von Vater Patzke gelenkt wurde.

Martin bemerkte, daß sich das Waschwasser rot gefärbt hatte. «Kein gutes Material, die Hemden färben ja ab.»

«Nee, nee, det is Blut, echtes Blut. Die Jungs haben sich wieda die Köpfe einschlagen lassen von den Braunhemden.»

«Die schlagen aufeinander ein?»

«Det wissen Se nich? Seit man den Hitla einjesperrt hat, spielen die Braunen verrückt.»

Während Martin in die Ottlersche Wohnung zurückging, dachte er über das Erlebte nach. Über die Nazis in Bayern und über die Roten in Berlin. Er wußte, Josef Patzke, einst ein überzeugter Sozialist, war zu den Kommunisten übergeschwenkt, aus Enttäuschung darüber, daß sein Genosse, der sozialdemokratische Minister Gustav Noske, auf demonstrierende Arbeiter schießen ließ.

Martin erfuhr alles, was sich in der Hauswartswohnung abspielte, von den Zwillingen, mit denen er in seiner Kindheit im Hof zwischen den Mülltonnen gespielt hatte. Er war der einzige von den Kindern des Vorderhauses, dem seine Eltern den Verkehr mit den Proletarierkindern nicht verboten hatten.

Die Zwillinge waren zwei Jahre älter als Martin und übten auf ihn einen gewissen Einfluß aus, aber eigentlich nur im guten Sinne. Sie waren besser erzogen als etwa Hubert, der hochnäsige Sohn des Herrn von Wetterstein, der in einem Ministerium angeblich eine hohe Stellung bekleidete, oder Siegfried, der verwöhnte Bengel des Pelzhändlers Herzog aus dem ersten Stock, dem das Haus gehörte. Max und Moritz waren gehorsame Jungen, die ihrem Vater aufs Wort folgten, auch, wenn er ihnen rote Fähnchen in die Hand drückte und sie zu Demonstrationen mitnahm. Der Vater brachte oft Broschüren, Zeitschriften oder Bücher aus der Parteibibliothek mit, die sie alle brav lasen und manchmal an Martin weitergaben, im Tausch für Werke von Karl May oder Jules Verne. So lernte Martin die *Weltbühne*, Ernst Toller und Tucholsky kennen.

Später allerdings, als die Kinder älter wurden, und Max und Moritz in die Lehre gingen, ließ die Freundschaft beträchtlich nach. Die Zwillinge waren es, die auf Distanz gingen. Sie hatten in den Betrieben, in denen sie arbeiteten – Max in einer Druckerei in der Kochstraße und der zeichnerisch begabte Moritz in einer grafischen Anstalt in Steglitz –, neue Freundschaften geschlossen, Kumpel aus ihrem ureigensten Milieu gefunden. Ebenso wie Martin auf dem Gymnasium.

Anfänglich hatten die Patzke-Kinder versucht, Martin mit ihren neuen Freunden zusammenzubringen, aber das ging nicht, die anderen Lehrlinge sahen in Martin einen «feinen Pinkel» oder gar einen «Kapitalistensprößling», mit dem ein standesbewußter Arbeitersohn nicht verkehrte. Es entstand keineswegs eine Feindschaft zwischen den früheren Freunden, und wenn sie sich zufällig trafen, plauderten sie freundlich eine Weile miteinander – aber das war auch alles.

Nach dem Besuch bei Patzkes begann Martin, seinen Koffer auszupacken. Mit Überraschung entdeckte er zwischen den Hemden eine Broschüre: *Das Programm der Deutschen Arbeiter–Partei.* Die letzten zwei Worte waren allerdings mit Rotstift durchgestrichen. Darunter stand in Druckbuchstaben: *NSDAP*. Martin wußte nicht, wer dieses Heft in seinen Koffer geschmuggelt hatte. Onkel Clemens oder Toni Buchfellner. Nach kurzem Nachdenken tippte er auf Clemens und hatte mit seiner Vermutung recht. «Nicht wegschmeißen, lesen. Onkel Clemens» stand auf der ersten Seite. Martin blätterte in dem Büchlein, jedoch ohne Interesse. Es war von der Gleichberechtigung des deutschen Volkes die Rede, von der Notwendigkeit der Aufhebung der Friedensverträge von Versailles und St. Germain. Erst bei Paragraph 4 stutzte er.

«Staatsbürger kann nur sein, wer Volksgenose ist. Volksgenosse kann nur sein, wer deutschen Blutes ist, ohne Rücksichtnahme auf Konfession. Kein Jude kann daher Volksgenosse sein.»

Das klang ein wenig anders, als das, was Onkel Clemens gesagt hatte. Der hatte gemeint, Hitler wolle die Juden ausschalten wie eine andersdenkende politische Gruppe. Aber nach diesem Paragraphen durften sie nicht einmal Volksgenossen sein. Ärgerlich legte er das Heft weg und nahm sich vor, sich nicht weiter mit Hitler zu beschäftigen. Der saß sowieso in einer Festung, dort sollte er ruhig weiterschmoren.

«Der Clemens schwärmte in seinem letzten Brief für diesen Adolf Hitler, den du im vorigen Jahr bei einer Versammlung reden gehört hast. Hast du ihn beim Clemens zufällig kennengelernt?» fragte Martins Mutter beim Abendessen.

«Der ist doch verhaftet worden und sitzt», sagte Claudia lachend, bevor Martin antworten konnte.

«Hitler soll doch ein ganz großer Mann sein, sagt meine Freundin Renate.»

Dr. Ottler erklärte seiner Frau, daß Hitler tatsächlich ein Politiker sei, an den unzählige Menschen glauben würden. Er säße auch nicht etwa im Zuchthaus, sondern in einer Festung, wo früher Duellanten eingesperrt waren, sozusagen in Ehrenhaft. Das Wort Ehrenhaft schien Frau Ottler zu beruhigen. Sie sah die Reputation ihres Bruders bestätigt und meinte zufrieden: «Na also.»

Martin versuchte, das Thema zu wechseln, aber Dr. Ottlers Interesse war geweckt, und er bat ihn, über seine Garmischer Erlebnisse zu berichten. Martin tat es nur widerwillig. Er mochte seinen Onkel und bemühte sich, ihn zu verteidigen. Das geschmuggelte Heft erwähnte er gar nicht und meinte, der plötzliche Sinneswandel seines Onkels sei wohl durch wirtschaftliche Notwendigkeit entstanden.

«Das wäre ja noch schlimmer», sagte Dr. Ottler. «Einer, der sich aus innerer Überzeugung für eine solche Sache engagiert, ist mir lieber als ein Opportunist.»

«Mein Bruder ist kein Opportunist!»

Martin verfluchte Hitler in Gedanken und nahm sich erneut vor, diesen Namen so schnell wie möglich aus dem Gedächtnis zu streichen. Aber schon am nächsten Tag erzählte er Karl von dem Heft in seinem Koffer, und Stunden später wurde er von Helga angerufen. Sie bat ihn, ihr das Heft für einen Artikel zu leihen, an dem sie gerade arbeitete. Martin versprach, das Heft am Sonntag in die Douglasstraße mitzubringen, aber Helga hatte es eilig. Sie stecke mitten in der Arbeit über die Ursprünge der NSDAP, und er solle die Broschüre schon am Nachmittag zu ihr in die Redaktion in die Damaschkestraße bringen.

«Da gibt es im dritten Stock zwei Türen. Die rechte mit dem Schild ‹Redaktion *Durchbruch*›. An der linken ist kein Schild, nur ein Klingelknopf. Darauf müssen Sie drücken», erklärte sie. «Sagen wir, um fünf Uhr.»

Martin klingelte an der linken Tür und war sehr überrascht, als Helga selbst öffnete. Das Vorzimmer, in dem er seinen Mantel ablegte, sah nicht nach dem Vorzimmer einer Redaktion aus. Die Wände waren holzgetäfelt, links und rechts von der Tür standen unter einem ovalen Spiegel zwei Konsolen aus der Biedermeierzeit, auf der einen lagen ein silberner Handspiegel, Kamm und Bürste.

Das Zimmer, in das Martin geführt wurde, war ein sehr hübsch eingerichteter großer Raum mit weichen Teppichen, einem goldverzierten Maria-Theresia-Schreibtisch, und rundherum Bücher in Wandregalen. Ein überbreites Sofa mit vielen farbigen Kissen vervollständigte die Einrichtung.

«Hier sieht es nicht wie in einer Redaktion aus, nicht wahr?»

«Nein», antwortete Martin. «Ich habe bis jetzt nur ein einziges Redaktionszimmer gesehen, und zwar das von Herrn Dr. Kaltz, aber da standen nur ein einfacher Schreibtisch und zwei harte Holzstühle.»

«Damit die Besucher nicht zu lange sitzen bleiben», meinte Helga lachend. «Ich habe als Junggesellin hier gewohnt. Die Wohnung habe ich von meinen Eltern geerbt.» Sie öffnete eine Tür und zeigte Martin den großen, langgezogenen Raum, das sogenannte Berliner Zimmer, eine ungemütliche Erfindung der Architekten der Jahrhundertwende. «Auf der anderen Seite gibt es noch drei Zimmer, dort ist die Redaktion.» Sie schloß die Tür und forderte Martin zum Sitzen auf.

Martin befolgte die Aufforderung und holte das Heft mit dem Parteiprogramm aus der Tasche. Helga warf nur einen kurzen Blick auf die Broschüre, setzte sich, zog die Schublade ihres Schreibtisches auf, entnahm daraus das gleiche Heft und legte es neben Martins Mitbringsel. «Ich besitze das Machwerk schon.»

Martin starrte verständnislos auf die Broschüren, dann zu Helga. Er machte ein derart dummes Gesicht, daß Helga laut auflachte.

«Sie lachen mich aus!» rief er wütend und sprang auf.

Sie stand auf, ging um den Schreibtisch herum und blieb ganz dicht neben Martin stehen. «Seien Sie nicht dumm, und setzen Sie sich wieder.»

Martin gehorchte.

«Finden Sie es so ungemütlich hier?»

«Nein ... das heißt ...»

Plötzlich beugte sie sich zu ihm hinunter, nahm seinen Kopf zwischen die Hände und drückte ihm einen langanhaltenden Kuß auf den Mund. Sie ließ seinen Kopf los und ging zu einem kleinen Tisch, auf dem ein neumodisches Koffergrammophon stand. «Ich will nur den Tanz wiederholen, der mir in der Silvesternacht so gut gefallen hat.»

4

Noch einmal bekam Martin Unterricht in Sachen Sex, dann tat Helga plötzlich so, als ob zwischen ihnen nie etwas vorgefallen sei.

Die Lehrmeisterin schien am ersten Tag mit ihrem Schüler sehr zufrieden zu sein. «Sie waren sehr gut, Martin. Für das erste Mal eine zufriedenstellende Leistung.»

Die sachliche Sprache störte Martin. Auch daß Helga «Sie» zu ihm sagte. Zwischen einem Liebespaar war doch ein «Du» üblich. Und er ärgerte sich, daß er Helga in der Erregung gebeichtet hatte, noch nie mit einer Frau geschlafen zu haben. «Du behandelst mich wie einen Schuljungen», beschwerte er sich.

«Das sind Sie auch», meinte sie und lachte. «Und mit dem ‹Du› fangen wir gar nicht erst an. Man gewöhnt sich daran und verspricht sich dann so leicht», fügte sie ernst hinzu. «Übrigens, für mich war es auch das erste Mal. Das erste Mal, daß ich mit einem Mann geschlafen habe, der zum ersten Mal mit einer Frau geschlafen hat.»

Martin fand das nicht so komisch. Schüchtern und hoffnungsvoll fragte er: «Sehen wir uns wieder?»

«Aber ja! Wenn ich wieder einmal Lust auf Sie habe, rufe ich Sie an und sage Ihnen, wann Sie herkommen sollen.»

Zum Abschied wehrte sie Martins Umarmungsversuch ab, es gab nur ein Küßchen auf die Wange.

Martin ging von der Damaschkestraße zu Fuß nach Hause, tief in Gedanken versunken. Glücklich und zugleich unglücklich. Das Erlebnis, die Frau, die er liebte, im Arm gehalten zu haben, beglückte ihn, aber waren alle Frauen so? Ohne Gefühl, nur an Sex interessiert?

Drei Wochen später bekam er die Antwort. Helga bestellte ihn, im wahrsten Sinne des Wortes, noch einmal in die Damaschkestraße, dann nicht mehr. An den Sonntagnachmittagen behandelte sie ihn genauso wie die anderen Gäste; freundlich und fröhlich, nur die Koketterie ihm gegenüber hatte sie abgelegt. Sie ließ ihn nicht in ihre Nähe, seinen fragenden Blicken wich sie aus, gab ihm keine Gelegenheit, auch nur ein einziges Wort allein mit ihr zu wechseln.

So ging das wochenlang. Martin durchwanderte alle Höllen der enttäuschten Liebe. Seine Lieblingslektüre in Dr. Kaltz' Bibliothek war Otto Weiningers ‹Geschlecht und Charakter›, das Buch des jungen österreichischen Philosophen, Pflichtlektüre für alle Liebenden und die Snobs der oberen Zehntausend. Weininger, der sich schon mit dreiundzwanzig Jahren, kurz nach der Veröffentlichung seines Werks, das Leben genommen hatte, verachtete und verdammte die Frauen. «Das Weib hat keine Seele und kein Ich. Ihr Äußeres, das ist das Ich der Frauen», schrieb er.

In diesem Ton und in diesem Sinne ging es weiter, und Martin vertiefte sich jeden Sonntag begeistert in Weiningers Thesen. Bis er eines Tages sein Interesse auf Berichte in der Tageszeitung konzentrieren mußte.

Eines Morgens kam Martin verspätet zum Frühstück. «Was habt ihr? Ihr seht alle so betrübt aus.»

«Wenn du Zeitung lesen würdest, würdest du auch betrübt aussehen», sagte Claudia, schob ihm das *Berliner Tageblatt* zu und deutete auf einen kurzen Artikel auf der Lokalnachrichtenseite.

> PROMINENTER KRITIKER VERHAFTET
> Gestern am späten Nachmittag wurde der bekannte Kritiker Dr. E. K. von der Polizei vorübergehend in Haft genommen, nachdem er seine Frau mit dem berühmten Schauspieler F. M. in flagranti erwischt und M. beinahe erschlagen hatte. Auch die Frau von Dr. K. wurde von dem rasenden Mann verletzt. Mehr über den Fall in der morgigen Ausgabe.

Martin wurde leichenblaß, griff sich an den Hals und stürzte aus dem Zimmer. Er verschwand im Badezimmer, aber er übergab sich nicht. Er setzte sich auf den Klodeckel und weinte.

Am nächsten Tag klangen die Zeitungsberichte nicht mehr so diskret. Einige rechtsgerichtete Zeitungen veröffentlichten die vollen Namen der Beteiligten, geißelten «die Sittenlosigkeit der progressiven, jüdisch versippten Kreise der Berliner Literaten».

Dr. Kaltz war konvertierter Jude, der Schauspieler Friedrich Mark, alias Markstein, Sohn eines Rabbiners. Daß Helga Hardt die Herausgeberin einer Wochenschrift war, die in «Gossenstil und Verworfenheit» die *Weltbühne* noch übertraf, war für die rechtsradikalen Journalisten ein gefundenes Fressen.

Die Boulevardzeitungen, die mittags herauskamen, konnten schon mit Details dienen. Ein Mitarbeiter vom *Durchbruch*, der nicht genannt werden wollte, gab seinen Kollegen von der Tagespresse bereitwillig Auskunft.

Gegen fünf Uhr nachmittags war Dr. Kaltz in der Redaktion erschienen und wollte seine Frau sprechen. Die anwesenden Journalisten hatten ihm erklärt, daß Helga Kaltz sich in ihren Privaträumen befände und in aller Ruhe einen Artikel schreiben wolle. Dr. Kaltz hielt sich noch eine Weile bei seinen Kollegen auf und erzählte, daß zwei maskierte Personen in der Redaktion der *Neuen Berliner Zeitung* Tränengasbomben geworfen hätten. Dann hatte er sich verabschiedet und war zu den Privaträumen seiner Frau gegangen. Schon Sekunden später hörte man laute Schreie und Hilferufe. Die Redakteure liefen durch die offenstehende Tür in Helgas Wohnzimmer. Die Tür zum Schlafzimmer war nur angelehnt. Frau Kaltz lag nackt im Bett, über ihr ein nackter Mann, auf den Dr. Kaltz mit seinem Mahagoni-Spazierstock, der einen schweren silbernen Knauf hatte, eindrosch. Der nackte Mann war offenbar schon ohnmächtig. Vom ersten Schreck erholt, hatten sich die Redakteure auf ihren rasenden Kollegen gestürzt, ihn festgehalten und ins Wohnzimmer gedrängt. Der ohnmächtige Mann, in dem einer den Schauspieler Friedrich Mark erkannt hatte, blutete stark aus dem Kopf. Man rief einen Rettungswagen, und nach kurzem Zögern wurde die Polizei verständigt. Helga, ebenfalls verletzt, und den Schauspieler brachte man in das Westend-Krankenhaus, der völlig zusammengebrochene Dr. Kaltz wurde verhaftet.

Manche Zeitungsschreiber, insbesondere solche, die mit Dr. Kaltz einst irgendwelche Kontroversen hatten, bauschten die Angelegenheit zu einem gesellschaftlichen Skandal auf. Doch vor allem Friedrich Mark wurde als rücksichtsloser Frauenverführer angegriffen. «Endlich bekam er einen aufs Dach», schrieb ein Freund von Dr. Kaltz, nachdem er erfahren hatte, daß die Verletzungen des Mimen nicht lebensgefährlich waren.

Dr. Kaltz war mit dem bekanntesten Strafverteidiger Berlins befreundet, Dr. Dr. Dr. Erich Frey, und der Anwalt bekam seinen Freund schon am nächsten Tag aus dem Polizeigewahrsam frei. Dr. Kaltz reichte die Scheidung ein und durfte Berlin für zwei Wochen verlassen. Marion und Karl blieben zurück.

Helga wurde einige Tage später aus der Klinik entlassen. Sie kehrte nicht mehr in die Douglasstraße zurück, sondern bezog wieder ihre Junggesellinnenwohnung, wo sie all ihre Habseligkeiten vorfand, die ihr Mann dort hatte hintransportieren lassen. Sie stellte sich ihren Journalistenkollegen zum Interview und bemerkte zum Schluß: «Mir kann man nur eine Sache vorwerfen – die Dummheit, daß ich geheiratet habe.»

Karl blieb der Universität fern. Martin überlegte, ob er ihn anrufen sollte, doch erst nach einigen Tagen entschloß er sich, es zu tun. Aber er konnte nur mit dem Dienstmädchen sprechen. Karl und Marion hätten Angst vor den Sticheleien ihrer Kommilitonen gehabt, und da nächste Woche sowieso die Semesterferien begännen, wären sie vor zwei Tagen zu ihrem Vater gefahren. «Wohin?« wollte Martin wissen.

«Das darf ich nicht verraten», sagte Berta. «Bitte seien Sie nicht böse, aber das darf ich wirklich nicht verraten.»

5

Am Sonntag vormittag klingelte es, und Claudia öffnete.

Martin, der mit seinem Vater im Wohnzimmer saß, war sehr überrascht, als Leutnant Erich von Odenburg hereintrat, in jeder Hand einen Blumenstrauß.

«Einer für Sie, Claudia, der andere für die Frau Mama.»

«Danke, Erich!» sagte das Mädchen und strahlte. «Ich hole gleich zwei Vasen.»

Martin und Erich schüttelten sich freudig die Hand, und Martin stellte ihn seinem Vater vor.

«Entschuldige den Überfall, Martin, aber ich handle auf höheren Befehl.»

«Schickt dich etwa Rossbach?»

«Aber nein», rief der Leutnant lachend, «ein viel sanfteres Wesen – Annemarie. Sie meinte, wenn ich schon mal in Berlin wäre, sollte ich doch mal bei den netten Ottlers vorbeischauen.»

«Die Ottlers danken», sagte Martin. «Wie geht es ihr denn?»

«Du würdest sie nicht wiedererkennen. In Garmisch sah sie ja aus wie eine Schneeflocke, und jetzt ist sie braun wie eine Indianerin. Sie reitet in Odenburg mindestens zwei Stunden am Tag.»

Claudia hatte ihre Mutter aus der Küche geholt, und der Leutnant küßte Frau Ottler höflich die Hand.

«Es ist schon lange her, daß mir jemand Blumen geschenkt hat. Herzlichen Dank.»

«Ein Wink mit dem Zaunpfahl», sagte Dr. Ottler lachend.

«Warum ist Annemarie nicht mitgekommen?» wollte Claudia wissen.

«Sie mußte bei unserem alten Herrn bleiben. Er fühlt sich augenblicklich nicht sehr wohl. Außerdem habe ich einen neuen Wagen, einen Zweisitzer. Zu viert hätten wir darin keinen Platz.»

«Zu viert?»

«Ach ja, die Hauptsache habe ich vergessen. Ich habe den Befehl bekommen, euch beide nach Odenburg einzuladen und gleich mitzunehmen. Du hast einmal zu Annemarie gesagt, du hättest noch nie einen Gutshof von innen gesehen, Martin.»

«Daß sie sich daran noch erinnern kann!»

Der Leutnant holte einen Brief aus der Tasche und überreichte ihn Claudia. «Hier, die schriftliche Einladung. Ihr seid also mehr als herzlich eingeladen. Viel können wir euch allerdings nicht bieten. Saubere Betten, gute Verpflegung; zur Gesellschaft, außer den Odenburgs, aber nur Pferde, Kühe, Schweine und Hühner.»

«Für mich zur Zeit die richtige Gesellschaft», sagte Martin und lachte fröhlich.

«Es ist das erste Mal, daß ich dich nach langer Zeit wieder lachen sehe», meinte Frau Ottler.

«Wo Erich von Odenburg sich aufhält, wird gelacht», verkündete Odenburg stolz. «Oder geschossen.»

«Das ist ein sehr lieber Brief von Annemarie», bemerkte Claudia. «Was mich betrifft, ich würde sehr gern hinfahren.»

«Was meinst du, Vater?» fragte Martin.

«Wenn du Lust hast, ich habe nichts dagegen», antwortete der Doktor.

«Ich glaube auch, Martin», mischte seine Frau sich ein, «daß dir einige Tage auf einem Gutshof jetzt sehr guttäten.»

«Einige Tage!» rief der Leutnant. «Einige Wochen. Die Einladung gilt für die ganzen Ferien.»

«Das ist doch ein Schloß!» rief Claudia, als das Kabriolett des Leutnants in einen Park einbog und sie das Stammhaus derer von Odenburg erblickte.

«Sagen wir, ein ausgewachsenes Herrenhaus», meinte Erich und hupte dreimal.

Kurz darauf erschien Annemarie im Haustor und begrüßte in ihrer scheuen, zurückhaltenden Art die Gäste, die aus dem Wagen geklettert waren und sich die dicke Staubschicht von den Kleidern abklopften. Der Leutnant, der einen modischen leichten Staubmantel trug, brauchte ihn nur abzulegen. Claudia umarmte Annemarie und drückte ihr einen Kuß auf die Wange. Martin erhielt einen sanften Händedruck. Erich forderte seine Gäste auf, die Koffer mit ihm ins Haus zu tragen. «Unsere Knechte haben um diese Zeit etwas Besseres zu tun.»

Als sie die helle, riesige Halle betraten, rief Erich: «Das ist unser Konzertsaal.»

«Konzertsaal?» fragte Claudia.

«Bleibt mal ruhig stehen», befahl der Leutnant und ging auf die Treppe zu.

Kaum hatte er einige Schritte gemacht, verstanden die Neuangekommenen, was er meinte. Der Fußboden knirschte. Aber nicht gleichmäßig; die Holzdielen gaben verschiedene melodische Töne von sich, mal laut und tief, mal leise und hell.

«Hört ihr? Hier Beethoven, da Mozart. Dafür sind die Fußböden in den Schlafzimmern völlig unmusikalisch, nur laut.»

Die Fußböden in den beiden großen, lichtdurchfluteten Zimmern, die Claudia und Martin zugewiesen bekamen, ächzten und krächzten tatsächlich ziemlich unangenehm.

«Wir wollten die morschen Bohlen schon längst rausreißen, aber wir haben kein Geld für neue. Wir müssen so lange warten, bis mein holdes Schwesterlein einen Millionär geheiratet hat.»

«Da könnt ihr lange warten», erwiderte Annemarie lachend und fragte Claudia: «Hoffentlich habt ihr Reitsachen mitgebracht?»

«Sie besitzen keine Reitsachen, und sie können auch nicht reiten», sagte Erich. «Die Frage haben wir schon unterwegs geklärt. Martin bekommt von mir eine Reithose und Stiefel, Claudia von dir. Ich nehme dann beide jeden Vormittag je eine Stunde an die Longe.»

Die Reitsachen wurden geholt, und Erich rezitierte:

«Das Paradies der Erde
Liegt auf dem Rücken der Pferde,
In der Gesundheit des Leibes
Und am Herzen des Weibes.»

«Von wem ist das?» prüfte er seine Reitschüler. Beide zuckten die Achseln. «Friedrich von Bodenstedt, natürlich. Den kennst du nicht, Martin? Aber Tucholsky, den kennst du!»

«Sogar persönlich!»

Die Reithosen paßten, doch mit den Stiefeln hatte Claudia Schwierigkeiten. Sie waren ihr zu klein.

«Vielleicht passen ihr die von Mutti?»

«Wird sie nichts dagegen haben?» fragte Claudia besorgt.

«Mutti ist vor drei Jahren gestorben», sagte Annemarie und beeilte sich, die Stiefel zu holen.

So wie sich Claudia das Herrenhaus viel kleiner vorgestellt hatte, entsprach Oberst Wolf von Odenburg ziemlich genau ihren Vorstellungen. Erichs Vater war ein wenig größer als sein Sohn und hatte graumelierte, fast weiße Haar, aber ansonsten sahen sich die beiden sehr ähnlich. Dem Oberst fehlte allerdings die Leutseligkeit seines Sohnes. Er war höflich, ruhig, zurückhaltend; nur selten hörte man ihn lachen.

«Dein Vater ist immer so ernst», sagte Claudia nach einigen Tagen zu Annemarie.

«Früher war er nicht so. Erst jetzt ist er sehr verbittert.»

Nur bei einer Gelegenheit verlor der Obrist seine Ruhe und wurde laut: wenn von Politik die Rede war. Über den «Schandvertrag von Versailles» konnte er sich jeden Tag neu aufregen. Ebenso über die «verbrecherischen Reparationsverordnungen» der «sogenannten» Siegermächte. «Hunderte von Milliarden Goldmark! Daran verblutet Deutschland.»

Er haßte die Weimarer Regierung und bezeichnete ihre Mitglieder als «Erfüllungspolitiker», Reichspräsident Ebert war für ihn der Sattlermeister, was er auch war, Stresemann der Außenminister ohne Kopf.

«Wieso ohne Kopf?» wollte Martin wissen.

«Er hat seinen Kopf – die Damen entschuldigen – im

Hintern von Clemenceau steckenlassen», wetterte der Oberst temperamentvoll.

Sein Vokabular und seine Anschauungen ähnelten sehr der Rede Hitlers, die Martin seinerzeit im Bürgerbräu gehört hatte. «Was halten Sie von Adolf Hilter, Herr Oberst?»

«Er ist der einzige, der Deutschland retten kann, wenn er hält, was er verspricht. Meine Hoffnung ist, daß er alle nationalen Kräfte um sich versammeln kann.»

«Teilen Sie auch seine Ansichten über die Juden?»

Bevor der Oberst antworten konnte, bemerkte Erich spöttisch: «Dir scheinen die Juden ja sehr am Herzen zu liegen.»

«Tun sie das?» fragte Martin nachdenklich, eigentlich mehr sich selbst.

«Dein Freund Karl Kaltz ist doch Jude.»

«Jetzt hör schon auf damit, Erich!» rief Annemarie.

«Er ist katholisch», sagte Martin sehr bestimmt. Er sah keinen Grund, das Thema fallenzulassen.

«Sein Vater hat als junger Mann konvertiert und sich taufen lassen», sagte Erich. «Es stand alles weit und breit in den Zeitungen, daher weiß ich das so genau.»

«Eben, er hat sich taufen lassen, ist somit kein Jude mehr und Karl noch viel weniger.»

«Ein Jude bleibt immer ein Jude», mischte sich der Oberst ein. «Ein Jude zu sein, ist keine Frage der Religion. Die Juden sind eine Rasse für sich. Sie sind Semiten. Sie haben eben ihre rassischen Eigenschaften, die anders geartet sind als die unseren. Sie denken anders, sie leben anders. Sie begnügen sich nicht damit, daß wir sie in unsere Gemeinschaft aufgenommen haben, sie drängen sich in den Vordergrund, wollen das kulturelle und politische Leben in unserem Land beherrschen. Man sollte sie allerdings nicht alle über einen Kamm scheren. Ich muß ehrlich zugeben, ich habe einige anständige Juden kennengelernt, sogar an der Front. Mit EK und so.»

«Na also!» brummte Martin, froh, die Debatte beenden zu können. Später dachte er öfters an dieses Gespräch. Erichs Einstellung den Juden gegenüber reizte ihn zum Widerspruch, die Einstellung des Oberst machte ihn nachdenklich. Er ertappte sich dabei, daß er darüber nachdachte, ob die Thesen des Oberst nicht doch einen wahren Kern enthielten.

Das Hauptinteresse der Ottlers auf dem Gutshof galt zwei Pferden, mit den schlichten Namen Susi und Bubi. Letzterer war ein vierjähriger brauner Wallach, etwas zu hoch gebaut, aber lammfromm, den der Oberst zu reiten pflegte. Susi war eine eher kleine, sehr temperamentvolle siebenjährige Schimmelstute. Beides Hannoveraner. Außerdem besaßen die Odenburgs zwei weitere Warmblüter als Kutschpferde, die aber ebenfalls geritten werden konnten.

Direkt vor den Stallungen war eine kleine Reitbahn angelegt; hier nahm der Leutnant seine Schüler in die Mangel, jeden Tag um acht Uhr in der Früh Martin, um neun Claudia. Als Lehrpferd mußte der brave Bubi herhalten. Der tat das offensichtlich gern, da er wußte, daß er nach jeder Unterrichtsstunde mit einem Apfel belohnt wurde. Bubi, ein ausgebildetes Militärpferd, gehorchte auf jedes Kommando. Man brauchte ihn gar nicht an die Longe zu nehmen, er trabte oder galoppierte in der ausgetretenen Spur der Reitbahn, wie die Kommandostimme des Leutnants es befahl.

Dank Bubis Geduld und der Ungeduld des Leutnants schafften es die beiden Zöglinge, die Kunst des Schenkeldrucks und der ruhigen Zügelführung in einigen Tagen soweit zu erlernen, daß sie ausreiten durften. Doch nicht ohne Aufsicht. Entweder ritt Erich mit oder Annemarie. Sie öfters als ihr Bruder, der auf dem Feld oder im Büro zu tun hatte.

Das Reiten klappte also. Was nicht klappte, war die Beziehung zwischen Martin und Annemarie. Martin hatte sich ehrlich auf das Wiedersehen mit ihr gefreut und sich unterwegs im Wagen die glücklichen Tage ausgemalt, die sie miteinander verbringen würden. Aber es kam anders, und das lag nicht an Annemarie. Es war eindeutig, daß sie ihn wiedersehen wollte, sonst hätte sie ihn nicht durch ihren Bruder nach Odenburg eingeladen, doch vom ersten Tag an war zwischen ihnen eine Wand. Beide spürten sie es, und Martin, der oft die Initiative ergreifen wollte, fand keine Worte der Annäherung.

«Ich habe in Berlin darauf gewartet, daß Sie mich einmal anrufen.»

Martin schwieg.

«Oder haben Sie meine Telefonnummer verloren?»

«Ich habe meinen Kopf verloren», gestand Martin grimmig und schwieg weiter.

«Nun ja, ich habe irgendwo gelesen, ich glaube bei Courths-Mahler, daß jeder Mensch ein Geheimnis mit sich herumschleppt. Jeder Mensch ist ein Rätsel.»

«Sie nicht, Annemarie, Sie sind klar wie ein Bergsee.»

«Das könnte auch Courths-Mahler geschrieben haben», entgegnete Annemarie und verzog das Gesicht.

Als Annemarie, Claudia und Martin an einem Sonntagnachmittag vom Ausreiten zurückkamen, fanden sie in der Halle zwei neue Gäste vor: einen kleinen, rundlichen und einen ebenfalls kleinen, aber sehr schlanken jungen Mann.

«Zwei Freunde von mir», stellte Erich sie vor. Beide standen auf und murmelten ihre Namen, die Martin aber nicht verstehen konnte.

«Das ist unser Viehdoktor, der manchmal auch uns behandelt», bemerkte Erich und legte dem rundlichen die Hand auf die Schulter.

Die Mädchen entschuldigten sich, sie wollten sich umziehen. Martin blieb. «Ick habe Kaffeedurscht», meinte er angesichts der großen Kanne auf dem Tisch.

«Sind Sie Berliner?» fragte der schlanke junge Mann.

«Ja. Sie aber nicht.»

«Nein, ich bin ein Rheinländer. Aber ich war jetzt einige Wochen in Berlin und habe mir die berühmte Berliner Luft um die Nase wehen lassen.» Er hatte eine sonore Stimme, mit einem leicht singenden Tonfall, und schaute Martin aus großen braunen Augen eine Weile prüfend an. «Hoffentlich empfinden Sie es nicht als Beleidigung, wenn ich sage, daß Berlin stinkt.»

«Meinen Sie die Fabrikschornsteine?»

«Nein, den Geist. Ich bin entsetzt darüber, was ich dort gesehen habe.»

«Sie meinen die Arbeitslosigkeit?»

«Nein. Die gibt es überall. Ich meine die Sittenlosigkeit.»

Die Augen des jungen Mannes schienen plötzlich Feuer zu sprühen. Martin schwieg betroffen. Allzuoft hatte er jetzt in den Zeitungen, im Zusammenhang mit dem Kaltz-Fall, Klagen über die Sittenlosigkeit Berlins gelesen.

Aber der junge Mann meinte etwas anderes. «Berlin ist ein Sumpf. Dort herrscht der Geist der Zerstörung. Ihnen ist das vielleicht noch nicht aufgefallen. Sie sind ja dort geboren, dort aufgewachsen. Sie haben sich an alles gewöhnt, was sich um Sie herum ereignet, und halten das für selbstverständlich. Ein Fremder wie ich, der sich einige Wochen in Berlin umgeschaut hat, Theater und Kinos besucht hat, sieht mehr. Schauen Sie sich einmal bewußt das Theater- und Kino-Programm an. Was wird gespielt? Welche Themen werden behandelt? Homosexualität, lesbische Liebe, Vatermord, Oedipuskomplex, Frühlingserwachen der Kinder. Transvestiten werden gezeigt, Kokainsüchtige und Alkoholiker. Inzest und Ehebruch wird vorgeführt und verherrlicht. Denken Sie ein wenig nach, und Sie werden mir recht geben.»

Martin kamen einige Theaterstücke und Filme in den Sinn, die tatsächlich die Themen behandelten, die den jungen Mann so entsetzten.

«Im Grunde genommen haben Sie recht. Aber es werden auch andere Stücke gespielt.»

«Ja, Klassiker im Staatstheater. Manchmal Gerhart Hauptmann oder Sudermann in den Privattheatern als Alibi. Und was zeigen die Illustrierten und Magazine? Nacktheit und Obszönität. In sogenannten pazifistischen Romanen und Zeitungsgeschichten werden die nationalen Werte schamlos verfemt oder lächerlich gemacht. Und wer ist schuld an dem Untergang der deutschen Kultur?»

Der junge Mann machte eine Kunstpause, und Martin, der von dem Temperament seines Gegenübers sehr beeindruckt war, rutschte eine Bemerkung heraus, die er eigentlich ironisch meinte: «Die Juden.»

«So ist es, mein Freund, so ist es!» triumphierte der Rheinländer und klopfte Martin auf die Knie, in der Meinung, einen Verbündeten gefunden zu haben. «Überlegen Sie mal, wer beherrscht in Berlin die Theaterszene? Max Reinhardt, Viktor Barnowsky, Meinhardt und Bernauer, Theodor Tagger und wie sie alle heißen. Lauter Juden. Und die Schauspieler ebenfalls. Kortner, Ernst Deutsch, Max Hansen, Richard Tauber, Peter Lorre – um nur einige Fatzkes zu nennen. Der deutsche Film ist ebenfalls vollkommen verjudet. Ich betrachte dies als eine nationale Katastrophe. Der Film hat mitunter einen größeren Einfluß als das Theater.»

«Sie sind also ein glühender Antisemit, mein Freund», stellte der Oberst fest.

«Eigentlich nicht. Ich habe nichts dagegen, wenn die Juden Kleider verkaufen oder meinetwegen auch Devisen. Aber sie sollen mit ihrem Internationalismus nicht das geistige Leben unseres Landes vernichten.»

Keiner widersprach ihm, und er fuhr fort: «Und die Presse? Ich habe naiverweise bei der Zeitung des jüdischen Verlegers Mosse, beim *Berliner Tageblatt*, einige Arbeiten eingereicht und mit mehreren Redakteuren konferiert. Lauter Juden. Theodor Wolff, Rudolf Olden, Alfred Kerr, Walter Zadek und so weiter und so fort. Und die fünf Ullstein–Brüder, denen der Ullstein Verlag gehört, bilden schon allein eine ganze Synagoge. Und die Zeitschriften? Pfui! Entweder versnobte, meinungslose Blätter für die Superreichen oder zerstörerische, kulturbolschewistische Machwerke wie *Die Weltbühne* des Juden Siegfried Jacobsohn.»

«Ich kenne ihn», sagte Martin, und schon in der nächsten Sekunde bedauerte er seine unbedachte Bemerkung.

Der Rheinländer starrte ihn an. «Wen?»

Martin konnte nicht mehr zurück und antwortete: «Den Jacobsohn. Ich habe ihn im Hause des Vaters eines Schulfreundes kennengelernt. Er ist ein freundlicher alter Herr.»

«Natürlich ist er freundlich – zu Ihnen. In einem Salon bei einem Mokka. Er nennt sich Demokrat, ich weiß es, aber er und seine Genossen Lion Feuchtwanger, Alfred Döblin, Max Brod, Kurt Tucholsky vergiften Deutschlands geistiges Klima. Letzterer gleich fünffach, unter fünf verschiedenen Namen. Glauben Sie mir junger Mann, es gab in Deutschland noch niemals eine schlimmere geistige Diktatur als jetzt, da die Juden die Presse beherrschen.»

Annemarie und Claudia kamen die Treppe runter, und der Rheinländer hörte auf zu sprechen. Er stand auf und wartete höflich, bis die jungen Damen sich gesetzt hatten. «War Ihr Ausritt schön?» fragte er Claudia.

«O ja, wie immer. Reiten Sie auch?»

Der junge Mann versteifte sich plötzlich und antwortete mit eisigem Gesichtsausdruck: «Leider nein.»

Martin bemerkte diese schlagartige Erstarrung, aber den Grund begriff er erst, als die beiden Gäste sich kurze Zeit später verabschiedeten und auf die Tür zusteuerten. Der rechte Fuß des Rheinländers war verkrüppelt.

«Wer war dieser Wunderrabbiner?» fragte Martin.

«Dr. Joseph Goebbels heißt er», antwortete Erich.

«Er hat einen Klumpfuß, der Arme. Und ich dumme Gans habe ihn gefragt, ob er auch reitet.»

«Ist er auch Tierarzt?» wollte Martin wissen.

«Er ist Dr. phil. Hat in Heidelberg promoviert. Er hat mir seine Doktorarbeit zu lesen gegeben, über einen Dichter namens Wilhelm von Schütz. Hast du schon mal den Namen gehört?»

«Nein.»

«Ich auch nicht. Der gute Joseph gibt mir manchmal Rätsel auf. Er hat einen sozialen Fimmel. Oft spricht er wie ein Kommunist, dabei behauptet er, Nationalsozialist zu sein. Jedenfalls gehört er der Nationalsozialistischen Freiheitsbewegung von Gregor Strasser an, die sich mit der NSDAP verbündet hat.»

«Ich finde, für heute haben wir genug politisiert. Wer spielt mit mir eine Runde Billard?» fragte der Oberst.

Es verging kein Tag, an dem Martin nicht an Helga dachte, und keine Nacht, in der er nicht von ihr träumte. Und auch bevor er einschlief, tauchte sie vor ihm auf. Er sah die Szene in dem Haus in der Douglasstraße, wie sie sich zum erstenmal begegneten, er roch ihr Parfüm und spürte ihren langen Händedruck. Er sah sie in ihrem enganliegenden, grünen

Seidenkleid in der Mitte der Halle stehen, umringt von Männern, und er sah sie nackt neben sich liegen auf dem breiten Bett in der Damaschkestraße, und ihre Küsse brannten auch im Traum noch auf seiner Haut. Erregt wachte er auf, erregt und schweißgebadet.

So erging es ihm in der ersten Woche während seines Aufenthalts auf Odenburg; in der zweiten Woche verringerte sich der nächtliche Druck. Vielleicht lag es daran, daß Martin jeden Abend todmüde ins Bett fiel und gleich einschlief. Nachdem die quälenden Muskelschmerzen aufgehört hatten, und er sich zu einem annehmbaren Reiter entwickelt hatte, ritt er jetzt auch am Nachmittag zu einem nahen See aus, an dessen Ufer eine alte Badehütte stand. Er sonnte sich, schwamm lange Strecken und war froh, wenn er erschöpft unter die Bettdecke kriechen konnte.

Diese Ausflüge unternahm Martin meistens allein oder mit dem Oberst, der sich allerdings nach einem Stück gemeinsamen Wegs wieder von ihm trennte. Er verschmähte das Schwimmen im See, ritt lieber zu einem kleinen Bach, um zu angeln. Manchmal brachte er sogar Fische nach Hause.

Claudia hatte am Nachmittag keine Lust zum Reiten. Sie saß lieber mit ihrem Zeichenblock neben der Koppel und zeichnete Pferde oder auf der Wiese weidende Kühe.

Der Leutnant war den ganzen Tag beschäftigt, und am späten Nachmittag fuhr er nach Greifswald zu einem «Haufen», wie er seine SA-Kameraden nannte. Zu jener Zeit durften sie sich allerdings nur in Zivil und im Geheimen versammeln. «Wir treffen uns bei dem Viehdoktor Sellner, den du am Sonntag kennengelernt hast. Nur die Führungskräfte, etwa zehn Mann. Komm doch mit.» Martin lehnte höflich ab.

Auch Annemarie hatte keine Zeit. Die Gutssekretärin hatte Urlaub, und Annemarie mußte sie vertreten.

Nur der Oberst hatte Zeit, und manchmal ergab sich eine angeregte Unterhaltung. Martin hatte von Offizieren sein eigenes Bild als monokeltragende, schnarrende Militaristen, und eine Bemerkung des Obersts überraschte ihn. «Seit Sokrates heißt es, Moral sei dem Menschen angeboren. Ich finde, das ist ein Irrtum. Moral ist Erziehungssache. Wenn unsereiner einen Mitmenschen umbringen und knusprig gebraten verspeisen würde, müßte man ihn für einen reichlich unmoralischen Menschen halten. Bei einigen Urwaldvölkern hingegen ist es religiöse und moralische Pflicht, den getöteten Gegner zu grillen und aufzuessen.»

Am liebsten sprach der Oberst über die Vergangenheit der Nation. Er kam nicht auf die Idee, daß sein junger Zuhörer sich für die Differenzen zwischen Bismarck und Wilhelm II. eventuell nicht interessieren könnte. «Ich bin ein Preuße», pflegte er zu sagen, «und die Tragödie meines Lebens ist, daß ich den Niedergang Preußens erleben mußte.»

Tiefer Ernst und echter Schmerz klangen aus seinen Worten, so, daß Martin aufhorchen mußte. Aufmerksam hörte er zu und stellte Fragen und bekam auf diese Weise Einblicke in Preußens geschichtliche Größe, die er bis jetzt gar nicht richtig zur Kenntnis genommen hatte. Das, was er in der Schule gelernt hatte, war nur trockene Schulweisheit gewesen und nicht dazu geeignet, Emotionen auszulösen. Dies taten die Bücher, die Zeitungen und die Zeitschriften, die er las: In dieser Lektüre lernte er ein Preußen kennen, das von kriegslüsternen Königen beherrscht wurde. Er hatte das vernichtende Urteil der progressiven politischen Schriftsteller kritiklos übernommen – und nun hörte er die andere Seite, nicht weniger überzeugend vorgetragen. Nachdenklich geworden, erinnerte er sich daran, bei Friedrich von Schiller gelesen zu haben, daß die Wahrheit nirgends ganz vorhanden ist, sondern in allem nur teilweise steckt.

Nur einmal, am Sonntag, hatte Annemarie Zeit und ritt mit Martin zum See. Wie sich herausstellte, war sie eine großartige Schwimmerin, viel besser und ausdauernder als Martin, der schon auf halber Strecke umdrehen mußte. Erschöpft und verärgert erreichte er das Ufer. Er betrachtete sein Versagen als Niederlage.

Als Annemarie aus dem Wasser kletterte, stellte Martin bewundernd fest, daß sie eine sehr hübsche Figur hatte. «Wenn ich mir nicht geschworen hätte, keiner Frau Komplimente zu machen, würde ich jetzt sagen, Sie haben eine sehr hübsche Figur.»

«Wenn ich wert auf Komplimente legen würde, würde ich mich jetzt bedanken. Aber warum haben Sie sich derartiges geschworen?»

«Ich glaube nicht, daß ich Ihnen das jemals erzählen kann.» Martin nahm ihre Hand und drückte einen Kuß darauf.

Am Montag traf aus Berlin ein Brief für Martin von Dr. Ottler ein. Er wurde ihm am Frühstückstisch überreicht, und Martin bat höflich, ihn aufmachen zu dürfen.

«Aber natürlich, junger Mann», sagte der Oberst und wies auf die *Deutsche Allgemeine Zeitung*. «Ich lese ja auch.»

«Was schreibt Vati?» fragte Claudia.

«Eine gute Nachricht. Karl hat angerufen. Der dreifache Doktor Frey hat gut gearbeitet und Friedrich Mark überredet, keine Anzeige zu erstatten; Helga wollte das sowieso nicht. Dr. Kaltz kann also nichts mehr passieren.»

«Dr. Kaltz?» Der Oberst horchte auf. «Ist das der, über den die Zeitungen geschrieben haben? Der, der den Liebhaber seiner Frau halb totgeschlagen hat?»

«Ja. Er ist der Vater meines besten Freundes.»

«Recht hat er gehabt», sagte der Oberst. «Ich hätte ihn ganz totgeschlagen.» Er dachte eine Weile nach und fügte hinzu: «Früher hätte man sich duelliert. Pistolen oder schwere Säbel. In welcher schlagenden Burschenverbindung sind Sie?»

«In keiner.»

«Was? Sie tragen keine Farben? Dem muß aber sofort abgeholfen werden. Ich gebe Ihnen einen Empfehlungsbrief an meinen Freund Huberti. Er war mein Adjutant an der Front und ist jetzt Reserveoffizier und Senior bei den Teutonen. Ein Anruf von ihm, und Sie sind ein Teutone.»

«Vielen Dank, Herr Oberst», sagte Martin. Weder aus der Betonung seiner Worte, noch aus seinem Gesichtsausdruck war zu entnehmen, ob er «Vielen Dank, ja» oder «Vielen Dank, nein» meinte.

«Ich werde die Sache in die Hand nehmen, Vater», bemerkte Erich. «Ich muß jetzt sowieso öfters nach Berlin, und Herrn Huberti wollte ich schon länger mal aufsuchen.»

Nach dem Frühstück begleitete Martin Annemarie zum Nebengebäude, in dem sich das Büro des Gutshofes befand.

«Ich werde jetzt zu Büffeln anfangen», sagte er, auf die Bücher unter seinem Arm deutend.

«Also, dabei kann ich Ihnen nicht helfen. Aber in Berlin, wenn Sie auf dem Paukboden verletzt werden, kann ich Ihre Wunden pflegen. Obwohl . . .»

«Obwohl? Was wollten Sie sagen?»

«Obwohl ich noch nicht mit Bestimmtheit weiß, ob auch ich in Berlin sein werde. Papa sträubt sich gegen mein Studium. Aber ich hoffe, ich werde ihn noch becircen können.»

«Davon bin ich überzeugt. Sie können jeden Menschen becircen, sogar den eigenen Vater. Und sicher werden Sie sanftere Methoden anwenden als die Circe aus der Mythologie, die die Menschen in Bäume, Felsen oder Schweine verwandelt hat.»

Auf dem Weg in sein Zimmer, wo Martin sich seinen Büchern widmen wollte, traf er den Obersten. «Kommen Sie, mein Junge, laden Sie Ihre Bücher hier in meinem ehemaligen Studierzimmer ab.»

Er ließ ihn in ein Zimmer eintreten, in dem Martin noch nie gewesen war. An der Wand standen Regale mit vielen alten Büchern, vor dem Fenster ein einfacher, offenbar sehr alter, rohgezimmerter Tisch mit X-Beinen. «Hier weht noch der Geist von Kant und Schopenhauer, Schiller und Goethe. Die Bücher gehörten meinem Vater, teilweise meinem Großvater. Mein Vater verbrachte lange Stunden hier. Er war ein studierter Mann.»

«Kein aktiver Offizier?»

«Die Frage war eine Beleidigung für alle Offiziere Preußens, aber ich will sie überhört haben. Wir haben uns seit Kriegsende an Beleidigungen jeder Art gewöhnen müssen.»

«Es war nicht so gemeint, Herr Oberst.»

«Doch, doch, es war so gemeint», meinte der Oberst und schmunzelte. «Um Ihre Frage zu beantworten, er war kein aktiver Offizier. Er war ein Landwirt, der es sich finanziell jedoch leisten konnte, sich außer mit Getreideanbau und Milchwirtschaft noch mit Büchern zu beschäftigen. Und das tat er auch ausgiebig. Und ein Sprachgenie war er auch. Voltaire las er in Französisch, Shakespeare in Englisch. Statt mich hätten Sie ihn kennenlernen sollen. Sie hätten mehr davon gehabt.»

«Ich bin sehr froh darüber, daß ich Sie kennengelernt habe, Herr Oberst.»

«So? Sind Sie das? Und warum?»

«Ich habe während unserer Ausritte Dinge über Deutschland gelernt, die ich nicht wußte. Oder denen ich keine Beachtung schenkte. Ich sehe jetzt vieles mit anderen Augen.» Martin überlegte kurz, bevor er weitersprach: «Vielleicht war die Douglasstraße doch nicht die richtige Schule für mich.»

«Die Douglasstraße?» fragte der Oberst, und Martin mußte über seinen Freund Karl, über Dr. Kaltz, über die Sonntagnachmittage in der Villa und über die Partygäste berichten. Der Oberst schlug die Hände über dem Kopf zusammen. «Mein lieber Schwan!» Mehr sagte er nicht. Aber er stand auf, hängte von der Wand einen Bilderrahmen ab und zeigte Martin ein unter Glas liegendes, kalligraphiertes Schriftstück. «Die erste Strophe von Hoffmann von Fallerslebens ‹Bundeslied›. Das Lieblingsgedicht meines Vaters, meines übrigens auch.»

Trennt uns Glauben, Streben, Meinen,
eins soll, eins soll uns vereinen –
Brüder, reicht euch froh die Hand!
Deutschlands Freiheit, Deutschlands Einheit,
und in ihrer schönsten Reinheit,
Liebe für das Vaterland!

Martin hatte die sechs Zeilen schnell überflogen und dachte: Wie bombastisch! Aber er tat so, als ob er noch lesen würde. Schließlich quälte er sich einen Satz ab. «Klingt wie eine Hymne!»

«Ist ja auch von Fallersleben. Ihr Tucholsky dichtet natürlich anders. Dabei war Fallersleben zu seiner Zeit auch ein Spötter – und mutig. Es gehörte vor hundert Jahren viel Mut dazu zu schreiben: ‹Eh die Welt den Heiland sah, war schon der deutsche Adel da›. Oder: ‹Ei, was soll noch Kund und was soll noch Witz? Hier gilt nur der Grundbesitz›.»

Martin lachte, und der Oberst hängte Fallersleben wieder an die Wand. «So, mein Junge, jetzt überlasse ich Sie Ihren Büchern.» Damit ging er.

Martin stellte sich vor die Wand und las die Zeilen noch einmal, halblaut.

Diesmal fand er sie nicht mehr zu bombastisch. Er las sie zum dritten Mal, diesmal laut deklamierend, und stellte erstaunt fest, daß seine eigene Stimme ihn rührte, daß er die Worte, die er sprach, auch tief empfand. Bei der letzten Zeile, ‹Liebe für das Vaterland›, gestand er sich ein, daß es so etwas geben könnte: Liebe für das Vaterland.

6

Überglücklich schloß Frau Ottler ihre Kinder in die Arme, als sie nach drei Wochen von Erich von Odenburg wieder in die Lützowstraße gefahren wurden. Claudia und Martin waren braungebrannt und offensichtlich guter Laune.

Es war gerade Kaffeezeit, der Leutnant wurde zu Kaffee und Streuselkuchen dabehalten, und auch Dr. Ottler kam für eine Viertelstunde aus der Praxis herüber. Er wollte sich bei Erich für die Einladung seiner Kinder bedanken, aber Erich winkte ab, er wäre viel länger Gast bei Martins Onkel gewesen. Dr. Ottler wußte nichts davon, doch er fragte nicht weiter nach. Auch er freute sich über Martins Aussehen und über seine wiedererlangte Munterkeit. Fröhlich erzählte Martin, daß er sein Herz für Pferde entdeckt habe und ein leidenschaftlicher Reiter geworden sei.

«Ich werde auch in Zukunft reiten. Ein Freund von Erich hat eine Reitschule im Grunewald.»

«Der Baron von Hartwig», sagte der Leutnant. «Er hat erstklassige Pferde und eine reiche Frau, die es ihm ermöglicht, die Pferde zu halten. Er betreibt den Reitstall mehr aus Liebhaberei. Viele ehemalige Ulanen– und Husarenoffiziere, die sich heute kein Pferd mehr leisten können, reiten bei ihm.»

«Reiten ist ein herrlicher Sport», sagte Dr. Ottler.

«Du mußt mir aber Reithose und Stiefel spendieren, Papa.»

«Genehmigt.»

«Ich gebe dir die Adresse von Bogumil», meinte Erich. «Er macht die besten Reithosen von Berlin und arbeitet auch für die Jockeys in Hoppegarten.»

Während der Leutnant Namen und Adresse des Schneiders Bogumil Krzk aufschrieb, wandte sich Dr. Ottler an Claudia. «Und was ist mit dir? Bist du eine Amazone geworden?»

«Das kann man nicht sagen. Höchstens eine Sonntagsreiterin. Ich schaue die Pferde lieber von der Seite an und zeichne sie. Ich zeige dir meine Meisterwerke.» Sie sprang auf, um ihren Zeichenblock zu holen, aber ihr Vater hielt sie zurück. «Jetzt nicht, Liebling, ich muß zurück in die Praxis. Das Wartezimmer ist noch ziemlich voll.»

«Haben Sie wenigstens gut zahlende Patienten?» erkundigte sich Erich.

«Leider nein.»

«Mein Mann muß manchen sogar noch die Medikamente schenken.»

«Tja, unser armes Vaterland befindet sich leider in einem erbarmungswürdigen Zustand», sagte Erich. «Der Versailler Vertrag richtet uns zugrunde.»

Dr. Ottler, der politischen Gesprächen neuerdings gern aus dem Wege ging, stand auf, reichte Erich die Hand und bedankte sich nochmals bei ihm.

«Ich werde Martin in Zukunft unter meine Fittiche nehmen, wenn es Ihnen recht ist, Herr Doktor.»

«Das würde mich sehr freuen», entgegnete Dr. Ottler. Der Leutnant war ihm nicht unsympathisch, aber er wußte nicht genau, wie er ihn einordnen sollte.

Nachdem Dr. Ottler das Zimmer verlassen hatte, fragte seine Frau den Leutnant: «Bleiben Sie jetzt in Berlin?»

«Nein, jetzt noch nicht. Ich fahre heute noch zurück nach Odenburg. Aber in Zukunft werde ich jede Woche zwei, drei Tage in Berlin verbringen und, wenn wir einen geeigneten Verwalter gefunden haben, hierher übersiedeln.»

«Das ist schön», sagte Frau Ottler, die den Leutnant schon bei seinem ersten Besuch ins Herz geschlossen hatte. «Sie sind bei uns jederzeit willkommen.»

Kurze Zeit später verabschiedete sich der Leutnant. In der Tür ermahnte er Martin noch einmal. «Aber die Stiefel mußt du schon bei Breitsprecher bestellen. Es gibt nichts Schlimmeres als schlechtsitzende Reitstiefel. Und der Breitsprecher macht schönere Stiefel als die, die Anton von Werner gemalt hat.»

Martins Mutter winkte dem Leutnant freundlich nach, dann wollte sie wissen, wer dieser Anton von Werner sei.

«Der Lieblingsmaler des Kaisers. Er hat große historische Schinken fabriziert und auf die Stiefel mehr Wert gelegt als auf die Gesichter.»

«Dann mußt du eben zu diesem Breitsprecher gehen, wenn dein neuer Freund es für richtig hält. Er ist überhaupt ein reizender Mensch. Ich freue mich sehr, daß du dich mit ihm angefreundet hast, Martin.»

«Gar so dicke Freunde sind wir ja nicht. Es stört mich an ihm, daß er ein Anhänger Hitlers ist.»

«Das ist dein Onkel Clemens doch auch. Er schwärmt immer mehr für ihn. Sogar in der Festung besucht hat er ihn, wie er mir in seinem letzten Brief geschrieben hat. Clemens meint, Hitler sei der einzige Politiker, der Deutschland vor dem Untergang retten kann. Die gleiche Meinung sollen auch die Richter haben, die Hitler verurteilt haben. Sie taten das nur unter Zwang, meint Clemens, und sie werden ihn auch bald freilassen.»

«Seit wann interessierst du dich für Politik, Mutter?»

«Clemens schreibt in seinen Briefen über nichts anderes. Ich gebe sie dir nachher zum Lesen.» Sie schwieg eine Weile. Unsicher fuhr sie fort: «Vielleicht ist etwas dran, an diesem Hitler. Ich verstehe nichts von Politik, aber wenn Clemens sich derart begeistern kann ... Er ist doch kein dummer Mensch.»

Am nächsten Tag suchte Martin den Schneider Bogumil Krzk in der Barbarossastraße auf, dann die Firma Breitsprecher und Jaenecke, die vornehmsten und teuersten Schuhmacher Berlins.

Als Martin nach Hause kam, saß Karl Kaltz im Wohnzimmer. Er wartete schon über eine Stunde auf Martin und war inzwischen von Claudia über die Ereignisse der Sommerferien informiert worden, insbesondere über Martins Reitleidenschaft. So kam es, daß er Martin mit einem Rilke-Zitat begrüßte: «Reiten, reiten, reiten ...»

«Du solltest, statt zu spotten, lieber mitreiten», sagte Martin und umarmte seinen Freund. «Ich wollte dich dazu sowieso überreden. Wir könnten zusammen die Reitschule im Grunewald besuchen.»

«Grunewald ist mir zu weit.»

«Du wohnst doch in Grunewald.»

«Nicht mehr lange, wie siedeln nach München über.»

Martin erfuhr, daß Dr. Kaltz von seinem Münchner Verlagshaus das lukrative Angebot erhalten hatte, einen Redakteursposten bei einer Tageszeitung zu übernehmen. Es handelte sich um eine seriöse Zeitung, für Dr. Kaltz' Geschmack etwas zu konservativ, trotzdem hatte er zugegriffen. Er wollte weg aus Berlin. Schon vorher hatte er davon gesprochen, aus der Villa in der Douglasstraße, die nur gemietet war, auszuziehen, und irgendwo in der Nähe vom Kurfürstendamm eine Wohnung zu suchen.

«So kam Vati die Möglichkeit, mit Sack und Pack nach München zu ziehen, sehr gelegen.»

Karl blieb noch etwa eine Stunde. Die beiden Freunde beschlossen, einander fleißig zu schreiben und sich im Winter in Garmisch zu treffen.

«Sicher bist du wieder bei deinem Onkel, und für mich ist es von München nach Garmisch nur ein Katzensprung», sagte Karl zum Abschied.

Als sich hinter ihm die Tür schloß, hatte Martin das Gefühl, daß ein Kapitel in seinem Leben zu Ende ging.

Die Prüfungen legte Martin ohne Schwierigkeiten ab, und auch sonst lief auf der Universität alles nach Wunsch. Karl fehlte ihm allerdings. Martin vermißte seine Autorität bei politischen Debatten, die immer häufiger wurden. Das braune Gedankengut färbte auch auf die Studenten ab, und Martin gewöhnte sich an, seine Freunde zu fragen, ob sie nationalsozialistisch seien. Die meisten antworteten mit Ja, lautstark oder flüsternd.

Leutnant von Odenburg flüsterte nicht, als er auf Dr. Ottlers Frage, ob er Nationalsozialist sei, «Jawohl, mit Leib und Seele» antwortete.

Dieses Gespräch fand an einem Sonntag in der Lützowstraße statt. Erich holte seinen Freund zum erstenmal zum Reiten ab. Frau Ottler und Claudia waren nicht zu Hause, und Martin hatte sich für kurze Zeit in sein Zimmer zurückgezogen, um die neue Bogumil–Krzk–Reithose und die Breitsprecher–Stiefel anzuziehen. Ausgelöst wurde dieses Gespräch durch ein Buch, das der Leutnant für Martin mitgebracht hatte: Ernst Jüngers ‹Der Kampf als inneres Erlebnis›. Dr. Ottler erwähnte, daß er Jüngers ‹In Stahlgewittern› kannte, blätterte in dem Buch, las einige Zeilen, schüttelte hie und da den Kopf. «Ist er ein Nationalsozialist?»

«Ob er Parteimitglied ist, weiß ich nicht. Aber ein Nationalist ist er auf jeden Fall.»

Dr. Ottler sagte nichts, und der Leutnant sprach weiter. «Wir müssen dem lieben Gott für jeden nationalistischen Dichter dankbar sein, der wie Ernst Jünger die schreibende Kraft als göttliche Gnade erhalten hat.»

Dr. Ottler setzte mit einem unsicheren «ah, ja ...» zu einer Bemerkung an, aber Erich unterbrach ihn. «Ich weiß, was Sie sagen wollen: Wir Deutschen, wir dürfen nicht Nationalisten sein. Das schreiben unsere Zeitungen, das predigen unsere sozialdemokratischen Politiker. Aber warum nicht? Schauen Sie sich in der Welt um, der Nationalismus schlägt die höchsten Wellen. Sind etwa die Polen, die Oberschlesien geschluckt haben, nicht Nationalisten? Oder die neugegründeten Staaten nach dem Zerfall der österreichischen Monarchie? Die Tschechen, die Jugoslawen, die Rumänen? Und Frankreich? Vor allem Frankreich! Die Franzosen waren schon immer größere Nationalisten als wir. Schließlich wollte Napoleon die Welt erobern und nicht Friedrich der Große. Und was machen sie jetzt mit uns? Die Entente cordiale verlangt Hunderte von Millionen Reparationskosten von uns, aber die Franzosen hindern uns daran, sie zu bezahlen, weil sie unsere Fabriken demontieren und unsere Naturschätze für sich selbst ausbeuten. Und wenn einer von uns, wie Schlageter, sie daran hindern will, wird er von seinen Landsleuten an die Franzosen verraten, und die verurteilen ihn zum Tode und richten ihn hin.»

«Kannten Sie Schlageter?» fragte Dr. Ottler.

«Natürlich. Er war mein Freund und Kamerad. Wir haben in Oberschlesien zusammen gegen die Polen gekämpft.»

«Ehrlich gesagt, ich weiß sehr wenig über die Freikorps. Nur das, was manchmal in der Zeitung steht.»

«Und da steht meistens nur mieses Zeug über uns drin. Die Freikorps werden als Landsknechte, Fememörder und was nicht noch beschimpft.»

«Aber doch nicht zu unrecht», warf Dr. Ottler ein. «Denken Sie zum Beispiel an den Rathenau-Mord.»

«Lieber Herr Dr. Ottler», sagte der Leutnant freundlich und setzte ein mitleidiges Lächeln auf. «Sie wissen, daß Rathenau von sechs unbesonnenen jungen Männern erschossen wurde. Drei von ihnen gehörten der Brigade Ehrhardt an, aber sie haben ohne Ehrhardts Wissen aus eigener Initiative gehandelt. Finden Sie das gerecht, daß die Tat dieser grünen Jungen den vierundachtzig Freikorps zugeschrieben wird, die im Baltikum, in Oberschlesien, an der Ruhr und wo auch immer für Deutschland gekämpft haben? Die Menschen haben vergessen, daß wir in Oberschlesien den Annaberg – durchaus im geheimen Einverständnis mit der deutschen Regierung – gestürmt haben und dadurch die Entscheidung über die oberschlesischen Industriegebiete zugunsten des Reiches wesentlich beeinflußt haben. Sie vergessen ebenfalls, daß wir den passiven Widerstand an der Ruhr organisiert haben, der allerdings mitunter nicht so passiv war. Die Menschen vergessen auch, daß ohne die Freikorps unsere hochgelobte Republik gar nicht existieren würde.»

Der Leutnant wurde von Martin unterbrochen, der in seinem neuen Reitdress ins Zimmer stolzierte und von den Anwesenden begutachtet werden wollte.

«Prima!» sagte der Leutnant zufrieden. «Der Krzk ist schon eine Klasse für sich.» Er stand auf und wollte sich von Dr. Ottler verabschieden.

«Halt, junger Freund, wir können Ihren letzten Satz nicht so in der Luft hängen lassen. Wie soll ich ihn verstehen?»

«Die Freikorps haben in Bayern der roten Räteherrschaft ein Ende bereitet, und wir waren es schließlich, die den Aufstand des Spartakusbundes niedergeschlagen haben. Unter wir verstehe ich die Freikorps um General Maercker, die in Döberitz stationiert waren, die Marine–Brigade Ehrhardt und Löwenfeld und einige andere Freikorps, darunter den Rossbach–Haufen. Ohne uns wäre Berlin heute kommunistisch. Ohne uns hätte die konstituierende Versammlung in Weimar nicht abgehalten werden können. Was glauben Sie, Herr Doktor, warum ist die Versammlung nicht nach Berlin, in den Reichstag, wo sie hingehört hätte, einberufen worden, sondern nach Weimar, in ein ehemaliges Hoftheater? Weil die Herren Politiker vor den teilweise immer noch bewaffneten Kommunisten und vor den sogenannten Unabhängigen Sozialisten Angst hatten. Bevor die Herren Minister und Abgeordneten in Weimar ankamen, wurden vorher in aller Eile die Maerckerschen Freikorps von Döberitz nach Weimar verlegt. Wir haben um die Stadt herum Schützengräben ausgehoben und Stellungen bezogen, den Bahnhof, das Postamt und andere wichtige Gebäude besetzt. Wir haben das Hoftheater umstellt; nur mit Hilfe unserer Gewehre konnte Herr Scheidemann Ministerpräsident werden und Genosse Gustav Noske Reichswehrminister. Und was war Genosse Noskes erste Tat? Er befahl die Auflösung der Freikorps.»

Dr. Ottler blickte versonnen vor sich hin. «Merkwürdig ... Ich habe das alles nicht gewußt. Oder – vielleicht habe ich es gewußt, mir aber keine Gedanken darüber gemacht.»

«Das wird es gewesen sein», sagte Erich fröhlich, blickte auf seine Uhr und stand auf. «Wir müssen gehen, die Pferde warten.»

Im Grunewald wurden Martin und Erich von zwei bereits gesattelten Pferden und einem freundlich schimpfenden Baron von Hartung erwartet. «Wo bleibt ihr, ihr Säcke! In meiner Staffel herrscht Pünktlichkeit. Die anderen sind schon seit einer Viertelstunde weg.» Er schüttelte Martin die Hand und drückte ihm die Zügel eines rassigen Rappen in die Hand. «Sollten Sie es nicht erkannt haben, Winnetou ist ein Vollblut. Er ist meistens schneller als sein Reiter. Aber keine Angst, er findet allein nach Hause.»

Nachdem Erich und Martin losgeritten waren, erkundigte sich Martin: «Von was für einer Staffel sprach dein Freund?»

«Von der SA-Reiterstaffel Hartung», erwiderte der Leutnant. «Hartung stellt seine sechzehn Pferde den Staffelmitgliedern zur Verfügung. Jeden Sonntag nachmittag gibt es einen gemeinsamen Ausritt, am Wochentag kann jeder Kamerad so oft ausreiten wie er will, ohne etwas zu zahlen. Die Rechnung geht an die Partei.»

«Aber doch nicht für mich», protestierte Martin. «Ich bin doch kein Parteimitglied.»

«Du wirst auch blechen müssen, es sei denn, du wirst Parteimitglied.»

Martin reagierte nicht auf die Bemerkung und erkundigte sich nach dem Zweck der Staffel. Er wollte wissen, was sie für Aufgaben zu erfüllen hätte.

«Vorläufig sind wir im Wartestand, aber sicher kommt der Tag, an dem wir eingesetzt werden. Wir sind eine große Organisation innerhalb der SA, ursprünglich von Fürst Wrede als Reiterkorps gegründet.»

«Jetzt mußt du mir nur erklären, was SA heißt.»

«Sturmabteilung. Anfangs, im Jahre 1920, stellte sie nur die Saalordner bei Kundgebungen, später die Leibwächter Hitlers. Heute ist die SA eine militärische Macht.»

Nachdenklich schwieg Martin eine Weile. «Weißt du was. Ich zahle lieber die Leihmiete für Winnetou.»

«Ich werde dir beim Hartung einen kulanten Preis aushandeln. Aber im Ernst, es geht ja nicht nur um Winnetou, es geht um Deutschland. Ein intelligenter Junge wie du darf nicht untätig beiseite stehen, wenn es um die Zukunft seines Landes geht.»

«Das sind große Worte, Erich.»

«Es geht auch um eine große Sache. Du solltest natürlich den Eintritt in die Partei in Ruhe überlegen.» Er schwieg, dann lachte er plötzlich auf. «Es ist die Frage, ob du überhaupt aufgenommen wirst. Erkundige dich auf jeden Fall bei deinem Vater, ob deine Ahnentafel auch keinen Webfehler hat.»

* * *

Dr. Ottler saß an diesem Sonntag abend in seinem Wohnzimmer beim Skat, genannt die Doktorenrunde: Dr. Dieter Weber, Mathematikprofessor, Dr. Hans Meyer, Internist, und der Chirurg Dr. Alois Bäumler. Die vier trafen sich neuerdings abwechselnd in der guten Stube der Mitspieler, da ihnen die Kneipe in der Potsdamer Straße, wo sie bisher gespielt hatten, zu ungemütlich geworden war. In einem Nebenraum versammelten sich in der letzten Zeit Leute, die reichlich Bier konsumierten und sehr laut wurden. Alle trugen Schiebermützen, kamen meistens einzeln an, einige grüßten freundlich, wenn sie an dem Tisch der Skatspieler vorbeikamen, andere gingen erhobenen Hauptes vorbei, manche warfen ihnen böse Seitenblicke zu. Nach etwa zwei Stunden und reichlichem Alkoholgenuß grölten sie:

Mann der Arbeit, aufgewacht
und erkenne deine Macht:
Alle Räder stehen still,
wenn dein starker Arm es will!

Kurz darauf marschierten sie geschlossen ab. Zum Abschied grüßten sie die Doktoren mit vorgestrecktem Arm und geballter Faust.

Eine Beschwerde beim Wirt nützte zunächst nichts. «Wenn ich denen das Lokal verbiete, schlagen sie mir den Laden kurz und klein.» Er sollte recht behalten. Als sich später auch alle übrigen Gäste über den Lärm der Schiebermützenträger beklagten, wagte der Wirt ein Wort und bat die «Herren», sich ruhiger zu verhalten, sonst wäre er gezwungen, ihnen Lokalverbot zu erteilen. Die Folge war, daß nach Feierabend, während das Lokal aufgeräumt wurde, eine Truppe junger Männer in roten Hemden aufmarschierte und dem Wirt und den Kellnern die Aufräumarbeit abnahm. Die Einrichtung ging zu Bruch, der Wirt landete im Krankenhaus, und die Doktoren beschlossen, die Skatabende lieber in den eigenen, sicheren vier Wänden zu veranstalten.

Während der Chirurg Dr. Bäumler, der aus Bayern stammte, bedächtig die Karten mischte, vertraute sich Dr. Ottler seinen Freunden an. «Ich habe Sorgen mit meinem Sohn.»

«Wer hat das nicht!» rief der Internist Dr. Meyer.

«Du hast doch erzählt», sagte der Mathematikprofessor, «an der Universität sei mit Martin alles in Ordnung, und die Prüfungen hat er doch glänzend bestanden.»

«Das stimmt auch, aber er hat einen neuen, einige Jahre älteren Freund, einen gewissen Erich von Odenburg, mit dem ich heute vormittag eine längere Unterhaltung hatte. Sicher, ein ganz reizender junger Mann, doch ich weiß trotzdem nicht, ob diese Freundschaft das richtige für Martin ist. Dieser Odenburg kommt mir vor wie ein Haudegen. Er hat die Hauptkadettenschule in Lichterfelde absolviert, dann war er an der Front und hinterher beim Rossbach–Freikorps.»

«Na, und?» bemerkte Dr. Bäumler. «Ich war bei der Brigade Ehrhardt und mein Sohn bei dem Freikorps Ritter von Epp.»

«Also, das habe ich nicht gewußt», sagte Dr. Ottler. «Wie kamst du dazu?»

«Das ergab sich so. Im Krieg war ich bei der Marine, in den letzten Monaten auf dem Kreuzer von Kapitän Ehrhardt. Ich habe ihn einmal verarzten müssen, und wir haben uns angefreundet. Nachdem der Spuk zu Ende war, blieben wir einfach zusammen. Das ganze Offizierkorps und einige untere Chargen. Wo sollten wir auch hin? Ich wußte noch nicht, wo ich mich niederlassen werde. Es war nicht so einfach, als Unbekannter irgendwo eine Praxis zu gründen. Bei mir spielte außerdem auch noch eine persönliche Sache eine Rolle. Ich erfuhr, daß die Roten in München im Luitpold–Gymnasium zwei meiner Freunde erschossen hatten, den Prinzen von Thurn und Taxis und den Baron von Seydlitz, zusammen mit acht anderen Mitgliedern der Thule–Gesellschaft, der ich angehörte. Mein Sohn und ich waren dabei, als in Bayern die Rote Armee niedergeworfen und entwaffnet wurde.»

«Tja, ich glaube, wir haben den Freikorps einiges zu verdanken», seufzte Dr. Meyer besinnlich .

«Ehrlich gesagt», warf der Mathematikprofessor ein, «ich bin mir über diese Freikorps nicht im klaren. Ich habe sie immer für illegale Raubritter–Banden gehalten.»

«Illegal waren sie – aber nur offiziell», meinte Dr. Bäumler. «Inoffiziell arbeiteten sie mit den höchsten Spitzen der Behörden zusammen, vom Polizeichef aufwärts bis zum Ministerpräsidenten.»

Der Professor schüttelte den Kopf. «Ich bin nicht schwer von Begriff, aber das sind für mich böhmische Dörfer.»

«Du weißt, in dem sogenannten Friedensvertrag wurde die deutsche Armee auf hunderttausend Mann festgelegt und die Bildung eines Generalstabes untersagt. Also, eine Armee ohne Kopf. Ein katastrophaler Zustand in einem Land, das einen Krieg verloren hat, dessen Bevölkerung hungert, zum größten Teil keine Arbeit hat und demonstrierend durch die Straßen zieht. In einem Land, wo durch kommunistische Agenten Aufstände organisiert werden, die Söldnerarmee nur bedingt zuverlässig ist, wo man ständig damit rechnen muß, daß die Soldaten ihre Gewehre umdrehen und gegen ihre Landesherren losmarschieren. Bei den Freikorps hingegen, die zum großen Teil aus ehemaligen Offizieren bestanden und bestehen, herrscht Zucht und Ordnung. Sie blieben aus Überzeugung bei den Waffen und nicht für Geld. Sold bekamen sie nämlich keinen, im Etat war einfach kein Platz mehr für sie da.»

«Also, wenn ich alles glaube, aber das nicht!» rief der Professor. «Ohne Sold? Wovon haben denn die Leute gelebt? Von Plünderungen?»

«Wir haben niemals geplündert», erklärte Dr. Bäumler energisch.

«Aber von was habt ihr gelebt? Von Vaterlandsliebe wird man nicht satt.»

«Alle Freikorpsführer hatten großzügige Mäzene. Industrielle, Bankiers, Großgrundbesitzer und auch eine Anzahl wohlhabender Bürger. Wenn du die Spendenliste sehen würdest, würdest über die Namen Bauklötze staunen. Ehrhardt hat sogar aus der Schweiz Fränklis bekommen. Er ist nämlich in Basel geboren, als Sohn eines Pastors.»

«Was für ein Interesse sollten den die Schweizer an Ehrhardt und seinem Freikorps haben?»

«Sie möchten nicht, daß Deutschland Räterepublik wird»,

antwortete Dr. Bäumler und begann wieder die Karten zu mischen.

«Vielen Dank, Alois», sagte Dr. Ottler. «Ich habe jetzt einiges gelernt. Bei dem Leutnant Odenburg gibt es aber noch einen Haken, besser gesagt, ein Hakenkreuz. Er ist ein überzeugter Nationalsozialist.»

«Das bin ich auch», erklärte Dr. Bäumler lakonisch und teilte die Karten aus.

Am nächsten Sonntag feierte Martins Mutter im kleinen Kreis ihren Geburtstag. Das praktischste Geschenk hatte Erich, der von dem Festtag erfahren hatte, klugerweise schon am Sonnabend mitgebracht: zwei selbstgeschossene Fasane. Dieses Mitbringsel steigerte Erichs Ansehen in Frau Ottlers Augen um einiges, und selbstverständlich wurde er zum Geburtstagsessen eingeladen, bei dem die beiden Fasane verspeist werden sollten.

Außer Leutnant von Odenburg war nur noch Frau Ottlers beste Freundin, Frau Renate Klick, mit ihrem Mann Hermann eingeladen. Herr Klick betrieb in der Lützowstraße, einige Häuser von den Ottlers entfernt, einen Schlachterladen. Er war ein großer, wohlbeleibter, aber keineswegs dikker Mann, von einfachem, aber humorvollem Naturell. Seine Gedankenwelt war ein wenig primitiv. Frau Klick hingegen neigte zu «Intellektuellismus», wie sie es manchmal von sich selbst sagte. Ursprünglich wollte sie Lehrerin werden. Aber sie hatte sich mitten im Studium bei einem Feuerwehrfest in Treptow in einen lustigen jungen Mann verknallt, der sie noch in jener Nacht mit auf seine Bude nahm und der unerfahrenen Jungfrau ein Kind anhängte. Dieser junge Mann, der mit Vornamen Hermann hieß, war der Sohn eines reichen Schlachters und offenbar ein anständiger Mensch. Bei den ersten sichtbaren Zeichen der Schwangerschaft heiratete er Renate. Dabei gab es ein großes Ehehindernis zwischen den beiden: Renate war überzeugte Vegetarierin. Im Ehevertrag wurde vereinbart, daß Hermann seine Renate niemals zum Fleischessen zwingen durfte. Eine paradoxe Klausel für eine Schlachtersfrau, aber Renate hielt jahrelang durch. Sie verkaufte im Laden, wenn auch widerwillig, Fleisch, und sie kochte und briet, ebenfalls widerwillig, für ihren Gatten Eisbein und saftige Koteletts – bis sie eines Tages einen Nervenzusammenbruch erlitt. Ein Arzt heilte sie, und es gelang ihm sogar, sie zu überreden, «die alberne Gemüsefresserei» – wie er sagte – aufzugeben. Dieser Arzt war Dr. Ottler. Renate Klick gewöhnte sich ans Fleischessen, machte Hermann damit überglücklich, und dieser bedankte sich bei Dr. Ottler mit einem imposanten Schinken. Mitten in der Inflation ein unschätzbares Geschenk. Es blieb aber nicht bei diesem einen Schinken, die Klicks versorgten die Ottlers durch die ganzen Hungerjahre hindurch mit Eßbarem. Dr. Ottler hatte nie Gelegenheit, sich zu revanchieren; die Klicks waren nie krank. Frau Ottler war es, die die geheimen Fleischrationen, private Besuche vortäuschend, in der guten Stube der Klicks abholen mußte. So kam es, daß die beiden Frauen sich mit der Zeit angefreundet hatten.

Interessanterweise war die Schlachtersfrau der Arztfrau in geistigen Dingen überlegen. Renate Klick vergaß es nie, daß sie beinahe Lehrerin geworden war, und bildete sich auch in der Ehe weiter, so gut sie konnte. Sie las Bücher, Zeitschriften und Tageszeitungen; Frau Ottler hingegen war schlicht und bürgerlich, Mutter und Hausfrau. Ab und an las sie auch. Ihr Lieblingsautor war Theodor Fontane, Frau Klick schwärmte für Hanns Heinz Ewers. Auch für Politik interessierte sie sich, und ihr Herz schlug rechts. Sie sprach jedoch selten darüber, nachdem sie mit einigen Kundinnen im Laden manch kurze, aber unangenehme politische Debatte geführt hatte. Selbst Frau Ottler erfuhr nur durch Zufall, für wen das politische Herz der Freundin schlug.

Frau Ottler war eines Abends später als sonst in die Wohnung der Klicks gekommen, um vier Kasseler Koteletts abzuholen. Sie plauderte eine Weile mit Renate Klick, als sich plötzlich die Tür zum Schlafzimmer öffnete und Hermann Klick in den Raum trat, in der Uniform der SA. Frau Klick war nur eine Sekunde verlegen, dann fragte sie stolz: «Sieht er nicht prima aus?» Frau Ottler bejahte die Frage, und sie meinte es ehrlich; der Metzger sah in der braunen Uniform geradezu imposant aus. «Leider kann er die Uniform nur zu Hause tragen. Sonst ist sie verboten.»

Hermann Klick erklärte die Maskerade. «Ich erwarte einige Parteigenossen zu einer Besprechung und wollte sie würdig empfangen. Wir müssen unsere Zusammenkünfte in Wohnungen oder in geschlossenen Vereinslokalen abhalten, da die Partei ebenfalls verboten ist.»

«Welche Partei?» fragte die ahnungslose Frau Ottler.

«Die NSDAP», sagte Frau Klick. «Die Partei Hitlers.»

«So?» hatte Frau Ottler bemerkt. Etwas anderes konnte sie nicht sagen, denn es war das erste Mal, daß sie von der NSDAP hörte. Über Politik las sie nie, und über die Wandlung ihres Bruders Clemens zum Nationalsozialisten wußte sie zu diesem Zeitpunkt noch nichts. Sie maß der Parteizugehörigkeit der Klicks keinerlei Bedeutung bei, vergaß die Szene bald und erinnerte sich erst daran, als Clemens Wallner ihr zum erstenmal etwas über Adolf Hitler schrieb.

Nun saß das Ehepaar Klick bei Frau Ottlers Geburtstag mit der Familie zusammen, und alle nippten zum Aperitif an einem Mampe–Bitter. Etwas später traf Erich von Odenburg ein. Als der Schlachter Erich erblickte, sprang er auf, schlug die Hacken zusammen, streckte seine rechte Hand aus und schmetterte ein lautstarkes «Heil Hitler, Herr Sturmführer!». Die Familie Ottler hörte und sah zum erstenmal diesen ungewöhnlichen Gruß und war ein wenig überrascht. Claudia kicherte sogar.

Odenburg schüttelte dem Metzger freundlich die Hand. Es stellte sich heraus, daß die beiden sich von verschiedenen öffentlichen Veranstaltungen kannten, als diese noch erlaubt waren. Hermann Klick sagte stolz: «Darf ich Ihnen meine Frau vorstellen, Sturmführer? Sie ist ebenfalls Parteimitglied.»

Erich gab Frau Klick einen galanten Handkuß, der die Dame erröten ließ. Erst danach konnte der Leutnant das Geburtstagskind und die übrigen Familienmitglieder begrüßen und seinen Blumenstrauß überreichen.

Ein größeres Paket, das er unter dem Arm geklemmt trug, war für Martin bestimmt. «Da sind einige wichtige Dokumente und eine Anzahl Zeitungsausschnitte über Schlageter drin. Lies sie in aller Ruhe durch.»

Martin wollte erst sagen «Laß mich mit deinem Schlageter in Ruhe», aber er besann sich und murmelte «Dankeschön».

Der Abend verlief angenehm, wie solche familiären Geburtstagsfeiern zu verlaufen pflegen. Die Köchin Isa brillierte am Bratofen, die beiden Vögel schmeckten zart und knusprig, und der französische Rotwein, den Dr. Ottler von einem dankbaren Patienten – von Beruf Weinhändler – bekommen hatte, war ebenfalls vorzüglich. Es gab auch einige Flaschen Sekt, die Clemens Wallner aus Garmisch geschickt hatte, und gegen Mitternacht rief er sogar an, um seiner Schwester zu gratulieren. Als er hörte, daß auch Leutnant Odenburg anwesend war, verlangte Clemens ihn ans Telefon. Sie sprachen sehr kurz miteinander, aber man sah Erich an, daß er angenehme Nachrichten vernahm. Nach dem Gespräch wandte er sich an Hermann Klick. «Eine Nachricht, Parteigenosse, die besonders Sie freuen wird. Der Führer hat in der Festung eine Erklärung abgegeben, wonach er in Zukunft auf umstürzlerische Aktionen verzichtet und nur noch legale Wege beschreiten will, um seine politischen Ziele zu erreichen. Der bayerische Ministerpräsident, Heinrich Held, hat ihm daraufhin baldige Entlassung aus der Haft zugesagt.»

Der Metzger, schon etwas angeheitert, sprang auf und hielt Erich sein Sektglas entgegen. «Es lebe der Führer!»

Erich stieß mit an, wiederholte den Hochruf jedoch nicht. Die anderen hoben nur zögernd ihre Gläser, nur Frau Ottler fühlte sich verpflichtet, den Führer schüchtern hochleben zu lassen.

Am nächsten Tag kam Dr. Ottler etwas verspätet zum Mittagessen. «Wo man hinspuckt, trifft man einen Hitlerianer», sagte er und erzählte, daß ihm der jüdische Rechtsanwalt Dr. Rechlitz wegen Gallenbeschwerden in der Praxis aufgesucht hatte. Sie hatten über Politik gesprochen, und Rechlitz, Reserveoffizier und Träger des Eisernen Kreuzes, schwärmte für Hitler. «Wenn er den Unsinn mit den Juden lassen würde, wäre er der Mann, der uns Deutsche aus dem Schlamassel retten könnte», hatte der Anwalt gemeint.

«Außerdem habe ich Max Patzke versorgen müssen», berichtete Dr. Ottler weiter. «Er wurde wieder einmal verprügelt.»

«Von den Braunhemden?» fragte Martin.

«Nur von einem Braunhemd, von seinem Bruder.»

Martin erfuhr, daß die Zwillingsbrüder sich auf Leben und Tod verkracht hatten. In der grafischen Anstalt in Stegliz, wo Moritz Patzke arbeitete, waren alle Mitarbeiter Nationalsozialisten und gehörten alle einer Gruppe an. Von Anfang an hatten sie ihren neuen Kollegen bearbeitet, und es dauerte nicht lange, bis Moritz sein rotes Parteibuch zurückgegeben hatte und in die NSDAP eingetreten war.

«Ich habe mir alles überlegt», hatte der junge Mann Dr. Ottler erklärt, «und das Programm der NSDAP eingehend studiert. Es ist nicht weniger sozialistisch als das Programm der Roten. Hitlers Forderungen gehen sogar über die Forderungen des Spartakusbundes hinaus. Er fordert die Einziehung der Kriegsgewinne, unentgeltliche Enteignung von Grund und Boden. Daß er dabei national denkt, das akzeptiere ich. Schließlich bin ich Deutscher.»

Diese Wendung des Moritz Patzke hatte natürlich allerhand Unruhe in die Familie gebracht. Schließlich, nach einer blutigen Prügelei zwischen den Brüdern, hatte der Altgenosse Josef Patzke seinen abtrünnigen Sohn aus der Wohnung geworfen.

«Bruderzwist im Hause Habsburg», bemerkte Claudia.

«Wieso im Hause Habsburg?» fragte Frau Ottler, die Grillparzers Stück nicht kannte.

Martin schrieb eine Novelle über Albert Leo Schlageter.

Doch zuerst ließ er das Paket, das Erich ihm gebracht hatte, einige Tage liegen. Er konnte sich nicht vorstellen, daß er sich für seinen Inhalt interessierte. Als er es doch noch auspackte, eigentlich nur, um Erich nicht zu enttäuschen, kamen drei Aktenordner zum Vorschein. Zwei sehr umfangreiche mit Zeitungsartikeln über den Fall Schlageter und ein schmaler. In diesem Ordner lagen obenauf einige aus Zeitungen und Zeitschriften herausgeschnittene kitschige Zeichnungen, die den Schlageter erhobenen Hauptes an einen Pfahl angebunden zeigten. Auf manchen Bildern war auch noch das Erschießungspeloton zu sehen; die Komposition dieser Zeichnung ging eindeutig auf Manets berühmtes Bild zurück, das die Erschießung Kaiser Maximilians in Mexiko darstellte. Weiter hinten im Ordner steckte eine große Anzahl Briefe, die der hingerichtete Schlageter an seinen Freund Heinz Oskar Hauenstein geschrieben hatte. Martin erfuhr von Erich, daß Hauenstein der beste Freund von Schlageter gewesen war und nicht nur Schlageters Briefe aufhob, sondern darüber hinaus auch noch alles sammelte, was über seinen hingerichteten Freund in der Presse erschien.

Nicht die Zeitungsartikel, die Briefe waren es, die Martins Interesse für Schlageter weckten. Die Zeitungen berichteten nur Fakten, die Kommentare waren unterschiedlich. Die sozialistische und auch die liberale Presse schrieb über die «sinnlosen Sabotageakte», die Schlageter und seine Freunde im Ruhrgebiet verübt hatten, und über seine Hinrichtung durch die Franzosen auf der Golzheimer Heide bei Düsseldorf. Schlageters Taten wären unüberlegt und überflüssig und würden Deutschland keineswegs nutzen, eher nur schaden. Die national gesinnten Zeitungen gingen auch auf Schlageters Motive ein; sie sprachen über sein Heldentum, über seine Opferbereitschaft, erzählten, Schlageter hätte sein Leben retten können, wenn er seine Mittäter verraten hätte.

Martin nahm die Fakten zur Kenntnis; gefühlsmäßig akzeptierte er eher die Aussagen der konservativen Zeitungen, was ihn aber wirklich für Schlageter einnahm, waren die Briefe. Martin hatte noch nie einen Menschen kennengelernt, der zu einer derartigen Selbstaufgabe in der Lage gewesen war wie Schlageter. In seinen Briefen fand sich nie eine Zeile, die sich mit seinem Privatleben beschäftigte. Er schien keines zu haben. Die Briefe hatten nur ein Thema: Deutschland. Deutschland, das von seinen Gegnern zum Tode verurteilt worden war und das jetzt langsam verbluten sollte. Der Schreiber dieser Briefe sah alles nur von diesem Gesichtspunkt aus, er war von einer blinden Vaterlandsliebe besessen, seine Gedanken kreisten nur um Deutschland und dessen

Wohl. Immer wieder ermahnte er seinen Freund und Freikorpskameraden Hauenstein, nicht untätig zu sein. «Ich weiß», schrieb er, «die Erfüllungspolitiker und unzählige Irregeleitete aus dem Volk halten das, was wir getan haben, und heute noch tun, für verbrecherisch. Ich sage, daß das Nichtstun das größte aller Verbrechen ist.»

Manchmal klangen Schlageters Sätze etwas pathetisch, aber niemals unaufrichtig, sein Eifer schien ehrlich.

Martin war von diesen Briefen und von Schlageters unerschütterlicher Haltung sehr beeindruckt, und er gab es dem Leutnant Odenburg gegenüber offen zu.

«Du siehst ihn vollkommen richtig, Martin. Schlageter war von geradezu missionarischem Eifer. Er konnte, wenn es um Kampfhandlungen ging, die abenteuerlichsten Vorschläge machen, in voller Unschuld. Im Freikorps hatte er den Spitznamen Leo von Orleans weg.»

Martin schrieb also die Novelle. Die Tatsachen erwähnte er nur, soweit sie unbedingt notwendig waren. Er schrieb keine heroische Geschichte, zeichnete nicht den Helden, sondern den Menschen Schlageter, seine Gedanken, seine Empfindungen, seine Ideale. Bemüht um Objektivität, achtete Martin darauf, nicht in Schwärmerei zu geraten und sachlich zu bleiben, trotzdem geriet sein Schlageter–Bild ganz anders als die bisherigen Schilderungen, die Schlageter meistens zu einem fanatischen Attentäter stempelten. Die Novelle fing mit den Sätzen an: «Das hier ist ein Bericht über einen Menschen, den manche für einen Teufel, andere wiederum für einen Halbgott halten. Dabei war er nichts weiter als ein Mensch.»

Zuerst wollte Martin der Novelle den Titel ‹Leo von Orleans› geben, aber er überlegte es sich anders, da er befürchtete, der Titel würde ironisch und frivol klingen. Er erinnerte sich an Thomas Manns ‹Der Tod in Venedig› und nannte seine Arbeit ‹Der Tod an der Ruhr›. Den Titel tippte er zuletzt auf eine extra Seite und darunter den Namen des Autors. Er wollte Martin Orbán schreiben, doch bei dem großen O hielt er plötzlich inne. Das Telefongespräch mit Helga fiel ihm ein, als sie ihn auf Orbán getauft hatte. Dieser Name kam von ihr, er wollte ihn nicht mehr haben. Er schrieb also den Namen Ottler hin und hatte das Gefühl, nach Abwegen zu sich selbst zurückgekehrt zu sein.

Die *Deutsche Allgemeine Zeitung*, bei der Martin die Novelle eingereicht hatte, schickte sie prompt zurück, zusammen mit einem sehr freundlichen Begleitbrief. Martins Begabung wurde gelobt, sein Stil, sein Gespür für den dramatischen Aufbau, am Schluß hieß es: «Das Thema ist heute zu brisant. Es kann sein, daß Schlageter einmal in die Geschichtsbücher eingeht, aber schon heute über ihn in literarischer Form zu schreiben, würde bedeuten, Öl ins Feuer zu gießen.»

«Klugscheißer und Feiglinge», meinte Erich, nachdem er den Brief gelesen hatte. «Du kannst dich doch bestimmt an den kleinen Dr. Goebbels erinnern, den du in Odenburg kennengelernt hast? Ich werde deine Novelle in seiner Zeitschrift unterbringen. Du kriegst da zwar weniger Geld, als du bei der *DAZ* gekriegt hättest, aber du wirst gedruckt.»

Martin bekam gar kein Honorar. Die Novelle wurde gedruckt in der *Völkischen Freiheit*, der Zeitschrift der Nationalsozialistischen Freiheitsbewegung, in der sich Parteigänger der verbotenen NSDAP unter der Leitung von Gregor Strasser wieder gesammelt hatten. Martin erhielt ein Belegexemplar aus Elberfeld und einen langen, schwülstigen Brief von Dr. Goebbels. Dr. Goebbels war von Martins Arbeit begeistert, aber Honorar, schrieb er, gäbe es nicht, da die Zeitschrift leider keine auswärtigen Mitarbeiter bezahlen könne. «Aber ich würde mich über Ihre weitere Mitarbeit freuen. Ich würde mich freuen», hieß es pathetisch, «wenn wir in meiner Zeitschrift für die Freiheit unseres Volkes Schulter an Schulter kämpfen würden. Ich bin sicher, wir werden uns noch auf dem Pfade des Lebens begegnen.»

Sogar Leutnant Odenburg rümpfte die Nase über die gezierte Ausdrucksweise seines Freundes Goebbels. «Pfade des Lebens», meinte er verächtlich, faltete die *Völkische Freiheit* zusammen und steckte sie in die Tasche. «Die Teutonen sollen deine Novelle lesen.»

Martin sollte in einigen Tagen seine erste Mensur bei den Teutonen austragen, deren Verband er schon seit einem Monat angehörte. Die Aufnahme in die recht exklusive Bruderschaft war ohne Probleme abgelaufen, nachdem Oberst von Odenburg Martin an den Hauptmann a. D. Klaus Huberti ein Empfehlungsschreiben mitgegeben und Erich ihn im Hause der Hubertis eingeführt hatte. Die Hubertis wohnten in einem roten Klinkerbau in Zehlendorf, dessen karg möblierte Wohnhalle wie ein Fechtsaal aussah. An den Wänden hingen alle Arten von Floretten und Säbeln, Degen und Rapiere, außerdem Drahtmasken, Brustschützer und Handschuhe. Eine Wand war mit schematischen Darstellungen der Fechtkunst bedeckt, der Handhabung der Waffen von Primlage bis zur Quartallage und den verschiedensten Posen des Fechtens, wie Ausfall, engagieren und degagieren und ähnliches mehr. Die bei den studentischen Mensuren üblichen Korb– und Glockenschläger waren ebenfalls vorhanden, dazu die schützenden Bandagen, Paukwichs genannt. Die Zeichnungen, die die Mensuren darstellten, waren koloriert; rote Blutstropfen kullerten über das Gesicht des Verletzten auf den Boden.

In diesem kriegerischen Raum wurde Martin von Adam, Hauptmann Hubertis Sohn, der etwa gleichaltrig mit Erich war und als Koryphäe in Mensurfragen galt, über die Fechtgewohnheiten bei der Mensur aufgeklärt, zunächst nur theoretisch, bis er einige Tage vor seiner ersten Mensur stand. Erich hörte den Erklärungen ebenfalls interessiert zu. «Also, Fechten habe ich in der Kadettenschule gelernt, aber von der Mensur habe ich keine Ahnung. Wird sie an allen Universitäten betrieben?»

«Ja», antwortete Adam. «Bei allen schlagenden Verbindungen, die dem Allgemeinen Deutschen Burschenbund angehören. Aber mit Fechten hat die Mensur nicht viel zu tun. Schulfechten ist Sport und völlig ungefährlich. Die Mensur wird mit scharfen Waffen ausgeführt. Sie ist Kampf, Mutprobe, Erziehung zur Männlichkeit. Deshalb wird in unserer Verbindung das Hauptgewicht auf die Standmensur gelegt.»

«Was ist das?» fragte Martin.

«Es gibt zwei Arten von Mensuren», dozierte Adam, «die freie Mensur und die feste Mensur, auch Standmensur genannt. Die freie Mensur ist einem Duell mit schweren Säbeln ähnlich, man darf vor- und zurückgehen, bei der festen Mensur darf der auf dem Paukboden vorgeschriebene Standpunkt nicht verlassen werden.»

«Daher der Ausdruck ‹Standpauke›», bemerkte Erich.

«Das Wort Mensur kommt aus dem Lateinischen und bedeutet Maß, Abstand. Gemeint ist in unserem Fall der Abstand zwischen den beiden Paukanten, der genau gemessen und als fester Standpunkt vorgeschrieben wird.»

«Was mich interessiert», ließ Martin sich vernehmen, «wer kämpft gegen wen?»

«Das übliche ist die sogenannte Bestimmungsmensur. Das heißt, die Paukanten, die gegeneinander antreten, werden bestimmt. Es gibt natürlich auch, in selteneren Fällen, Herausforderungsmensuren, die Duellcharakter haben – im Falle einer Beleidigung. Meistens sind es aber die besten Freunde, die sich bei einer Kontrahage einmal aneinander messen wollen. Diese Mensuren dauern dreißig Minuten, wenn nicht vorher eine größere Verletzung eintritt, die wir ‹Abfuhr› nennen. Die Bestimmungsmensur dauert fünfzehn Minuten. Hier kommt es darauf an, daß der Paukant nicht ein einziges Mal versuchen darf, einem bedrohlichen Schlag auszuweichen oder auch nur mit dem Kopf zu zucken. Wer das tut, ist feige. Es braucht sich also keiner zu schämen, getroffen zu werden. Im Gegenteil, ein Schmiß ist immer ein Beweis für eine einwandfrei bestandene Mutprobe.»

Adam erklärte noch den Paukwichs, indem er Martin die Bandagen für Hals, Arme, Achselhöhle und Oberkörper anlegte und ihm auch die Schutzbrille aufsetzte. Martin kam sich vor wie ein Marsmensch.

Nachdem Adam noch kurz die Aufgaben des Unparteiischen und der Sekundanten erläutert hatte, zog er einen Teppich beiseite, und zwei mit Kreide aufgezeichnete Punkte kamen zum Vorschein. Er setzte sich eine Fechtmaske auf und forderte Martin zu einem Übungskampf auf. Martin, der im Gymnasium der beste Fechter in seiner Klasse gewesen war – bis zu dem Tag, als Karl Kaltz ihn besiegte –, stellte sich nicht ungeschickt an. Adam lobte ihn jedenfalls.

Nach Verlassen der Villa bemerkte Erich: «Viel halte ich von der Sache nicht. Wenn wir fechten oder mit scharfen Säbeln duellieren, sind wir darauf bedacht, Treffer anzubringen, ohne selbst getroffen zu werden. Bei denen ist es umgekehrt. Ich finde, das ist Unsinn. Wenn ich unbedingt einen Schmiß haben will, schneide ich mich einfach mit dem Rasiermesser, und die Sache hat sich.»

«Du hast völlig recht, aber was soll ich tun? Ich kann nicht mehr zurück», sagte Martin und lachte gequält.

«Nein, das kannst du nicht mehr.»

Die Mensur fand in einem ehemaligen Weinkeller eines Lokals am Spittelmarkt statt, in dem schon seit Jahrzehnten keine Weinfässer mehr gelagert wurden, der aber immer noch nach Wein roch. Und nach Karbol und Schweiß. Martin mußte auf Erichs Begleitung verzichten, da bei den Mensuren keine Nichtmitglieder anwesend sein durften. Er wurde von Hasso von Prittwitz begrüßt, der auf beiden Wangen etliche Schmisse aufweisen konnte und dadurch ziemlich grimmig aussah. «Ich bin heute dein Unparteiischer, der die Mensur leitet.»

Martin mußte Jacke und Weste ausziehen, seine beiden Sekundanten legten ihm den Paukwichs an. «Der ist sicher», sagte von Prittwitz. «Man fühlt sich darin wie in Abrahams Schoß.»

«Ich weiß nicht, wie man sich in Abrahams Schoß fühlt», witzelte Martin, der plötzlich Angst bekam. «Ich fühle mich eher etwas beengt.»

«Das macht nichts. Der Paukwichs schützt dich vor ernsthaften Verletzungen. Praktisch kannst du nur an den beiden Gesichtshälften ein wenig angekratzt werden, das spürt man gar nicht. Die Ohren sind allerdings frei, aber es gilt als unfein, seinem Kontrahenten ein Ohr abzuschneiden.»

«Gegen wen trete ich an?» fragte Martin.

«Gegen Erzengel Gabriel», antwortete der Unparteiische und deutete auf die andere Seite des Raumes, wo Martins Gegner von seinen Sekundanten bandagiert wurde. Martin kannte ihn von einigen Bierabenden im Kreise der Teutonen. Seinen richtigen Namen wußte er allerdings nicht. Der engelsgesichtige Junge mit den hellblonden Haaren und den strahlend blauen Augen, der mit Vornamen tatsächlich Gabriel hieß, wurde von allen Kommilitonen nur Erzengel Gabriel genannt.

Martin sah zu dem Jungen hinüber, der ihn freundlich anlächelte. «Dieses Engelsgesicht soll ich zerhacken?»

«Du kannst noch zurücktreten», sagte Prittwitz streng. «Aber dann kannst du gleich aus Deutschland auswandern.»

Martin schwieg, und Prittwitz fuhr fort: «Adam erzählte mir, daß er dir den Komment erklärt hat.»

«Hat er.»

«Dann können wir anfangen.» Der Unparteiische stellte sich in die Mitte des Raumes und rief laut: «Ich bitte um Silentium zur Austragung der ersten Mensur des heutigen Abends.»

Sogleich wurde es totenstill. Martin spürte seinen Herzschlag bis zum bandagierten Hals. Merkwürdigerweise mußte er an Karl Kaltz denken, der oft über die Mensurgewohnheiten der Studenten gesprochen hatte. Wenn der ihn so sehen könnte!

Schon stand er in der Mitte seines Feldes, ein Kommando ertönte, gleichzeitig erhoben die Kontrahenten ihre rechten Arme mit den Waffen über die Köpfe. Der Erzengel schlug seinen ersten Hieb, Martin parierte, der zweite Hieb kam, er wehrte ihn ebenfalls ab. Nach dem dritten Hieb fiel ein Sekundant, der immer links vom Kontrahenten stand, mit seinem Paukprügel in den Kampf ein. Martin wurde vom Unparteiischen ermahnt. «Eine der Hauptregeln ist, daß man wenigstens jeden zweiten Hieb erwidern muß. Du hast hintereinander drei Hiebe unerwidert gelassen. Kommt das noch einmal vor, wirst du disqualifiziert.»

«Das hat mir der Adam nicht gesagt», murmelte Martin.

«Reden darfst du auch nicht, aber einem krassen Fuchs, wie du es bist, soll es diesmal verziehen werden.»

Martin ärgerte sich, geriet aber nicht in Wut. Ruhig sah er zu, wie die Waffen desinfiziert wurden. Er ließ seine Gedanken nicht mehr abschweifen, konzentrierte sich und schaffte den nächsten «Ansprung» schneller als sein Gegner, der jetzt seinerseits parieren mußte, aber sofort einen Schlag nachsetzte. Stahl schlug auf Stahl, begleitet von einem hellen Klang. Dumpf hörte es sich an, wenn die Klinge die Armbandage traf. Immer wieder griff ein Sekundant ein, immer wieder wurden die Waffen gereinigt und desinfiziert. Von Gang zu Gang wurde Martin ruhiger und ruhiger, er focht überlegt, brachte die gelernten Schläge an. Die Sache begann ihm bereits Spaß zu machen, als er plötzlich einen leichten Schmerz an der linken Wange spürte. Vor Verblüffung verzögerte er die Erwiderung und erhielt einen zweiten Hieb, genau auf die gleiche Stelle.

Der Unparteiische fiel ein, der Paukdoktor untersuchte die Wunde und stellte die Diagnose. «An sich nur ein Kratzer, aber fürs erste genügt's.»

Prittwitz rief «Ex!», und die Mensur war beendet.

Die Kontrahenten reichten sich die Hand, Gabriel produzierte ein engelhaftes Lächeln, und Martin wurde dem Paukarzt überantwortet.

Erst, als er von den Bandagen befreit wurde, merkte er, daß er am ganzen Körper schweißgebadet war und die Muskeln seines rechten Arms krampfartig verhärtet waren.

Seine Wunde brauchte nicht genäht zu werden, wurde aber reichlich mit Jodtinktur behandelt. «Es wird ein bißchen brennen», warnte ihn der Paukarzt und grinste dabei. Das Jod brannte wie die Hölle, und heldenhaft biß Martin die Zähne zusammen. Er bekam ein Pflaster, und dann wurde er entlassen. In der Hoffnung, etwas zu lernen, ging er noch nicht fort, sondern schaute bei den weiteren Mensuren aufmerksam zu.

Üblicherweise wurden an einem Abend sechs Mensuren ausgetragen. Als sie vorbei waren, kündigte Hasso von Prittwitz an: «Und jetzt marschieren wir geschlossen zum Bayerischen Platz. Die Füchse sollen ihre Männlichkeit erneut unter Beweis stellen.»

Martin wußte, daß sich am Bayerischen Platz der Salon Stella befand, ein Bordell, das von den Studenten frequentiert wurde. Er hatte nicht die geringste Lust, dort hinzugehen, aber er meinte, sich nicht ausschließen zu können, und außerdem wollte er dem Unparteiischen seine Zustimmung nicht verweigern. Er ging also, wenn auch lustlos, mit den anderen mit.

Madame Stellas Salon bestand aus zwei großen Gesellschaftsräumen und vielen Einzelzimmern, alle sehr behaglich eingerichtet, mit Plüschsessel, Sofa und Bett. Die meisten Mädchen legten Wert darauf, ihr Bett nur zum Schlafen zu benutzen, für die Dienstleistungen mußte das breite Sofa herhalten, auf dem bunte Seidenkissen lagen. Ansonsten hatten sie sich die Zimmer nach eigenem Geschmack ausgeschmückt. Der erste große Raum war zu Wilhelms Zeiten für die Offiziere reserviert gewesen, heute mischte sich dort die Berliner Boheme mit einigen wohlhabenden Bürgern. In dem zweiten großen Raum hausten die Studenten. Über der breiten Eingangstür hatte einmal ein Witzbold ein längliches, hübsch kalligraphiertes Schild angebracht «Hic Rhodus, hic salta». Madame Stella ließ, nachdem sie sich die Bedeutung des lateinischen Textes hatte erklären lassen, das Schild hängen. Im Gemeinschaftsraum wurde natürlich nicht gesprungen, das tat man erst in den Zimmern der Damen, die sich alle im ersten Stock befanden.

Prittwitz stellte ein zierliches, schwarzhaariges Mädchen vor, das sich Elektra nannte. «Ihr seid wie füreinander bestimmt: Martin ist ein Dichter, und Elektra ist ein Schöngeist. Und jetzt lasse ich euch allein.»

«Sind Sie die Tochter des Agamemnon?» fragte Martin.

«Pfui! Euch Studenten fällt auch immer nur die gleiche Frage ein! Ich bin nicht die Tochter des Agamemnon und der Klytämnestra, Iphigenie ist nicht meine Schwester und Orest nicht mein Bruder», antwortete das Mädchen und verzog die Nase.

Da Martin sie nur überrascht anstarrte, sprach sie weiter. «Habe ich jetzt meine Bildung genügend herausgekehrt? Bin ich für würdig befunden, mit dir ins Bett zu gehen?»

«Wie heißen Sie wirklich?» fragte Martin lachend.

«Sarah. Ich bin die Tochter eines jüdischen Kantors aus Wien. Solltest du Antisemit sein, empfehle ich dir die Lonny. Sie sieht aus wie Germania persönlich.»

Elektra zeigte auf ein großgewachsenes, vollbusiges Mädchen mit weißblonden Haaren und pries sie an. «Sie ist wirklich so blond, überall.»

Basil kam und nahm die Bestellungen auf. Basil war ein russischer Emigrant und unterschied sich von den anderen russischen Emigranten dadurch, daß er sich nicht für einen Prinzen ausgab. Immerhin war er Bursche bei einem Prinzen gewesen, der Oberst war und bei dem er gute Manieren gelernt hatte. Basil war ein Riese von einem Kerl, mit Pratzen wie ein Teppichklopfer, die er im Notfall rücksichtslos einsetzte. Er war Kellner, Rausschmeißer und Beischläfer Madame Stellas, also eine wichtige Persönlichkeit. Die Entgegennahme der Bestellungen sah bei ihm so aus: «Die Elektra trinkt einen Gin-Fizz. Und Sie, junger Mann, eine Flasche Mosel.»

Bevor Martin auch nur nicken konnte, war er weg und kam in wenigen Minuten mit den Getränken zurück.

«Der Prittwitz sagte, du bist ein Dichter. Was schreibst du? Gedichte?»

«Bis jetzt sind zwei Novellen von mir gedruckt worden», erzählte Martin.

«Junge Dichter haben ihre Werke immer ‹zufällig› bei sich. Ich würde gern etwas von dir lesen.»

Martin bedauerte.

«Schade», sagte Elektra. «Ich lese für mein Leben gern. Auf meinem Zimmer werde ich dir meine Bücher zeigen.»

Martin hatte nicht die Absicht, mit ihr aufs Zimmer zu gehen, aber nach einer halben Stunde stand er schon vor dem Bücherregal, das Elektras Zimmer zierte. Drei Reihen Bücher: Guillaume Apollinaires ‹Le bestiaire . . .›, Stefan Zweig, Heinrich Mann und Thomas Mann, Hanns Heinz Ewers, aber auch Else Lasker-Schüler. «Einige Autoren sind meine Kunden. Namen kann ich natürlich nicht nennen, aber du befindest dich in bester Gesellschaft.» Damit streifte sie ihr Kleid ab, worunter sie nichts trug. Sie hatte eine sehr schlanke, fast kindliche Figur. Martin betrachtete sie unschlüssig.

«Zieh dich endlich aus!»

«Ich weiß nicht, ob das einen Sinn hat», meinte Martin, während Elektra sich auf das Sofa legte und ihre Hand ausstreckte: «Komm doch wenigstens her und setz dich zu mir.»

Schüchtern befolgte Martin die Aufforderung.

«Was ist los mit dir? Hast du Angst? Hemmungen? Oder bist du am Ende noch unberührt?»

«Das nicht gerade», murmelte Martin.

«Dann bist du verliebt.»

«Ich war es. Leider in eine Frau, die es nicht verdient hatte.»

«Da haben wir es! Enttäuschung in der Liebe! Der junge Mann hat von den Frauen die Nase voll! Stimmt's oder habe ich recht?»

Martin antwortete nicht, lächelte nur gequält.

«Laß mich mal sehen!» rief Elektra und knöpfte blitzschnell Martins Hose auf.

«Traurig, traurig!» spottete das Mädchen und legte plötzlich selbst Hand an. Aber alle streichelnden Aufmunterungsversuche blieben erfolglos. «Es blüht kein neues Leben aus den Ruinen!» Bedauernd sagte sie «Du hast einen Knacks, mein Junge» und schwang sich vom Sofa. Während sie sich anzog, gab sie Martin den Rat, zum Arzt zu gehen.

«Mein Vater ist Arzt. Er ist Internist», brummte Martin kleinlaut und knöpfte seine Hose zu.

«Das ist nicht das Richtige! Du solltest einen Psychoanalytiker aufsuchen. Einen, der nach der Methode von Sigmund Freud arbeitet. Du hast doch sicher schon von Freud gehört?»

«Sogar gelesen», verkündete Martin, dem Elektras Bildung immer mehr imponierte.

«Ich kenne ihn persönlich», erzählte Elektra. «Ich lag sogar auf seiner berühmten Couch. Als Patientin, wohlgemerkt. Deshalb habe ich mich mit meinem Vater auch endgültig verkracht. Er hält Freud für einen Scharlatan, für einen Lüstling. Vater glaubt nur an unseren Rabbiner, zu dem er mich auch hingeschickt hat. Und der Rebbe hat mich schon am ersten Abend ins Bett gezerrt.»

Trotz seiner Betroffenheit lachte Martin, gab Elektra Geld

und bat sie: «Bring mich bitte so aus dem Haus, daß ich nicht noch einmal in den Salon zurück muß.»

Elektra gab ihm einen Abschiedskuß. «Wenn du wieder funktionsfähig bist, besuch mich.» Sie führte ihn durch einen dunklen Korridor. So verließ Martin – nach einem Sieg auf dem Paukboden und nach einer Niederlage im Bett – das «Haus der Sünden», ohne eine begangen zu haben, durch den Hinterausgang.

7

Es war das erste Mal, daß die Familie Ottler in Garmisch gemeinsam Urlaub machte. Die Kinder hatten ihre Mutter überredet mitzukommen, und Frau Ottler war es gelungen, ihren Mann zu bewegen, endlich ebenfalls Urlaub zu machen. Sie sorgte sogar für eine Vertretung, um ihrem Mann keine Möglichkeit zu lassen, seine immer wiederkehrende Ausrede auch diesmal anzubringen. «Ich kann meine Patienten nicht im Stich lassen», pflegte Dr. Ottler zu sagen, im Sommer wie im Winter, wenn er mit seiner Familie für einige Wochen verreisen sollte. Frau Ottler rief den Kinderarzt Dr. Seidenstück an, der Claudias und Martins Kinderkrankheiten geheilt hatte, und bat ihn um Rat. Dr. Seidenstück brachte Frau Ottler mit einem gutaussehenden jungen Arzt zusammen, Dr. Oskar Nussbaum, der in einem städtischen Krankenhaus tätig war, und sich während seines Urlaubs das karge Gehalt etwas aufbessern wollte. Dr. Nussbaum wurde am Sonntag zum Kaffee eingeladen und von Dr. Ottler für tauglich befunden. Der Reise stand also nichts mehr im Wege, und Clemens Wallner war auch schon verständigt worden, zum 20. Dezember die Zimmer zu reservieren. Doch plötzlich schien der schöne Plan an der Köchin Isa zu scheitern. Sie hatte die Nase gerümpft, als sie erfuhr, daß sie während der Abwesenheit der Familie Dr. Nussbaum betreuen sollte. «Der ist doch Jude. Und für den soll ich kochen? Womöglich ißt er koscher!»

Die Familie war sprachlos gewesen. Isa hatte bisher nie irgendeine politische Äußerung von sich gegeben. Niemand war auf die Idee gekommen, sie könnte sich für etwas anderes interessieren als Kinderpflege, Kochen und Putzen. Man wußte auch nicht, wer sie hatte beeinflussen können. Sie war seit zwanzig Jahren Witwe, beide Söhne lebten in München und schrieben ihr sehr selten, höchstens zum Geburtstag oder zu Weihnachten. Und doch waren es diese beiden, die Isas Weltbild bestimmt hatten. Stolz zeigte sie die Fotografie zweier strammer SA-Männer. «Der Loisl und der Toni sind bei der SA. Was würden die sagen, wenn sie erfahren, daß ich einen Juden verpflege?»

«Dann fahre ich eben nicht», hatte Dr. Ottler prompt erklärt, froh, eine Ausrede zu haben.

Damit war seine Frau nicht einverstanden. «Sehen Sie, Isa, was Sie mit dem Unsinn angerichtet haben! Gönnen Sie denn meinem Mann die kleine Erholung nicht?»

Natürlich gönnte Isa ihrem Dienstherrn die Erholung, und nach ein paar aufmunternden Worten hatte Isa Ja gesagt zu dem Juden. Wie sich herausstellte, brauchte Isa auch keine koschere Küche zu erlernen. Dr. Nussbaum hatte das Gästezimmer, das die Ottlers ihm anboten, nicht akzeptiert. Er übernachtete in seiner eigenen Wohnung, wo auf ihn seine hübsche Freundin mit dem Abendessen wartete. Mittags aß er nur kalt, und Isa besorgte ihm bei Frau Klick das Notwendige. Am liebsten – zu Isas größter Verwunderung – kalten Schweinebraten mit viel Kruste. Isa erzählte Frau Klick von Dr. Nussbaums Eßgewohnheiten und bemerkte: «Ein ganz normaler Mensch. Offenbar sind nicht alle Juden gleich.»

«Alles Tarnung!» fauchte Frau Klick. «Sie verstellen sich alle, um uns zu täuschen.»

Die Familie Ottler kam mit dem Schlafwagenzug in der Früh um acht Uhr in Garmisch an. Frau Ottler, die ihren Bruder Clemens lange nicht gesehen hatte, hielt aufgeregt Ausschau nach ihm und war enttäuscht, als sie ihn nicht entdecken konnte. Statt von Clemens wurde die Familie von Toni Buchfellner abgeholt, den die Kinder freudig begrüßten. Nach einem höflichen Handkuß meinte Toni: «Ich soll Herrn Wallner entschuldigen, aber er mußte plötzlich nach Landsberg.»

«Was macht er in Landsberg, wenn seine Schwester in Garmisch ankommt?»

Toni beugte sich näher zu ihr und erklärte mit strahlendem Gesicht: «Adolf Hitler wird heute entlassen!»

«Na und?» fragte Frau Ottler mürrisch.

«Sind seine fünf Jahre denn schon um?» mischte Dr. Ottler sich ein.

«Die Strafe schrumpfte erheblich zusammen. Knappe acht Monate nach dem Schandurteil.»

Auch die fröhlich klingenden Glocken der Schlittenpferde konnten Frau Ottlers Laune nicht verbessern. Noch am nächsten Tag war sie beleidigt, obwohl sich ihr Bruder bei ihr und seinem Schwager entschuldigte. Allerdings, diese Entschuldigung fiel nicht so aus, wie Frau Ottler sie erwartet hatte. Clemens war keineswegs zerknirscht, eher strahlte er. «Ihr werdet dafür sicher Verständnis haben, daß ich dabeisein mußte, als Er in die Freiheit entlassen wurde.» Da niemand etwas sagte, sprach Clemens weiter. «Es war nicht nur eine Pflicht, sondern auch eine Ehre dabeizusein. Sozusagen eine Auszeichnung.»

«Wie sieht er aus?» fragte Toni Buchfellner.

«Wie immer. Vielleicht ein wenig blaß, aber gesund und guter Laune. Lachend sagte er zu mir: ‹Man muß jeder Situation positive Seiten abgewinnen können. Ich habe in der Festung ein Buch geschrieben, auf freiem Fuß wäre ich nie dazu gekommen›»

«Was für ein Buch?» fragte Frau Ottler. «Einen Roman?»

«O nein, ein politisches Buch natürlich. Sein Mithäftling Rudolf Hess hat es in die Schreibmaschine getippt. Den Titel finde ich ein bißchen lang. ‹Viereinhalb Jahre Kampf gegen Lüge, Dummheit und Feigheit›»

«Das klingt nach Größenwahn», bemerkte Dr. Ottler. «Aber ich verstehe immer noch nicht, wieso man ihn so frühzeitig freigelassen hat.»

«Das hat mir mein Freund Leybold, der Direktor der Festung in Landsberg, der ein heimlicher Anhänger Hitlers ist, genau erzählt. Er hat Hitlers Freilassung bewirkt, indem er die Oberstaatsanwaltschaft in München gebeten hat, Hitler auf Bewährung zu entlassen. Er begründete seinen Vorschlag damit, daß Hitler mehrmals sein Bedauern über den Putsch ausgesprochen habe, und er hätte ihm, Leybold, sein Wort gegeben, in Zukunft seine nationale Bewegung nur mit legalen Mitteln voranzutreiben.»

«Glaubst du ihm das?» fragte Dr. Ottler.

«Leybold glaubt ihm und der Staatsanwalt auch.»

Das Gespräch wurde abgebrochen, da Claudia und Martin, vom Skilaufen kommend, den Raum betraten. Claudia flog ihrem Onkel um den Hals, von Martin erhielt Clemens einen männlichen Händedruck. Er bemerkte gleich den Schmiß auf Martins Gesicht und zeigte mit dem Finger darauf. «Mensur?»

Martin nickte und lachte. «Wenn man danach fragen muß, dann ist der Schmiß doch nur ein Kratzer.»

«Zu meiner Zeit haben manche auf solche zarten Wunden Salz gestreut, damit sie schwerer heilten und martialischer wirkten», erzählte Dr. Ottler.

«Das finde ich wirklich albern», bemerkte Martin und fragte seinen Onkel: «Nun, hast du Hitler gesehen?»

«Gesehen und gesprochen. Wir waren heute gemeinsam auf dem Friedhof. Hitler wollte unbedingt Dietrich Eckarts Grab sehen.»

«Wer ist das?» erkundigte sich Dr. Ottler.

«Eckart war Hitlers bester Freund und Ratgeber, ein Dichter. Kurz nach dem Putsch starb er, der Führer konnte an seiner Beerdigung nicht teilnehmen, er saß schon in der Festung. Sein erster Weg in der Freiheit führte ihn zum Grab seines Freundes.»

«Das finde ich anständig», sagte Frau Ottler. «Langsam werde ich auf den Mann neugierig und möchte ihn gern einmal reden hören.»

«Das wird vorläufig nicht gehen. Die Partei ist verboten, wir dürfen keine Versammlungen abhalten.» Clemens Wallner machte eine kurze Pause. «Aber der Tag wird kommen!»

Und der Tag kam, schon sehr bald, schon einige Tage später. In aller Herrgottsfrühe klingelte das Telefon. Schlaftrunken hob Clemens den Hörer ab, aber während des Gesprächs wurde er immer wacher und interessierter. Nachdem er schließlich den Hörer aufgelegt hatte, sprang er aufgeregt aus dem Bett und zog sich hastig an.

«Stellt euch vor, Hitler kommt zu uns! Ich soll im Jägersaal eine Versammlung organisieren», verkündete er beim Frühstück.

«Versammlungen sind doch verboten», sagte Martin.

«Es handelt sich nicht um eine Parteiversammlung, sondern um eine Gründungsversammlung. Die Partei ist ja verboten, also muß sie neu gegründet werden, mit geringfügigen Änderungen der Statuten.»

Frau Ottler interessierte sich nicht für die Statuten, umsomehr für Hitler. Sie war beinah so aufgeregt wie ihr Bruder, als der große schwarze Wagen Hitlers vor dem Hotel vorgefahren war. Clemens und Toni Buchfellner empfingen Hitler auf der Straße, neben ihnen standen die zehnjährigen Zwillingstöchter des Apothekers Listl, mit Blumensträußen in der Hand. Hitler bedankte sich lächelnd, indem er die Gesichter der artig knicksenden Mädchen streichelte, erst dann nahm er die Blumen entgegen und reichte sie gleich seinem Adjutanten Julius Schaub weiter, der wie ein Fels hinter ihm stand.

Die Passanten auf der Straße blieben stehen und applaudierten, als sie Hitler erkannten. Auch in der Hotelhalle empfing ihn Applaus; einige Männer sprangen auf und grüßten mit ausgestrecktem rechten Arm. Clemens führte den hohen Gast unverzüglich in den Jägersaal, wo etwa hundert ehemalige und zukünftige Parteimitglieder versammelt waren. Unter ihnen auch, fast wie ein Fremdkörper, die Familie Ottler.

Vor der Eingangstür standen mit gespreizten Beinen, den Daumen hinter das Koppel des Ledergurts gesteckt, zwei junge Burschen in brauner SA-Uniform. Viele Teilnehmer kamen in Uniform. Die Partei war verboten, aber die bayerische Regierung hatte vergessen, auch ein Uniformverbot auszusprechen.

Als Hitler den Saal betrat, sprangen die Menschen auf und grüßten mit dem Hitlergruß. Nur die Ottlers blieben sitzen. Keineswegs provokativ, sie kannten das Ritual eben noch nicht. Verstört blickten sie sich an und erhoben sich, doch die anderen setzten sich schon, und Hitler ging, von Clemens geführt, zu dem kleinen Podium, auf dem ein Rednertisch stand. Als erster betrat Clemens das Podium und setzte zu einer kurzen Rede an.

«Parteigenossen! Ich darf euch wahrscheinlich gar nicht so anreden, denn die Partei ist verboten. Verboten, aber nicht zerschlagen. Wir waren im vergangenen Jahr ein versprengter Haufen, ein führerloses Schiff in der Brandung der Politik. Aber heute ist er wieder da, Adolf Hitler, unser Führer!»

Clemens erhielt einen donnernden Applaus, der noch um einiges lauter wurde, als Adolf Hitler das Podium bestieg.

«Parteigenossen!» fing er seine Rede in ruhigem, fast freundlichem Ton an, aber dann erhob er die Stimme. «Jawohl, Parteigenossen – denn keiner behördlichen Macht wird es je gelingen, die Nationalsozialistische Deutsche Arbeiterpartei für immer zu verbieten – oder gar zu zerschlagen.» Am Ende des Satzes hatte er die Stimme gesenkt; er drohte nicht, er machte nur eine scheinbar unwiderlegbare Feststellung.

Frau Ottler war tief beeindruckt. «Diese Stimme!»

Die Bemerkung ihres Mannes ging in dem aufbrausenden Applaus unter.

«Es war Julius Cäsar, der gesagt hat ‹Kein Mann ist so groß, daß er sich erlauben dürfte, sich in den Augen seiner Mitmenschen kleiner zu machen.› Ich mache mich also nicht kleiner, wenn ich zugebe, am 9. November 1923 einen Fehler begangen zu haben. Nicht, weil ich mit meinen Freunden und Kampfgefährten General Ludendorff und Erwin von Scheubner-Richter an der Spitze einer friedlichen Demonstranten-Kolonne durch die Stadt München zur Feldherrnhalle marschierte, um den nationalen Gedanken, der alle Mitglieder der Nationalsozialistischen Deutschen Arbeiterpartei und den überwiegenden Teil des deutschen Volkes beseelt, zum Durchbruch zu verhelfen.»

Bei dem Wort Durchbruch, das Hitler stark betont hatte, war Martin innerlich zusammengezuckt. Helga Kaltz fiel ihm ein, und er konnte sich nur mit Mühe auf Hitlers weitere Rede konzentrieren.

«Mein Fehler war, daß ich einigen Mitgliedern der Bayerischen Regierung vertraut habe. Sie sind mir in den Rücken gefallen, aber sie haben mich auch etwas gelehrt. Ich weiß jetzt, in der Politik gibt es nicht das offene männliche Wort, sondern nur die versteckten Intrigenspiele hinter den Kulissen der Macht. Was hat Herr Ministerpräsident Knilling vor unserem Aufmarsch am 30. Oktober gesagt? ‹Der nationale Grundgedanke der Hitlerbewegung ist richtig, aber die beabsichtigte Art der Durchführung tötet den Gedanken›. Nun, die Bayerische Regierung hat dem nationalen Gedanken ein Bein gestellt, aber getötet hat sie ihn nicht!»

Pause. Tosender Applaus.

«Ein großartiger und überzeugender Redner», schrie Dr. Ottler gegen den Lärm der Menge.

Martin grinste. «Wenn er behaupten würde, jetzt sei Hochsommer und wir säßen im Schatten der Pyramiden: Ich würde es ihm glauben.»

«Ich nicht», erklärte Claudia, die sich schon die ganze Zeit langweilte. «Mir ist saukalt.»

Hitler sprach weiter. Ruhig, besonnen, ohne hektische Ausbrüche. Ganz anders, als Martin ihn im Bürgerbräu erlebt hatte. Auch Martins Reaktion auf Hitler war anders. Gespannt hörte er zu, verfolgte die Gedanken, die der Redner entwickelte, wägte sie ab, und im Endeffekt akzeptierte er sie.

Ironisch sagte Hitler, daß er der Bayerischen Regierung dafür dankbar sei, daß sie ihm ein Jahr Ruhe verschafft hatte. So war er wenigstens dazu gekommen, den ersten Teil seines Buches, das für die Bewegung richtungweisend sei, fertigzuschreiben. Er verriet auch, wieso er frühzeitig freigekommen sei, berichtete von dem Versprechen, das er dem Gefängnisdirektor Leybold gegeben hatte, und betonte, daß er dieses Versprechen auch zu halten beabsichtige. Er würde nicht mehr versuchen, die Macht mit gewaltsamen Aktionen zu erlangen, sondern nur noch mit politischen und parlamentarischen Mitteln kämpfen. Hier erhob er seine Stimme und donnerte in den Saal: «Dieser Kampf aber wird unerbittlich sein!»

Die Menge tobte vor Begeisterung.

Dr. Ottler wandte sich seiner Familie zu. «Vernünftige Worte eines vernünftigen Menschen. Ich kann nicht verstehen, wie man diesen Mann so verteufeln konnte.»

«Ich auch nicht», gab Martin seinem Vater recht und dachte an Erich von Odenburg, der sicherlich sehr glücklich über Martins Sinneswandel gewesen wäre.

Hitler gab seiner Stimme ein dunkle, trauernde Färbung. «Parteigenossen, ich bitte euch um eine Gedenkminute.»

Scharrend erhob sich die Gemeinde.

Hitler setzte seine Rede in pastoralem Singsang fort. «Wir gedenken Erwin von Scheubner–Richter, der neben mir stand, Arm in Arm, als er von der Polizeikugel tödlich getroffen wurde. Wir gedenken der fünfzehn anderen Parteigenossen, die das gleiche Schicksal erlitten haben.» Nach einer kurzen Pause sprach er weiter. «Aber wir gedenken auch der drei Polizisten auf der anderen Seite, die in Erfüllung ihrer vermeintlichen Pflicht ebenfalls ihr Leben lassen mußten.»

An der folgenden Schweigeminute beteiligte sich auch die Familie Ottler, wirklich betroffen. Nur Claudia maulte.

Das Schweigen war vorbei, und Hitler verabschiedete sich mit ausgestrecktem rechten Arm, stampfte aus dem Saal und marschierte durch die Halle auf die Straße, wo sein Wagen auf ihn wartete. Er gab Clemens und Toni sehr herzlich die Hand und fuhr dann Richtung Mittenwald.

Als Martin aus dem Versammlungssaal in die Halle trat, erblickte er zu seiner Überraschung Karl Kaltz, der mit einem schwarzhaarigen Mädchen zusammen an einem Tisch saß. Auch Claudia sah die beiden und stieß Martin mit dem Ellenbogen an. «Schau, der Karl!»

Martin rief freudig Karls Namen und ging mit ausgebreiteten Armen auf ihn zu. Karl stand zögernd auf und erwiderte kraftlos die Umarmung. Während er anschließend Claudia begrüßte, verbeugte sich Martin vor dem schwarzhaarigen Mädchen. «Ich bin Martin Ottler.»

«Das dachte ich mir», erwiderte sie und gab Martin die Hand. «Ich bin Ruth Haller.» Sie wandte sich seiner Schwester zu. «Und Sie sind Claudia.»

Ruth Haller war ein sehr hübsches Mädchen mit großen, hellblauen Augen, die einen reizvollen Kontrast zu ihren tiefschwarzen Haaren bildeten. Sie war schlank und zartgliedrig. Freundlich plapperte sie drauflos und fiel dabei sofort in das vertraute Du. «Ich weiß alles über euch! Martin Ottler ist der einzige Gesprächsstoff von Karl.»

«Sind Sie eine Kommilitonin von Karl?» fragte Martin, um vom Thema abzulenken.

«Nein, ich bin seine Verlobte.»

Claudia fiel vor Überraschung fast vom Stuhl. «Seid ihr denn nicht zu jung zum Heiraten?»

«Meiner Ansicht nach nicht», antwortete Ruth. «Aber mein Vater hält uns auch für zu jung. Wir werden eben zwei Jahre warten müssen.»

«Jedenfalls gratuliere ich», sagte Martin zu Karl, der bisher schweigsam dagesessen hatte.

«Danke», nickte er kurz.

«Bist du nur zufällig hier, oder wolltest du mich besuchen?»

«Klar wollte er dich besuchen», mischte sich Ruth ein. «Es sollte eine Überraschung sein.»

«Wenn ich gewußt hätte, was hier vorgeht, wäre ich nicht gekommen.»

«Er meint Hitler», klärte Ruth die betroffen dreinschauenden Geschwister auf und sprach in einem Atemzug weiter. «Ich muß sagen, ich finde den Mann faszinierend. Er hat mir im Vorbeigehen einen Blick zugeworfen, mir wurde ganz anders.»

«Also, ich bin nicht deiner Ansicht. Ich finde ihn eher komisch», sagte Claudia.

Nach dieser Bemerkung herrschte eine Weile Schweigen, bis Karl in vorwurfsvollem Ton Martin ansprach. «Du warst bei dieser Versammlung dabei?»

«Ja. Warum nicht?» antwortete Martin gereizt, beeilte sich dann aber mit einer Erklärung. «Du weißt doch, Onkel Clemens ist Parteimitglied. Er wollte, daß wir uns Hitlers Rede anhören.»

«Ja, und?» fragte Karl eindringlich.

«Er sprach viel vernünftiger als vor zwei Jahren im Bürgerbräu. Hitler ist ein Politiker wie die anderen. Ebert, Stresemann, Braun oder wie sie alle heißen.»

«Du kannst Hitler doch nicht mit den Sozialdemokraten vergleichen!»

«Warum nicht? Er setzt sich auch für soziale Gerechtigkeit ein.»

«Und für was er sich noch einsetzt, das fragst du nicht!»

Bevor Martin antworten konnte, schlug Ruth mit ihrer zarten Hand auf den Tisch. «Jetzt ist Schluß, Kinder! Wir sind nicht hergekommen, um über Hitler zu streiten.» Sie wandte sich zu Karl. «Ich finde, ein zukünftiger Bankier sollte überhaupt nicht politisieren. Geld bleibt Geld, egal ob es Sozialisten, Kommunisten oder Hitlerianer in die Bank tragen. Hauptsache, sie tun es. Pecunia non olet.»

Martin lachte. «Da haben Sie recht! Aber etwas verstehe ich nicht. Du willst Bankier werden, Karl?»

«Ja. Ich habe der Uni schon valet gesagt und volontiere bei Ruths Vater.»

«Im Bankhaus Haller & Co.», bemerkte Ruth, «in der Maximilianstraße.»

«Und wo bleiben deine literarischen Ambitionen?»

«Schreiben kann ich auch als Bankbeamter. Es gibt genug Autoren, die nur nebenberuflich schreiben. Und zwar nicht schlecht. Denk an Dr. Alfréd Döblin und an Dr. Gottfried Benn. Beide sind praktizierende Ärzte.»

Toni Buchfellner erschien in der Halle und steuerte auf den Tisch zu. Er begrüßte Karl und stellte sich Ruth vor. Zu den Ottlers sagte er: «Eure Eltern sitzen schon im Restaurant und warten auf euch.»

Martin stand auf und fragte Karl und Ruth, ob sie mit ihm und seiner Familie zusammen essen wollten. Karl lehnte höflich, aber bestimmt ab. «Danke, ich habe keinen Hunger.»

«Aber ich!» rief Ruth, sprang auf, hakte sich burschikos bei Martin ein, und Karl blieb nichts anderes übrig, als den beiden zu folgen.

Das Ehepaar Ottler war sehr überrascht, als Karl hereinkam, und die Begrüßung fiel ein wenig verlegen aus. Claudia riß sofort das Wort an sich, berichtete über die Heiratspläne und den Berufswechsel. Ruth erörterte die Lage. «Mein Vater braucht einen männlichen Erben für sein Bankhaus.»

«Und ich brauche ein Bankhaus mit einem männlichen Erben», meinte Claudia lachend und vertrieb damit die anfängliche Verlegenheit.

Sogar Karl wurde gesprächig. «Ehrlich gesagt, ich finde den Umgang mit Geld faszinierend. Geld hat mehr Macht als das geschriebene Wort.» Nach einer kurzen Pause wandte er sich zu Martin. «Wie ist es mit dir? Hast du etwas Neues geschrieben?»

«Eigentlich nicht.»

«Was heißt hier eigentlich nicht!» sagte Claudia. «Er hat eine ausgezeichnete Novelle über Leo Schlageter geschrieben.»

Karl und Toni starrten Martin überrascht an. «Über Schlageter?» fragten beide gleichzeitig.

Martin fühlte sich in die Enge getrieben. Es wäre ihm lieber gewesen, Karl hätte nichts von der Schlageter-Novelle erfahren. Er ärgerte sich über Claudia, aber statt sie zu beschimpfen, blickte er herausfordernd Karl an. «Ja, warum nicht?»

«Ist die Novelle gedruckt worden?» fragte Toni, noch bevor Karl etwas sagen konnte.

«Ja, ich habe die Zeitung hier», sagte Claudia.

Ruth erkundigte sich, ob man über den Schlageter rede, den die Franzosen erschossen hatten. Martin bejahte die Frage, und Ruth erzählte, daß ihr Vater klar auf Schlageters Seite gestanden hatte. Noch heute würde er auf dem Standpunkt stehen, daß die Franzosen Deutschland in den totalen wirtschaftlichen Zusammenbruch treiben wollen. Seiner Ansicht nach war es richtig, wenn sich einzelne diesen Bestrebungen widersetzten, nachdem sich die Regierung als unfähig zum Widerstand erwiesen hatte. «Papa war bei Verdun dabei gewesen. Er ist Hauptmann der Reserve, wurde zweimal verwundet, und er besitzt alle Orden, die man für Tapferkeit vor dem Feind erhalten konnte. Papa bekam sie alle, obwohl er Jude ist.»

Plötzlich herrschte eisiges Schweigen am Tisch. Ausgerechnet Toni Buchfellner war es, der, entgegen seiner sonstigen Sprachgewohnheit, unumwunden eine eindeutige Frage stellte. «Es würde mich interessieren, gnädiges Fräulein, wie Ihr Vater sich zu Hitler stellt.»

«Das weiß ich nicht genau. Ich glaube, Papa weiß es selbst nicht. Er interessiert sich sehr für Hitler und hat auch seinen Prozeß verfolgt und war bei der Verhandlung dabei. Hitlers Verteidigungsrede hat Papa sehr beeindruckt. Er hält Hitler für einen ausgezeichneten Redner, der die Massen hinter sich bringen kann. Teilweise akzeptiert er seine Thesen und meint, Hitler würde sich zu einem bedeutenden Staatsmann entwickeln, wenn man ihm den monomanischen Judenhaß abgewöhnen könnte. Dann könne er ihm schon bei den nächsten Wahlen seine Stimme geben, sagt Papa.» Da niemand etwas dazu sagte, sprach Ruth weiter. «Hitler ist der einzige Punkt, in dem Papa und Karl nicht übereinstimmen. Oft gibt es heftige Debatten. Karl lehnt Hitler ganz und gar ab.»

«Mit Haut und Haaren und Schnurrbart», bestätigte Karl vehement.

Toni setzte gerade zu einer Erwiderung an, als ein Hoteldiener ihn eilig ins Büro rief. Nachdem er den Tisch verlassen hatte, bemerkte Karl: «Ich habe noch nie einen intelligenten Menschen gesehen, der für Hitler ist. Mein Vater ist gegen ihn, meine Münchner Freunde ebenso und die Berliner erst recht.» Er wandte sich direkt an Martin. «Denk daran, was du in der Douglasstraße über Hitler gehört hast, von Menschen, die zu der geistigen Elite Deutschlands gehören, ob sie Kisch, Tucholsky, Kerr, Sternheim oder Theodor Wolff heißen. Ihre Worte waren früher für dich die Bibel – und heute?»

«Teilweise hast du recht», meinte Martin und zuckte die Achseln. «Aber denk an den Lieblingsausspruch unseres Germanistikprofessors Dr. Büchner: ‹Jede Medaille hat zwei Seiten›. Ich habe in der Douglasstraße nur die eine Seite der Medaille kennengelernt.»

«Ich finde die Schweinshaxe ausgezeichnet», stellte Dr. Ottler sachlich fest, und die Debatte war beendet.

Toni kam zurück, setzte sich, schaute sich um, ob jemand ihn hören könne, und beugte sich über den Tisch. «In Mittenwald ist ein Attentat auf Hitler verübt worden. Ein Wahnsinniger hat auf ihn geschossen.»

«Wahnsinnige unter sich», sagte Karl leise. «Ist er tot?»

«Nein», antwortete Toni, dem der Hoffnungsschimmer in Karls Tonfall entgangen war. «Er wurde nicht getroffen. Nach dem ersten Schuß hat man den Kerl niedergeschlagen.»

«Und wer war das?» wollte Dr. Ottler wissen.

«Ein Mann, der seine Frau rächen wollte.»

«Seine Frau?» fragte Ruth. «Hat sie ihn mit Hitler betrogen?»

Toni reagierte nicht auf diese frevlerische Frage, sondern wandte sich an Dr. Ottler. «Haben Sie die Geschichte vom Gemeinderat Link aus Bergheim gehört?»

«Ich weiß nicht einmal, wo Bergheim liegt.»

«In der Nähe von Dillingen, doch nun zu der Geschichte. Dieser Gemeinderat war einer der treuesten Anhänger Hitlers. Als er erfuhr, daß Hitler gescheitert war und verhaftet wurde, bekam er einen Nervenzusammenbruch und verlor der Verstand. Er lief mit einem Revolver auf die Straße und erschoß zwei wildfremde Frauen, die ihm zufällig entgegenkamen. Man nahm ihn fest und steckte ihn in ein Irrenhaus. Der Ehemann einer der Frauen schwor Rache und beschloß, Hitler umzubringen, nachdem er die Motive des Gemeinderates Link in Erfahrung gebracht hatte. Mehrfach beantragte er Besuchserlaubnis in Landsberg, aber immer wurde er abgewiesen. Dann erfuhr er, daß der Führer in Mittenwald eine Versammlung abhielt, lauerte ihm auf und schoß auf ihn. Aber er verfehlte Hitler und traf eine Krähe, die auf einem Baum hockte.»

«Er traf die falsche Krähe», murmelte Karl in sich hinein.

Zum Nachtisch gab es bayerische Schmalznudeln mit Vanillesauce. Alle widmeten sich der heißen Sauce, und das Gespräch wurde nicht fortgesetzt. Als ein gutgewachsener, sympathischer junger Mann in grauer Uniform sich dem Tisch näherte, rief Ruth ihm zu: «Sie wollen uns holen. Ist es schon so spät?»

«Die Straßen sind sehr rutschig, und der Herr Generaldirektor braucht um vier Uhr den Wagen.»

«Wir kommen gleich.»

Der Fahrer entfernte sich mit einer knappen Verbeugung, und Claudia meinte: «Der Bursche sieht toll aus! Und so aristokratisch.»

«Er ist auch ein Aristokrat», sagte Karl. «Ein Baron aus Schlesien. Seine Familie hat alles an die Polen verloren.»

«Anfangs hatte ich große Schwierigkeiten mit ihm», kicherte Ruth. «Ich wußte nicht, wie ich ihn anreden sollte. Herr Baron kam mir für einen Fahrer komisch vor, und mit Vornamen heißt er Haubold. Das finde ich noch komischer.»

«Jedenfalls sieht er toll aus», wiederholte Claudia.

«Das findet Ruth auch», bemerkte Karl trocken.

«Der Karl ist eifersüchtig auf ihn.»

Das Erscheinen des jungen Mannes hatte die Stimmung etwas aufgelockert, und als Ruth und Karl sich verabschiedeten, bot Martin ihnen an, sie zum Wagen zu begleiten. Während sie die Halle durchquerten, sagte er: «Es tut mir leid, Karl, daß ihr es so eilig habt. Ich finde, wir hätten uns über dies und das noch ein wenig unterhalten sollen.»

«Ich finde, es ist ein Glück, daß ihr das nicht getan habt», mischte sich Ruth blitzschnell ein. «Es wäre zwischen euch zu einem echten Krach gekommen. Wenn von Hitler die Rede ist, sieht der Karl rot.»

«Ich sehe braun, und die hasse ich mehr als die Roten.»

Bevor sie in den Wagen stieg, reichte Ruth Martin die Hand. «Sie sind bei uns jederzeit gern gesehen, Martin. Besuchen Sie uns, wenn Sie mal nach München kommen.»

Martin bedankte sich artig und bedauerte, daß er und seine Familie schon am nächsten Tag nach Berlin fahren mußten.

«München steht nächstes Jahr auch noch und das Bankhaus Haller & Co ebenfalls», sagte Ruth und fügte rasch hinzu: «Hoffentlich.»

Abends herrschte im Hause Wallner wieder große Aufregung. Julius Schaub hatte aus Mittenwald angerufen und Clemens mitgeteilt, daß der Führer auf dem Rückweg in

Garmisch haltmachen und im Hotel zu Abend essen würde. «Aber i bitt schön, koane Einladungen, nur familienmäßig in an kloanen Kreis.»

Clemens fragte, ob er seine Schwester Selma mit ihrem Mann einladen dürfe. Sie hätten nämlich die Absicht, am nächsten Tag nach Berlin zu fahren, und er, Clemens, wollte den letzten Abend eigentlich mit ihnen verbringen.

«Natürli derfst des», lautete Schaubs Antwort, der alle Welt duzte.

So saß also das Ehepaar Ottler in einem kleinen Raum mit Hitler an einem Tisch. Clemens hatte, in Eigenverantwortung, auch die Kinder eingeladen. Claudia hatte gemeutert, sie ginge lieber zum Tanzen. Nicht so Martin. Er war von Hitler beeindruckt und wollte ihn gern aus der Nähe betrachten.

Hitler gab sich Frau Ottler gegenüber sehr charmant, die, als einzige Frau am Tisch, zu seiner Rechten saß. Hitler allein bestritt die Unterhaltung, die er damit begann, daß er Frau Ottlers Anwesenheit feststellte. «Wir haben Glück, eine Dame in unserer Mitte zu haben, eine deutsche Frau. Und das ist gut, denn sie erinnert uns daran, daß wir in unserem Kampf die Bedeutung der deutschen Frau nicht vergessen dürfen.»

Frau Ottler strahlte, und Hitler legte los, sprach von «echtem Frausein» und von «der hohen körperlichen und geistigen Verantwortung der deutschen Frau, die die wahrhaft echte und lebensgemäße Existenz der deutschen Familie garantiert». «In Ihrer Hand, gnädige Frau», sagte er, und wandte sich direkt ihr zu, «und in der Hand Ihrer Millionen Geschlechtsgenossinnen ist die Wurzel der nationalen Wirtschaft verankert. Jeder Groschen, den die deutsche Frau ausgibt, ist ein Wirtschaftsfaktor, auf dem die Kraft der deutschen Volksgemeinschaft ruht. Aber die deutsche Frau trägt auch eine schwere Verantwortung. Wer mit seinem Groschen den Geist der Zersetzung, die Zinsknechtschaft und den jüdischen Wuchergeist nährt, macht sich schuldig. Das deutsche Geld ist deutsch und muß dem wesenhaft deutschen Menschen als solchem immer deutsch bleiben.»

Frau Ottler war wie benommen. Mit erstaunt aufgerissenen Augen hörte sie zu, verstand nichts und glaubte, alles zu verstehen. Schließlich sprach Hitler direkt zu ihr. Aber nicht nur das; als das Essen zu Ende war und die Gesellschaft aufbrach, küßte ihr der Führer zum Abschied galant die Hand.

Sie ging ihm nach, zog in der Garderobe rasch ihren Mantel an, lief hinaus in die Kälte und schaute zu, wie Hitler in seinen Wagen stieg und losfuhr. Sie winkte dem Wagen nach. Stand da wie hypnotisiert. Als Clemens, der Hitler zum Wagen begleitet hatte, auf sie zukam, sagte sie zu ihm: «Jetzt kann ich dich verstehen, Clemens!»

8

Kaum in Berlin angekommen, griff Frau Ottler zum Telefon und rief ihre Freundin Renate Klick an. «Sitzt du oder stehst du?» fragte Frau Ottler nach einer knappen Begrüßung. Und bevor Renate Klick die Frage beantworten konnte, brach Selma Ottler auch schon mit der Neuigkeit heraus: «Stell dir vor, Adolf Hitler hat mir die Hand geküßt!»

«Du spinnst!» entschlüpfte es Frau Klick, die sonst viel höflicher mit ihrer Freundin zu sprechen pflegte.

«Komm Sonntag zum Kaffee, dann erzähle ich dir alles. Am Telefon geht das nicht», beendete Frau Ottler das Gespräch und legte auf.

Frau Klick hörte das Knacken in der Leitung, schaute ungläubig auf den Hörer in ihrer Hand und flüsterte: «Die spinnt!» Dann eilte sie hinunter in den Laden, um ihrem Mann von dem aufregenden Telefonat zu berichten, aber das Geschäft war voll, und so verschob sie ihr Vorhaben.

Nachdem Frau Ottler die triumphale Nachricht an ihre Freundin weitergegeben hatte, ging sie in die Küche, um Isa zu befragen, wie sie die Zeit mit Dr. Nussbaum überstanden hatte. «Großartig.» Isa strahlte. «Dieser Herr Dr. Nussbaum ist ein sehr netter Mann und sehr großzügig.»

Frau Ottler paßte Isas Sinneswandel nicht. Sie war nicht darauf vorbereitet, über einen jüdischen Arzt Schmeichelhaftes zu hören. Noch dazu von Isa, deren beide Söhne in der SA waren, und die vor zwei Wochen noch ganz anders gedacht hatte. Daß sie selbst die jüdische Frage vor zwei Wochen auch noch anders betrachtet hatte, daran dachte sie nicht. Sie murmelte: «Dann ist ja alles in Ordnung.»

Sonntag nachmittag saßen nur Frau Ottler und das Ehepaar Klick am Kaffeetisch. Claudia und Martin waren im Decla–Bioskop, um Gerhart Hauptmanns Film ‹Phantom› anzusehen, und Dr. Ottler hockte über seiner Buchführung in seiner Praxis. Frau Ottler konnte also ohne störende Bemerkungen der Familienmitglieder über die Garmischer Tage berichten.

Die Klicks waren sehr beeindruckt von ihrer Erzählung. «Du hast Glück gehabt, Selma. Ich bin direkt neidisch. Seit drei Jahren bin ich Parteimitglied, und dir küßt Hitler die Hand!»

Parteigenosse Klick wollte unbedingt den genauen Inhalt der Hitlerschen Rede wissen, aber damit konnte Frau Ottler nicht dienen. Sie erinnerte sich nur daran, daß Hitler von seinem Buch erzählt hatte, das er in der Festung geschrieben hatte. Und daran, daß er nach dem historischen Handkuß etwas über die bedeutungsvolle Rolle der deutschen Frau gesagt hatte. Frau Ottler wurde direkt poetisch. «Er hat mich dabei die ganze Zeit angeschaut, und seine betörende Stimme nimmt einen richtig gefangen. Man kann gar nicht darauf achten, was er sagt.»

Beeindruckt von der Formulierung bemerkte Renate Klick: «Du mußt in die Partei eintreten. Und dein Mann natürlich auch.»

«Das tut er bestimmt nicht, ich habe mit ihm schon während der Rückreise aus Garmisch darüber gesprochen. Er sagte, er würde niemals in eine Partei eintreten und sich von den Bonzen vorschreiben lassen, wie er politisch zu denken habe. Er behalte sich das Recht vor, seine Meinung zu ändern, und möchte die Möglichkeit haben zu zweifeln. Dann kam etwas in Latein, aber das habe ich vergessen. Zu deutsch heißt es: Ich denke, also ich bin oder so was.»

«Cogito, ergo sum», übersetzte Frau Ottlers Freundin, stolz auf ihre Bildung. «Aber du, Selma, du bist von Hitler begeistert. Du mußt in die Partei eintreten.»

«Das werde ich auch höchstwahrscheinlich tun», sagte Frau Ottler nach kurzem Nachdenken. «Wenn Hermann nichts dagegen hat.»

«Was sollte ich dagegen haben?» fragte Hermann Klick erstaunt.

«Selma meint ihren Mann, du Blödian», wies Frau Klick ihren Mann unsanft zurecht.

«Ach ja! Ich vergesse immer, daß er auch Hermann heißt.»

Ihr Hermann meinte, erzählte Frau Ottler, sie möge erst die Programme der anderen Parteien studieren, bevor sie sich für den Eintritt in die NSDAP entscheide.

«Dazu brauchst du ein ganzes Jahr! Wir haben bereits zweiundzwanzig Parteien im Lande, und alle sechs Monate kommt eine neue dazu.» Frau Klick dozierte etwa eine halbe Stunde lang über die Konstellation der Parteien in der Republik. Frau Ottler, die sich früher für Politik nicht interessiert hatte, wußte, daß die Sozialdemokratische Partei die Regierung stellte. Daß sie aber im Grunde genommen eine Arbeiterpartei war, wußte sie nicht. Ebert, Stresemann und Noske kamen ihr in ihren engen Cuts, später auch Stresemann genannt, durchaus bürgerlich vor. Sie wußte auch nicht, daß sie sich untereinander nicht einig waren und es deshalb in etwa fünf Jahren zwölf Mal zu Regierungsumbildungen gekommen war. Frau Ottler erfuhr einiges über die Deutsche Volkspartei und die Zentrumspartei, die – keineswegs geschlossen – gegen die Regierung, aber auch gegeneinander kämpften. Schaudernd hörte sie Vernichtendes über die moskauhörigen Kommunisten und schließlich über die völkischen Parteien, Hugenbergs Deutschnationale und über die alleinseligmachende NSDAP Hitlers.

Nach dieser politischen Unterrichtsstunde erklärte sich Frau Ottler bereit, Hitlers Partei beizutreten.

«Im Augenblick geht das allerdings nicht», bemerkte der Metzger. «Die Partei ist ja verboten.»

«Wir nehmen das nicht zur Kenntnis», verkündete seine Frau kriegerisch. «Wir werben weiter, und wir kämpfen weiter.»

Martin freute sich darauf, Erich endlich über die Garmischer Tage zu berichten. Aber er wartete vergeblich auf den Anruf des Leutnants; dafür rief unerwartet Annemarie an.

«Ich freue mich, deine Stimme zu hören!» rief Martin.

«Ich muß dich dringend sprechen, Martin», sagte Annemarie, und sie klang sehr bedrückt. «Heute noch, wenn es geht.»

«Aber selbstverständlich. Wann immer du willst.»

«Komm doch um vier Uhr zu mir nach Dahlem.»

«Gern. Wird Erich auch da sein?»

«Nein.»

«Wo ist er?»

Annemarie schwieg eine Weile, dann sagte sie: «Ich möchte darüber nicht am Telefon reden.»

Martin notierte die Adresse in Dahlem. Erst als er den Hörer auflegte, fiel ihm ein, daß er Annemarie geduzt hatte und sie ihn ebenfalls. Ich werde mich entschuldigen müssen, sagte er sich.

Schlag vier Uhr stand Martin mit einem Blumenstrauß vor der Wohnungstür. Ein schmales Messingschild wies die Inhaberin der Wohnung als Hedwig von Wallersleben aus. Auf Martins Klingeln öffnete Annemarie. Blaß sah sie aus. Die sonst strahlenden Augen hatten ihren Glanz verloren. Auch die Begrüßung mit einem knappen «Tag, Martin» und einem kurzen Händedruck fiel eindeutig weniger herzlich aus, als Martin erwartet hatte.

Martin beeilte sich mit seiner Entschuldigung wegen des Duzens am Telefon, aber Annemarie winkte ab. «Quatsch! Ich habe dich ebenfalls geduzt. Wir bleiben auch dabei.» Sie hauchte einen Kuß auf seine Wange, bedankte sich für die Blumen und führte ihn in ein gemütliches Wohnzimmer mit hübschen Biedermeiermöbeln. Ein kleiner Tisch war für zwei Personen gedeckt, und in der Mitte zwischen den Teetassen stand ein Samowar.

«Ein Samowar! Ich habe noch nie einen gesehen, aber schon sehr viel Tee daraus getrunken. Im Geiste natürlich, mit Tschechow und Tolstoi.»

«Meine Tante kannte beide», erzählte Annemarie, während sie den Tee in die Tassen fließen ließ. «Sie hat zwölf Jahre in Rußland gelebt. Ihr Mann war bei der deutschen Botschaft.»

«Jetzt sagen Sie mir, Annemarie», begann Martin und verbesserte sich schnell. «Jetzt sag mir endlich, was mit Erich los ist!»

«Er ist verhaftet», antwortete sie, mit den Tränen kämpfend.

«Warum denn? Und wann und wo?»

«In Speyer», flüsterte sie und heulte los. «Ich weiß nicht einmal, wo das ist.»

Nachdem sie sich einigermaßen beruhigt hatte, erzählte sie stockend, daß sie in der Nacht von einem Unbekannten angerufen worden war, der ihr hastig erzählt hatte, daß man Erich in Verbindung mit der Ermordung von einem gewissen Heinz in Speyer verhaftet hatte. Annemarie sollte ihren Vater verständigen, und der sollte einen guten Anwalt besorgen.

«Hast du deinen Vater verständigt?» war Martins erste Frage.

«Natürlich nicht. Ich habe lieber dich angerufen. Ich wollte Papa nicht aufregen. Vielleicht war der ganze Anruf nur ein dummer Scherz. Ich weiß ja gar nicht, wer dieser Heinz ist. Den Nachnamen hat der Mensch gar nicht genannt.»

«Er hieß mit Nachnamen Heinz», sagte Martin. «Mit Vornamen Franz Josef, und er ist, wie ich in den Zeitungen gelesen habe, vor zwei Tagen tatsächlich in Speyer erschossen worden.»

«Warum?»

«Er war ein Anführer der Separatisten.» Eine Auskunft, mit der Annemarie nichts anfangen konnte. Martin, der ein eifriger Zeitungsleser war, klärte sie auf. «Die Separatisten waren Leute, die, von den Franzosen aufgehetzt, das Gebiet am linken Rheinufer von Deutschland abtrennen wollten. Das hätte immerhin sechs Millionen Menschen betroffen. Diese Abtrünnigen begannen ihre Tätigkeit schon 1919, wurden aber von dem Kölner Bürgermeister Dr. Konrad Adenauer, mit Unterstützung der englischen Besatzungsmacht, abgeschmettert. Vor einiger Zeit ist diese Bewegung wieder aufgelebt. Heinz betrachtete sich als rheinland-pfälzischer Ministerpräsident, ist aber von Berlin nie anerkannt worden.»

«Ich bitte dich, Martin, halte mir keine politischen Vorträge!»

«Ich bin gleich fertig. Die Täter waren Leute aus der Brigade Ehrhardt. Ein gewisser Muthmann hat Heinz erschossen. Die anderen Täter sind noch nicht identifiziert.»

«Aber warum hat man Erich verhaftet?»

«Ich weiß es nicht. Vielleicht sollten wir einen Rechtsanwalt beauftragen, der Ermittlungen anstellen kann und Licht ins Dunkel bringt.»

«Mein Gott, bin ich dumm! Erich hat mir öfters gesagt, wenn er in irgendwelche Schwierigkeiten geraten sollte, müßte ich mich an Herrn Rechtsanwalt Baron Alexander von Schober wenden. Seine Telefonnummer steht im Telefonbuch.»

In diesem Augenblick hustete jemand im Nebenzimmer. Es war ein lauter, krächzender Husten. Aufhorchend fragte Martin: «Ist das deine Tante?»

Annemarie mußte lächeln. «Nein. Das ist Cora. Komm mit, das Telefon ist nebenan.» Bevor sie die Tür öffnete, erklärte sie: «Das ist das Zimmer von Onkel Wallersleben.»

Es war das typische Arbeitszimmer eines wohlsituierten Herrn. An den Wänden standen riesige, schwere, geschnitzte Schränke mit Tausenden von Büchern hinter Glas, braune Ledersessel und ein mächtiger Schreibtisch aus schwerer Eiche, völlig zweckentfremdet. Ein großer, hoher Käfig stand auf der Eichenplatte, und in dem Käfig krächzte, mit den Flügeln schlagend, ein Amazonaspapagei.

«Das ist Cora. Ihm habe ich es zu verdanken, daß ich mich in Berlin aufhalten darf. Und diesen lautlosen Tierchen auch.» Annemarie zeigte auf ein Aquarium, in dem munter einige Goldfische schwammen. «Tante Hedwig liegt mit einer Lungenentzündung im Krankenhaus, und ich muß die Viecher füttern.»

Martin hatte inzwischen Baron Schobers Nummer im Telefonbuch gefunden. Er drückte Annemarie den Hörer in die Hand.

Annemarie erzählte dem Anwalt, warum sie ihn unbedingt sprechen wollte.

«Kommen Sie bitte morgen um zwölf Uhr in mein Büro. Bis dahin habe ich Erkundigungen eingezogen», sagte der Anwalt sehr freundlich.

Am nächsten Tag empfing der Anwalt die beiden jungen Leute mit ernstem Gesicht. «Ich habe eine gute und eine schlechte Nachricht. Aber erst möchte ich einige Fragen stellen. Wann haben Sie Ihren Herrn Bruder zuletzt gesehen?»

«Vor vier Wochen. Er wollte nach Heidelberg fahren, aber er sagte nicht, weshalb. Ich ahnte schon, daß wieder einmal die Rossbach–Leute dahinterstecken.»

«Ich kann Sie beruhigen. Ihr Bruder hat mit dem Attentat nichts zu tun. Zumindest nicht direkt.»

«Das kann ich mir auch nicht vorstellen», mischte sich Martin ins Gespräch. «Er hat die Fememorde immer verurteilt. Den Erzberger– und den Rathenau–Mord zum Beispiel. Er sagte zu mir: ‹Ich bin Soldat und kein Mörder. Ich kämpfe gegen Soldaten, aber ich bringe nicht heimtückisch Zivilisten um›.»

«Man hat ihn aber leider einen Tag vorher mit dem Attentäter zusammen gesehen. Er hat im Wittelsbacher Hof gewohnt, in dessen Restaurant Franz Josef Heinz am 9. Januar abends um 10 Uhr niedergeschossen wurde. Zwei der Täter sind von der Leibgarde des Separatistenführers erschossen worden, vier verhaftet. Noch in der Nacht wurde Ihr Bruder ebenfalls verhaftet, aber er hat ein Alibi.»

Hier brach Dr. Schober seinen Bericht ab und schwieg.

«Dann ist ja alles in Ordnung!» rief Annemarie.

«Leider ist gar nichts in Ordnung», sagte der Anwalt düster und schwieg erneut.

«Warum nicht?»

Man sah Dr. Schober an, daß er nach Worten suchte. «Tja, sein Alibi kann ihn genauso teuer zu stehen kommen wie die Teilnahme an einem Attentat.»

«Warum denn?» fragte Martin.

«Fräulein von Odenburg», sagte Dr. Schober, «am liebsten möchte ich diese Angelegenheit mit Ihnen unter vier Augen besprechen. Ohne Zeugen.»

Annemarie preßte die Lippen zusammen, doch plötzlich brach es aus ihr heraus. «Ich weiß genau, wovon die Rede ist. Es geht um seine Veranlagung.»

«Was für eine Veranlagung?» fragte Martin erstaunt.

«Ja, weißt du denn nichts davon?»

«Ich habe keine Ahnung, wovon du sprichst.»

«Du hast nie etwas gemerkt?»

Martin schüttelte den Kopf und wandte sich mit einem fragenden Blick an den Anwalt.

«Der Herr Leutnant von Odenburg zieht junge Männer Frauen vor. In sexueller Beziehung.»

«Das ist nicht wahr!»

«Doch. Das ist leider wahr», bemerkte Annemarie. «Ich war überzeugt davon, du weißt es.»

«Nichts habe ich gewußt, rein gar nichts!»

Das Gespräch drehte sich noch eine Weile um dieses Thema, das an sich tabu war. Man sprach nicht darüber, schon gar nicht mit einer jungen Dame, die noch dazu die Schwester des jungen Mannes mit dieser Veranlagung war. «Das Hotelpersonal beschwört», berichtete Dr. Schober, «daß sich der Herr Leutnant von Odenburg seit acht Uhr abends in seinem Zimmer aufhielt, aber leider nicht allein, sondern mit einem jungen Burschen, der später auch alles zugab.»

Martin war noch nie persönlich mit dem Problem der Homosexualität konfrontiert worden. «Ist das denn noch strafbar?»

«Ja, nach Paragraph 175», antwortete der Anwalt. «In vielen Ländern jedoch nicht.»

Es herrschte betroffenes Schweigen, bis sich Dr. Schober an Annemarie wandte. «Ich brauche eine Vollmacht von Ihrem Herrn Vater, mein Fräulein. Sie sind sicher noch nicht großjährig?»

Annemarie bestätigte diese Vermutung und erzählte, daß sie Oberst von Odenburg noch gar nicht benachrichtigt hatte.

«Dann müssen Sie es jetzt tun. So bald kommt Ihr Herr Bruder nicht raus, daß man Ihren Herrn Vater über seine

Abwesenheit nicht aufklären müßte. Gibt es auf dem Gutshof ein Telefon?»

Annemarie nickte.

«Dann rufen wir jetzt den Herrn Oberst an. Am besten verbinden Sie mich mit ihm. Ich werde erklären, was vorgefallen ist.»

«Sie wollen ihm alles erzählen?» fragte Annemarie ängstlich.

«Weiß Ihr Herr Vater Bescheid über die Veranlagung seines Sohnes?»

«Ich glaube nicht. Erich ist in unserer Umgebug bei den jungen Mädchen Hahn im Korb.»

«Von Hahn kann man da wirklich nicht reden», rutschte es Dr. Schober heraus, aber er entschuldigte sich gleich wegen seiner Taktlosigkeit. Dann ließ er sich von dem niedergeschlagenen Mädchen die Telefonnummer des Gutshofes geben und beauftragte seine Sekretärin, die Verbindung herzustellen. Es dauerte etwa zehn Minuten, bis Oberst von Odenburg zum Telefon kam.

«Wo steckst du denn, Annemarie?» polterte er gleich los. «Ich wollte dir gerade einen Eilbrief schicken. Erich ist verhaftet worden.» Und nun erzählte er, daß er von dem Hinkebein aus dem Rheinland, von Dr. Goebbels, angerufen worden wäre. Triumphierend hätte der ihm mitgeteilt, daß der abtrünnige Verräter und Separatist Heinz endlich von «Patrioten» niedergestreckt worden wäre. «Ihr Sohn soll auch dabei gewesen sein, er ist jedenfalls verhaftet worden. Ich gratuliere Ihnen zu diesem Sohn!» hätte Hinkebein gesagt.

Annemarie atmete erleichtert auf und übergab den Hörer dem Anwalt. «Er weiß von der Verhaftung.»

Das Gespräch zwischen dem Oberst und Dr. Schober dauerte nicht sehr lange, der Oberst war kein Freund von langen Telefonaten und schon gar nicht von langen Ferngesprächen. Jedenfalls versprach er, sofort eine Vollmacht zu schicken.

Nachdem Annemarie und Martin das Büro verlassen hatten, fragte Martin: «Was hast du jetzt vor?»

«Ich weiß es nicht. Ich möchte jetzt nicht mehr nach Dahlem fahren, und die Besuchszeit in der Klinik beginnt erst um zwei Uhr.»

«Ich habe eine Idee! Du kommst jetzt mit und ißt bei uns. Meine Mutter wird sich freuen, dich persönlich kennenzulernen.»

«Oder sie schmeißt mich raus, wenn ich da unangemeldet auftauche.»

Annemarie hatte unrecht. Frau Ottler strahlte vor Freude. «Sie sind ja noch viel hübscher, als Martin Sie geschildert hat!»

«Danke», flüsterte Annemarie. Sie bekam einen roten Kopf und warf Martin einen belustigten Blick zu.

Dr. Ottler und Claudia saßen schon im Eßzimmer, als die Ankömmlinge mit Frau Ottler das Zimmer betraten. Claudia sprang freudig auf und flog Annemarie um den Hals. Dr. Ottler staunte das Mädchen lange an. «Sie sind verteufelt hübsch! Warum hast du mir das nie erzählt, Martin?»

Annemarie lachte schallend auf. Martin und Frau Ottler ebenfalls. Dr. Ottler, der nicht damit gerechnet hatte, daß seine Bemerkung so viel Heiterkeit auslösen könnte, wunderte sich, bis Martin ihm erzählte, was seine Mutter einige Sekunden vorher gesagt hatte.

Es gab eine klare Brühe, Ochsenzunge mit Meerrettichsauce und Brühkartoffeln. Während des Essens wurde Annemaries Gesicht sehr ernst; sie schämte sich wegen ihres Lachens, es kam ihr frivol vor, daß sie Erichs Lage auch nur für einen Augenblick vergessen konnte. Als Claudia ahnungslos fragte, wo denn Erich stecken würde, schaute Annemarie hilfesuchend zu Martin. «Annemarie hat ihn seit dem 3. Januar nicht gesehen. Er ist irgendwo unterwegs in Sachen Politik.»

«Vielleicht ist er beim Hitler?» fragte Frau Ottler mit strahlenden Augen.

«Das bestimmt nicht!» sagte Annemarie schnell, froh, die Wahrheit sagen zu können.

Während des Essens vermieden es Annemarie und Martin, über Erich zu sprechen, aber Frau Ottler kehrte immer wieder zu ihm zurück. «Ich hoffe, daß er uns bald besucht. Ich muß mich mit ihm unbedingt über Hitler unterhalten.»

Nach dem Mittagessen begleitete Martin Annemarie in die Albrecht-Achilles-Straße zur Klinik und versprach, sie in zwei Stunden abzuholen. «Du solltest jetzt nicht zu viel allein sein», meinte er fürsorglich.

Martin setzte sich in das Café Reimann und bestellte eine Tasse Kaffee. Während er in der durchsichtigen braunen Brühe herumrührte, dachte er über Erich nach. Er erinnerte sich daran, wie er Erich auf dem Bahnhof in Garmisch kennengelernt und wie sich ihre Bekanntschaft zur Freundschaft entwickelt hatte. Er dachte an seinen Aufenthalt in Odenburg zurück und versuchte alle ihre Begegnungen zu rekapitulieren. Doch ihm fiel kein einziges Zusammentreffen ein, bei dem Erichs Verhalten auf seine Neigungen gedeutet hätte. Allerdings, sehr viel wußte Martin über die sogenannte Päderastie nicht.

Martin war dieser Thematik erst in einem Zeitungsartikel begegnet, in einem Nachruf auf den verstorbenen Fürsten Philipp zu Eulenburg und Hertefeld, der im sozialistischen *Vorwärts* erschienen war. Der Fürst, dessen Familie älter war als die der Hohenzollern, war Ende der achtziger Jahre der beste Freund des Prinzen von Preußen, dem späteren Kaiser Wilhelm II. Der Kaiser schien jahrelang nichts von Fürst Eulenburgs sexueller Neigung gewußt zu haben. In außenpolitischer Hinsicht übte der Fürst auf Wilhelm einen großen Einfluß aus. Einen sehr gefährlichen Einfluß, nach Ansicht von Maximilian Harden, dem Herausgeber der Zeitschrift *Zukunft*. In einer Serie attackierte «der Jude Harden», wie er in einem späteren Prozeß öfters tituliert wurde, den Fürsten wegen seiner außenpolitischen Ansichten, aber auch wegen seiner Homosexualität. Im Jahre 1908, nachdem Harden den Fürsten und seine gleichgesinnten Freunde ein Jahr hindurch konstant angegriffen hatte, wurde der Freund Kaiser Wilhelms wegen Verstoßes gegen den Paragraphen 175 verhaftet. Der Fürst leugnete alles, aber das nützte nichts, die Beweise gegen ihn waren erdrückend. Er kam auch noch wegen Meineids vor Gericht, aber der Prozeß konnte wegen einer Erkrankung des Fürsten nicht durchgeführt werden.

Martin erinnerte sich, daß er am Abend, nachdem er diesen Nekrolog, der von Bösartigkeiten nur so strotzte, gelesen hatte, unter den Büchern seines Vaters herumsuchte, um eine wissenschaftliche Begründung für die Homosexualität zu finden. Er fand auch ein Buch von einem Dr. Magnus Hirschfeld mit dem Titel ‹Sexuelle Zwischenstufen›, aber sein Inhalt blieb ihm verschlossen; er verstand kein Wort von den lateinischen Fachausdrücken. Soviel verstand er immerhin, daß ein Homosexueller kein kranker Mann sei, da die Natur Mann wie Weib neben dem normalsexuellen Trieb auch den homosexuellen Trieb mitgäbe.

Im Gymnasium sprachen die Schüler manchmal über Homosexualität und Päderastie, aber nur hinter vorgehaltener Hand. Die Lehrer erwähnten nie, daß Alexander der Große, Plato, Julius Caesar, Friedrich der Große und viele andere Größen der Weltgeschichte «anders» gewesen waren. Nur der Literaturprofessor Dr. Brückner erwähnte einmal Oscar Wildes verhängnisvolle Liebe zu dem hübschen Lord Douglas, die den Dichter schließlich ins Zuchthaus gebracht hatte.

Martin grübelte und grübelte, aber für ihn blieb Leutnant Erich von Odenburg die untadelige Gestalt, als die er ihn kannte.

Er wollte sich auf andere Gedanken bringen und begann, die Zeitungen im Café durchzustöbern. In einer fand er unter dem Titel ‹Schüsse im Restaurant› einen Bericht über die Ereignisse in Speyer. Martin erfuhr wenig Neues. Daß der Mörder Günther Muthmann hieß, wußte er schon. Der erschossene Separatistenführer Heinz hatte einen roten Spitzbart, und zwei Attentäter waren ebenfalls erschossen worden. Ebenso der Anführer des Kommandos, ein Rechtsanwalt Dr. Leiberecht. Die Polizei der Separatisten hatte noch einige Verhaftungen vorgenommen, aber alle mußten wieder freigelassen werden.

Froh, nichts über Erich gelesen zu haben, legte Martin die Zeitungen beiseite, bis auf eine, in der er ein Kinoinserat entdeckte. ‹Arabella, der Roman eines Pferdes› wurde angekündigt. Der Autor Hans Kyser und der Regisseur Karl Grune galten als Spitzenkönner ihres Faches, und Martin beschloß, die Pferdeliebhaberin Annemarie einzuladen, gemeinsam den Film anzusehen.

Annemarie sagte mit Freuden zu. Im Kino freute sie sich anfangs auch über den Film. Sie war von dem hübschen kleinen Fohlen begeistert. Aber als es, aus der Koppel ausgebrochen, beinah im Sumpf versank, suchte sie aufgeregt Martins Hand. Und bis zum Ende des Films hielt Martin Annemaries Hand in der seinen.

Nach dem Kinobesuch brachte Martin Annemarie zur U-Bahn.

«Ich danke dir für alles, Martin.» Annemarie sah ihn mit glänzenden Augen an. «Es war sehr schön im Kino.» Bevor Martin etwas sagen konnte, fragte sie: «Hast du schon ‹Gösta Berling› gesehen?»

«Nein, aber ich kenne den Roman von Selma Lagerlöf.»

«Ein toller Film. Vor allem diese Frau, die die Gräfin Dohna spielt. Ich glaube, Greta Garbo heißt sie. Ich würde den Film gern nochmal ansehen.»

«Gut, ich werde für morgen Karten besorgen und hole dich um fünf Uhr ab.»

Zum Abschied bekam er einen Kuß, aber diesmal nicht auf die Wange, sondern auf den Mund. Es war nur ein kurzer und hastiger Kuß, aber voller Wärme und sehr herzlich.

Martin besorgte die Kinokarten für ‹Gösta Berling›. Als Greta Garbo zum erstenmal auf der Leinwand erschien, erschrak er. Er dachte, Helga Hardt lächle ihm entgegen. Diesmal war er es, der hilfesuchend nach Annemaries Hand griff, als ob sie ihm Schutz und Sicherheit vor den aufsteigenden Erinnerungen geben könnte. Mit der Zeit allerdings verschwand die Ähnlichkeit der Schauspielerin mit Helga Hardt. Im Laufe des Films wurde das Gesicht der Garbo immer beseelter. Ein Ausdruck, den Martin bei Helga nie erlebt hatte. Auch die Augen der Schauspielerin waren anders. Schön und träumend. Helgas Augen waren ebenfalls schön, aber sie träumten nicht, sie lächelten meistens spöttisch. Die Gefahr, Gefangener schmerzlicher Erinnerungen zu werden, war bald vorbei, doch Martin ließ Annemaries Hand trotzdem nicht los, bis zum Ende der Vorstellung nicht.

Als sie aus dem Kino auf die Straße traten, hängte sich Annemarie bei Martin ein. «Jetzt fahren wir nach Dahlem, du bist zum Abendessen eingeladen.» Sie erzählte, daß der Verwalter Wodetzky aus Odenburg sie aus dem Bett geklingelt und von ihrem Vater ein Paket gebracht hatte, mit Kostbarkeiten aus der Räucherei des Gutshofes: geräucherte Forellen und einen kleinen Schinken in Brotteig.

Das Essen schmeckte vorzüglich, und die zwei Flaschen Marco Bronner, die Annemarie in der Speisekammer ihrer Tante gefunden hatte, ebenfalls. Sie entdeckte auch eine bauchige Flasche Grand Marnier, ein Getränk, das bis dahin weder Annemarie noch Martin kannten. Es schmeckte süß und leicht, und der Alkoholgehalt war erst zu merken, wenn man aufstehen wollte und wieder zurückplumpste. Wenigstens Annemarie erging es so. Sie lachte und strahlte Martin an. «Ich bin beschwipst!»

«Ich auch», gab Martin zu, nahm Annemarie in die Arme und drückte ihr einen Kuß auf den Mund. Sie gab die Umarmung und den Kuß zurück, lange und ausgiebig, und ihr Körper zitterte.

Martin spürte, daß er diesmal kein Versager sein würde wie vor kurzem in Elektras Bett.

9

In der Folgezeit verbrachte Martin die Abende regelmäßig in Dahlem, bis vier Uhr früh. Dann mußte er aufstehen, um die erste U–Bahn in die Lützowstraße zu bekommen. So konnte er noch rechtzeitig in sein Bett kriechen, ohne daß man seine nächtlichen Eskapaden zu Hause entdeckt hätte.

Das ging sieben Tage so, am achten Tag wurde er von Isa um sieben Uhr aus dem Bett geholt. «Herr Martin, Fräulein von Odenburg ist am Telefon. Sie muß Sie dringend sprechen.»

Martin erschrak. Was konnte passiert sein? Sicher etwas mit Erich! Er eilte zum Telefon.

«Bitte, Martin, du mußt sofort zu mir kommen!»

«Was ist denn los?»

«Das kann ich dir am Telefon nicht sagen», antwortete Annemarie und legte den Hörer auf.

Etwa eine Stunde später war Martin bei ihr, und sie strahlte übers ganze Gesicht. Sie packte Martin bei der Hand und zog ihn mit sich. «Komm, ich habe eine Überraschung für dich!»

An dem gedeckten Tisch saß – in einer fremdartigen Uniform – Erich und frühstückte ruhig und behaglich. «Setz dich zu mir, Junge», rief er fröhlich. «Annemarie hat auch für dich zwei Eier in die Pfanne gehauen.»

«Hat man dich entlassen?»

«Das hat Annemarie auch gefragt. Nein, ich bin abgehauen.»

Er erzählte, daß er das Glück gehabt hatte, unter den Wärtern des Untersuchungsgefängnisses auf einen alten Kameraden zu treffen, der bei dem Rossbach-Haufen dabei gewesen war. Der mochte die Separatisten auch nicht, genausowenig wie die älteren Wärter im Gefängnis. Sie besorgten Erich eine Uniform der Separatisten-Polizei und verhalfen ihm zur Flucht.

«Was hast du in Speyer überhaupt gemacht?» erkundigte sich Annemarie.

«Die Partei hat mich hingeschickt. Wir sind sechs Mann hoch nach Rheinland-Pfalz gefahren, unter anderem auch dein Freund Toni Buchfellner. Unsere Aufgabe war es, dem örtlichen Parteiführer Richtlinien zur Neugründung der Partei zu übermitteln. Mit den Heinz-Attentätern traf ich mich rein zufällig. Ich kannte einige von der Brigade Ehrhardt her.»

Nach dem jungen Mann im Hotelzimmer mochten weder Annemarie noch Martin fragen. Martin meinte nur: «Hast du keine Angst, daß man dich hier findet?»

«Wer sollte mich hier suchen? Wer weiß schon, daß Hedwig von Wallersleben meine Tante ist? Außerdem, die hiesigen Behörden und unsere Regierung betrachten die Separatisten genauso als Verräter wie die Attentäter. Nein, nein, hier habe ich keine Angst, nur Hunger! Schwesterlein, ich hätte gegen zwei weitere Eier mit Schinken reinweg gar nichts einzuwenden.»

«Ich mache dir gleich welche», rief Annemarie und lief in die Küche.

Erich blickte ihr lächelnd nach, dann wandte er sich mit ernstem Gesicht zu Martin. «Annemarie hat mir alles erzählt, Martin. Alles. Sie hat sozusagen ein Geständnis abgelegt.»

Martin erschrak. Jetzt würde es Vorwürfe geben.

«Ich bin kein Spießer, Martin, und um ehrlich zu sein, ich habe mir gewünscht, daß ihr beide zueinander findet.»

«Da bin ich aber erleichtert.»

«Das ist noch nicht alles, mein Lieber», sagte Erich freundlich. «Du mußt dir in Zukunft gefallen lassen, daß ich dich unter meine Fittiche nehme.»

«Das hast du bis jetzt doch auch getan», bemerkte Martin zaghaft.

«Ja, als Freund. Aber jetzt muß ich dafür sorgen, daß aus dir etwas wird. Daß du, als mein zukünftiger Schwager, Karriere machst. Und zwar mit Hilfe der Partei.»

Martin schaute Erich überrascht an, sagte aber nichts. Das Gewicht des Wortes «Schwager» schockte ihn zwar für eine Sekunde, aber dann akzeptierte er es.

«Ich möchte, daß du in die Partei eintrittst.»

«Na ja, warum nicht?»

«Viel Begeisterung zeigst du ja nicht für meinen Vorschlag.»

«Aber dagegen bin ich auch nicht. Nur, was die Partei betrifft, bin ich mir über vieles nicht im klaren.»

«Das kommt noch, sogar sehr bald. An dem Tag, an dem die Partei wieder zugelassen wird, beginnen einige Weltanschauungskurse in Berlin, unter anderem einer in dem Parteibüro in der Potsdamerstraße, den du mitmachen wirst. Der einzige Kurs übrigens, in dem eine Frau die Vorträge halten wird. Eine gute Bekannte von dir.» Erich grinste Martin bedeutungsvoll an.

«Annemarie?»

«Nein», antwortete Erich und lachte schallend. «Sie bruzzelt wunderbar Schinken mit Eiern, aber Vorträge halten? Nein. Du wirst Bauklötze staunen: die Frau Klick.»

Martin staunte wirklich, dann aber besann er sich. «Warum nicht? Sie wollte Lehrerin werden, und sie hat immer noch ein Ausrufungszeichen in der Stimme.»

Annemarie kam mit der duftenden Eierspeise ins Zimmer zurück, und während Erich sich über die Eier hermachte, bemerkte sie: «Ich habe Erich erzählt, daß du Adolf Hitler persönlich kennengelernt hast.»

«Kennengelernt ist zuviel gesagt. Ich bin ihm vorgestellt worden, aber ich glaube, er hat mich gar nicht zur Kenntnis genommen.»

«Annemarie hat erzählt, du sollst von Hitler sehr beeindruckt gewesen sein.»

«Das kann man ungefähr so sagen. Meine Mutter war von ihm geradezu begeistert. Sie kann es kaum erwarten, mit dir über Hitler zu sprechen.»

«Das wird sie hoffentlich bald können.»

Im Nebenzimmer klingelte das Telefon. Annemarie lief hinüber und nahm ab. Die Sekretärin von Dr. Schober meldete sich. «Der Herr Rechtsanwalt möchte Fräulein von Odenburg sprechen.» Annemarie erschrak und wußte nicht, ob sie dem Rechtsanwalt über Erichs Ankunft etwas sagen sollte, aber bevor sie sich entschieden hatte, war schon Dr. Schober am Telefon. «Stellen Sie sich vor, Fräulein von Odenburg, Ihr Bruder ist aus dem Untersuchungsgefängnis entflohen!»

«Wirklich?» stammelte sie hilflos. «Ist das nicht gut?» Sie verdeckte mit der Hand die Sprechmuschel und rief durch die offene Tür «Dr. Schober ist am Apparat», und Erich kam, um mitzuhören.

«Wenn man ihn faßt, ist es schlecht. Aber wenn es ihm gelingt, Rheinland-Pfalz zu verlassen und nach Berlin oder nach München zu entkommen, ist es gut. Die Separatisten werden sich sowieso nicht lange halten können.»

Erich nahm Annemarie den Hörer aus der Hand. «Der Ansicht bin ich auch, Herr Rechtsanwalt.»

«Wer spricht da?»

«Der entflohene Häftling.»

«Sie, Herr Leutnant? Sie sind also in Berlin? Prima, prima! Offiziell weiß ich es natürlich nicht.»

Erich wollte den Anwalt am nächsten Tag aufsuchen, aber Dr. Schober winkte ab. «Nein, nein, lieber nicht. Ich würde Ihnen überhaupt raten, Berlin zu verlassen und nach München zu gehen. Dort sind Sie besser aufgehoben. Wenn sich etwas Wichtiges ereignet, rufe ich Ihre Schwester an.»

Nachdem Erich den Hörer aufgelegt hatte und alle wieder am Frühstückstisch saßen, fragte Martin verwundert: «War Dr. Schober wegen deiner Flucht nicht böse?»

«Warum sollte er?» fragte Erich zurück, und nach kurzem Nachdenken fuhr er fort: «Ich kann euch etwas verraten, aber ihr dürft mit niemandem darüber reden. Dr. Schober ist seit langem Parteimitglied und bekleidet den höchsten Rang bei der Berliner SA. Er ist Obersturmbannführer.»

«Und warum darf das niemand wissen?» fragte Annemarie.

«Das könnte ihm geschäftlich schaden. Nur ein kleiner Teil seiner Klienten sind Nationalsozialisten. Er hat sogar noch jüdische Klienten, die er sich jetzt aber langsam vom Hals schafft.»

«Du kennst ihn persönlich?» fragt Martin.

«Natürlich. Wir sind uns bei geheimen Zusammenkünften einige Male begegnet.»

«Na so was!» rief Annemarie. «Uns hat er das gar nicht erzählt.»

«Er weiß, warum nicht. Seine Zugehörigkeit zu der Partei muß vorläufig geheim bleiben. Übrigens, Martin, du mußt es auch nicht in alle Welt hinausposaunen, daß du Parteimitglied geworden bist, wenn es soweit ist.»

«Wozu diese Geheimnistuerei?»

«Du kannst es halten, wie du willst. Aber manche Parteigenossen würden ihre Stellungen verlieren, wenn ihre Arbeitgeber wüßten, daß sie Nationalsozialisten sind. Viele sind bei Juden angestellt. In meiner Staffel sind sieben Leute, die bei den jüdischen Großbetrügern Barmat und Kutisker gearbeitet haben, bevor die Bagage verhaftet wurde. Daß die Sozies uns nicht wohlgesinnt sind, ist logisch, aber Hugenbergs Nationalisten sind ebenfalls gegen uns. Teilweise müssen wir also im Hintergrund kämpfen, bis wir zuschlagen können.»

«Zuschlagen?» hakte Martin nach. «Hat Hitler nicht eine feierliche Erklärung abgegeben, daß er nur noch legale Mittel anwenden will?»

«Meinetwegen legal zuschlagen!» Erich lachte. Dann wurde er ernst. «Der Doktor meint, ich soll nicht in Berlin bleiben. Ich dampfe also nach München ab. Aber vorher schreibe ich dir noch dein Empfehlungsschreiben, Martin. Noch in diesem Monat ist damit zu rechnen, daß die Partei wieder erlaubt wird. Mir ist lieber, du hast es dann. Geh mit dem Brief zum Parteigenossen Müller in unser Parteibüro in die Potsdamerstraße.»

Erich hatte sich geirrt, wenn auch nur geringfügig. Die Neugründung der NSDAP, die Erich in München erlebte, erfolgte erst am 27. Februar 1925.

Brav, wie er es Erich versprochen hatte, spazierte Martin schon am nächsten Tag in die Potsdamerstraße zum Parteibüro. Das Büro befand sich in einem Keller unterhalb des Lokals, in dem Dr. Ottler früher mit seinen Freunden die Skatabende abgehalten hatte. Vor der Tür des Büros stand als Wache ein junger Mann in SA-Uniform, obwohl das Tragen von Uniformen in Berlin noch nicht erlaubt war. Dieser mutige junge Mann war niemand anderer als Moritz Patzke. «Tach, Martin! Endlich kommst du auch zu uns!» begrüßte er ihn strahlend.

Vom Büroleiter wurde er noch enthusiastischer empfangen. Der umarmte ihn sogar stürmisch. Es dauerte eine Weile, bis Martin in dem schmächtigen kleinen Mann Gustav Müller erkannte, den Vater seines Kommilitonen Dieter Müller. Er hatte Müller senior nur kurz kennegelernt, als er bei Müller junior zum Kaffee eingeladen war. Aufmerksam las Gustav Müller Erichs Brief und umarmte Martin erneut. «Ich bin glücklich, daß wir für die Erneuerung Deutschlands zusammen kämpfen werden.»

Martin mußte einige Formulare ausfüllen und unterzeichnen.

«Sie sind sicher, daß sie Volksgenosse sind?» fragte Müller beiläufig.

«Ich glaube schon, obwohl ich nicht genau weiß, was das ist.»

«In Paragraph vier unseres Programms heißt es: Volksgenosse kann nur sein, wer deutschen Blutes ist, ohne Rücksichtnahme auf die Konfession. Kein Jude kann also Volksgenosse sein.»

«Soviel ich weiß, habe ich keine jüdischen Ahnen. Meine Mutter sprach kürzlich mit meinem Vater darüber.»

Müller nickte gnädig und warf einen Blick in Erichs Brief. «Der Herr Sturmbannführer legt Wert darauf, daß Sie der SA beitreten. Er will dafür Sorge tragen, daß Sie in unsere Staffel kommen.»

«Das ist sehr nett von ihm», meinte Martin, ohne zu wissen, was er sonst darauf hätte sagen sollen. Er mußte noch den Antrag für die Aufnahme in die SA unterschreiben und eine eidesstattliche Erklärung abgeben, daß er deutschen Blutes war.

«Die Papiere reichen Sie gelegentlich nach», bemerkte Müller nebenbei. Er holte aus der Schublade einen Pappkarton, entnahm ein Parteizeichen und überreichte es Martin. «Eigentlich sollten Sie Ihr Abzeichen erst erhalten, wenn Sie schon Ihr Parteibuch in der Tasche haben, aber ich greife bei Ihnen, als altem Bekannten, den Ereignissen vor.»

«Danke.» Martin betrachtete eine Weile das schwarzschimmernde Hakenkreuz. Er wollte es an das Revers seiner Jacke heften, doch Müller hielt ihn zurück. «Mein Sohn trägt sein Parteiabzeichen unter dem Jackenaufschlag. Auf der Uni hat er viel Ärger mit manchen Kommilitonen.»

«So?» fragte Martin ziemlich gleichgültig und steckte das Hakenkreuz in die Jackentasche. «Ärger erspare ich mir gerne.»

Müller stand auf und reichte Martin feierlich die Hand. «Willkommen in unseren Reihen, Kamerad!»

Martin schüttelte stumm, mit einem schiefen Lächeln, die dargebotene Hand. Irgendwie fühlte er sich nicht wohl in seiner Haut. Aber irgend etwas mußte er sagen. «Auf Wiedersehen, Herr Müller.»

«Parteigenosse!» verbesserte ihn Müller mit erhobenem Zeigefinger. «Oder – Sturmführer.»

Martin schlug – eigentlich nur aus Spaß – die Hacken zusammen und grüßte zackig, den rechten Arm vorgestreckt. «Auf Wiedersehen, Sturmführer!»

An diesem Abend saß Martin nachdenklich vor dem dicken Schulheft, das ihm als Tagebuch hatte dienen sollen, aber kein Tagebuch geworden war. Nur selten trug er etwas ein; er fand es einfach albern, alltägliche Geschehnisse aufzuschreiben. Sein Vater, der von dem Heft wußte, fragte ihn einmal, wie viele Seiten er schon vollgeschrieben hätte. «Im ganzen drei», hatte er geantwortet. «Es geschieht ja nichts. Ein Tag ist wie der andere. Soll ich etwa über meinen Stuhlgang Buch führen?»

«Das wäre gar nicht schlecht! Das sollten alle Menschen tun. Der Stuhlgang ist der wichtigste Vorgang im Leben eines Menschen.»

Bisher hatte Martin – außer einleitenden Worten über Annemarie – eine verbale Auseinandersetzung mit einem kommunistischen Kommilitonen namens Burger eingetragen, über seine zweite Mensur und Erichs Flucht berichtet und den Satz *Die schönen Tage von Aranjuez sind nun zu Ende* aufgeschrieben. Annemaries Tante war gerade aus dem Krankenhaus gekommen und wieder in Dahlem eingezogen.

Jetzt saß Martin lange vor dem aufgeschlagen Heft und zerbrach sich den Kopf, in welcher Form er das schwerwiegende Ereignis des heutigen Tages verewigen sollte. Schließlich entschloß er sich zu einem einzigen Satz: *Ich bin Mitglied der NSDAP geworden.*

10

Martins Beitritt in die Partei Hitlers wurde in der Familie mit unterschiedlichen Gefühlen aufgenommen. Frau Ottler jubelte, Claudia rümpfte die Nase, und Dr. Ottler unterzog seinen Sohn einer ernsthaften Befragung. «Bist du auch überzeugt davon, daß du das Richtige getan hast?»

«Ich glaube schon.»

«Du bist dir also nicht sicher.»

«Doch, ich bin mir sicher», beteuerte Martin plötzlich sehr eifrig, als ob er sich selbst von der Richtigkeit seiner Handlung überzeugen wollte. «Schließlich habe ich mir es ja ein Jahr überlegt. Erich wollte schon damals, als er mich in die Hartung–Reitstaffel einführte, daß ich der Partei beitrete. Aber damals war ich von Hitler noch nicht überzeugt. Heute, nach seiner Rede in Garmisch, bin ich es. Du hast deine Meinung über ihn ja auch geändert, Vater.»

«Einigermaßen schon», antwortete Dr. Ottler. «Willst du in der Partei nur mitlaufen, wie ein Hammel in der Herde, oder willst du aktiv tätig sein?»

«Das weiß ich noch nicht. Wie ich Erich kenne, wird er schon dafür sorgen, daß ich aktiv werde. Zunächst werde ich einen ideologischen Ausbildungskurs besuchen, den ausgerechnet Frau Klick abhält.»

Dazu kam es allerdings nicht. Die sechsundzwanzig Parteigenossen, die sich zu dem Kurs angemeldet hatten, weigerten sich, von einer Frau weltanschaulich aufgeklärt zu werden. Nach einigem Hin und Her wurden die Vorträge von dem Sohn des Parteigenossen Müller gehalten. Martins Kommilitone entpuppte sich als versierter Parteitheoretiker und auch als guter Redner, der seine Vortragskünste an Dietrich Eckarts Gedichten geübt hatte.

Martin war das recht. Müller junior behandelte ihn nach wie vor sehr höflich. Eine Art zutrauliche Höflichkeit, die langsam in Freundschaft überging. Im Anschluß an Dieters Vorträge gingen die beiden regelmäßig in die Kneipe über dem Vortragsraum, und mit der gleichen Regelmäßigkeit kam es Martin zu, die Zeche zu begleichen. Dafür erhielt er sozusagen noch Privatstunden in der nationalsozialistischen Ideologie, und er durfte auch kritische Ansichten einbringen. Ansichten, die er sich in der Douglasstraße angeeignet hatte. Die Judenfrage war es, mit der er die größten Schwierigkeiten hatte.

Eines Abends wetterte Martin – inzwischen hatte er das Programm der NSDAP genau studiert – besonders hartnäckig gegen den Paragraphen 4. «Staatsbürger kann nur sein, wer Volksgenosse ist. Volksgenosse kann nur sein, wer deutschen Blutes ist, ohne Rücksicht auf Konfession. Kein Jude kann daher Volksgenosse sein.»

Dieter sprang auf, packte Martin an der Hand und zog ihn mit sich durch den dunklen Korridor zu einem Hinterzimmer. Er öffnete die Tür einen Spaltbreit und ließ Martin in den Raum spähen. An einem langen Tisch saßen etwa zwanzig fröhliche junge Leute, die Bierkrüge schwenkten und laut miteinander sprachen. In einer Sprache, die Martin nicht verstand. Als Dieter die Tür schloß, fragte Martin: «Eine Studentenverbindung?»

«Nein. Aber Studenten sind sie. Ungarische Studenten, meistens Mediziner. Sie promovieren hier, können in Krankenhäusern praktizieren und können sich sogar, mit besonderer Erlaubnis, als praktische Ärzte niederlassen. Aber sie bleiben ungarische Staatsbürger. Und das ist es, was Hitler mit den Juden vorschwebt.»

«Der Vergleich hinkt. Ungarn ist ein souveräner Staat, diese Studenten kommen mit den Pässen ihrer Heimat zu uns und leben hier als Gäste. Aber einen Judenstaat gibt es nicht.»

«Aber irgendwo sind die Juden doch auf die Welt gekommen», sagte Dieter ärgerlich. «Vom Himmel gefallen sind sie bestimmt nicht. Sie sollen eben Staatsbürger des Landes bleiben, wo sie geboren wurden, und sie sollen mit ihren Reisepässen zu uns einreisen. Das ist es, was Hitler meint. In Paragraph 5 heißt es: ‹Wer nicht Staatsbürger ist, soll nur als Gast in Deutschland leben können und muß unter Fremden–Gesetzgebung stehen›.»

Damit war für Dieter Müller die Frage geklärt, wie denn die Juden im zukünftigen nationalsozialistischen Deutschland behandelt werden sollten. Für Martin noch nicht ganz.

Mit Erich konnte Martin über diese Probleme nicht sprechen, denn der war ja in München. Außer einer Postkarte aus Garmisch, die auch von Clemens Wallner und Toni Buchfellner unterzeichnet war, hörte Martin nichts von ihm.

Mit Annemarie sprach Martin nur sehr selten über Politik. Sie hatte keine eigene Meinung, und das wußte sie. Annemarie übernahm mal die resümierenden und nostalgischen Ansichten ihres Vaters, mal die milde geäußerten, aber radikalen Ansichten Erichs. Auf dem Gutshof, wo sie aufgewachsen war, hatte sie nie einen Gesprächspartner gefunden, der nicht die gleiche Meinung vertrat, die der Gutsherr hatte. Und Hedwig von Wallersleben – eine geborene Baronin Schleinitz –, bei der Annemarie in Berlin lebte, war womöglich noch konservativer als ihr Schwager, der Oberst von Odenburg.

Annemarie war eine warmherzige junge Frau und opponierte manchmal aus rein emotionalen Gründen. Einmal, als von Schlageter und von Sabotageakten im Ruhrgebiet die Rede war, wetterte sie: «Ist das nicht eine Schande, Fabriken zu zerstören! Gestern hat einer der Professoren erzählt, wir haben fast eine Million Arbeitslose in Deutschland. So werden es noch mehr.»

Erich streichelte liebevoll ihr Gesicht. «Gefühlsmäßig hast du recht, Liebes. Aber vergiß nicht, im Ruhrgebiet arbeitet der Kumpel ausschließlich für die Franzosen.»

Annemarie konnte gegen diese Begründung nichts einwenden, obwohl sie ihr nicht ganz einleuchtete. Aber damit war ihre schüchterne Revolte im Keim erstickt.

Martin konnte sich in der Dahlemer Villa nicht mehr so frei bewegen wie bisher, nicht kommen und nicht gehen, wie er wollte, schon gar nicht im Morgengrauen. Er mußte eingeladen werden oder sich zumindest telefonisch anmelden. Hedwig von Wallersleben mochte Martin sehr gerne, aber sie legte großen Wert auf gesellschaftliche Formen, die ihrer Ansicht nach «erst recht in dieser sittenlosen Zeit eingehalten werden sollten». Diese Regeln verlangten, daß sich Annemarie und Martin nur unter ihrer Aufsicht treffen durften, zur Teestunde am Nachmittag oder manchmal zum Abendessen.

Das stille Glück der jungen Leute wurde dadurch nur wenig gestört. Sittsam saßen sie nebeneinander, himmelten sich stumm an und hörten den Erzählungen der redseligen Dame zu, die gerne in Erinnerungen schwelgte. Sie konnte interessant erzählen, vor allem über ihre Zeit in Rußland.

Als im Grunewald der letzte Schnee verschwand und die Knospen zu sprießen begannen, meldete sich Martin wieder bei der Reitstaffel von Baron Hartung und überredete ihn, Annemarie zu erlauben, an den sonntäglichen Ausritten teilzunehmen. Der Baron tat Martin und der Schwester seines Freundes Odenburg gern den Gefallen. Sonntag für Sonntag um 8 Uhr in der Früh ritten sie zusammen aus. Sie richteten ihre Zeit so ein, daß sie um 12 Uhr, während Hedwig von Wallersleben die Mittagsmesse besuchte, in der Villa in Dahlem waren, allein, fast zwei Stunden lang. Außer der kreischenden Cora störte sie niemand.

Es ging schon auf den Sommer zu, als Erich aus Bayern nach Berlin zurückkam. Er rief gleich bei den Ottlers an. Frau Ottler war am Telefon, die ihn mit großer Freude begrüßte; es war ja zum erstenmal, daß sie mit Erich nach ihrem Hitlererlebnis in Garmisch sprechen konnte. Sie erkundigte sich nach Hitlers Wohlbefinden und nahm Erich das Versprechen ab, am Sonntag nachmittag mit Annemarie unbedingt zum Kaffee zu kommen. Sie redete so viel und so lange, daß Erich den eigentlichen Grund seines Anrufes nur mit Mühe anbringen konnte. Erich lud Martin, selbstverständlich auch im Namen seiner Tante, zum Abendessen nach Dahlem ein. Ein Freund, der mit Erich nach Berlin gekommen war und nur einen Tag blieb, wollte Martin gern begrüßen.

Der Freund war Dr. Joseph Goebbels, der ehemalige Redakteur der *Völkischen Freiheit*, die seinerzeit Martins Schlageter-Novelle abgedruckt hatte. Ehemalig deshalb, weil die Zeitschrift im Januar eingegangen war. Dr. Goebbels schien dies nicht besonders zu bedauern, da er jetzt einen bedeutend wichtigeren Aufgabenkreis erhalten hatte, als Redakteur der *Nationalsozialistischen Briefe*, die von der Gauleitung der NSDAP für Rheinland-Westfalen, zu der auch Goebbels gehörte, herausgegeben wurde.

Dies alles erzählte Dr. Goebbels beeindruckend selbstbewußt. Mit dem schmächtigen kleinen Mann mit dem riesigen Schädel, der in Odenburg trotz seiner fanatischen theoretischen Ausfälle im Grunde schüchtern gewirkt hatte, schien in der Zwischenzeit eine große Veränderung vorgegangen zu sein. Schulterklopfend lobte er Martin erneut für seine Novelle. «Ich habe sie nach dem Druck noch einmal gelesen – und zwar mit Rührung. Sie müssen wissen, Schlageter war ein guter Freund von mir.»

«So? Das wußte ich gar nicht!» rief Erich.

Goebbels reagierte nicht auf diese Bemerkung, sondern starrte in das Licht der Kerzen, die Hedwig von Wallersleben wegen der Stimmung gerade angezündet hatte. «Kerzenlicht macht mich immer melancholisch. Ich muß an Rheydt denken, an mein Zuhause und an meinen Vater, der Direktor bei einer Dochtfabrik ist.»

«Dochtfabrik?» sagte die Dame des Hauses. «Es ist komisch, aber ich habe noch nie daran gedacht, wie so ein Docht hergestellt wird.»

Das hätte sie nicht sagen dürfen. Nun folgte ein endloser Vortrag von Goebbels über die Dochtherstellung. Er erklärte, daß die Dochte entweder aus Baumwolle oder aus Leinen gefertigt werden, daß die einzelnen Fäden parallel und geradlinig oder in Schraubenlinie nebeneinander liegen oder aber geflochten werden. Er erklärte, daß gedrehte Dochte nicht verbrennen, sondern nur verkohlen und deshalb die Flamme verrußen. Er setzte an, den Unterschied zwischen Talg, Stearin, Paraffin und Wachs zu erklären, aber glücklicherweise trug Annemarie die Suppe auf, und Erich beendete den Vortrag seines Freundes mit der Bemerkung: «Jetzt hör aber auf! Sonst schmeckt die Tomatensuppe nach Stearin.»

Goebbels lachte. «Wenn man den Fachmann in mir weckt, lege ich los. Damit habe ich schon meine Kommilitonen geärgert.»

Während des Essens bestritt in der Hauptsache die Gastgeberin das Gespräch. Sie fragte Erich über seine Münchner Zeit aus und wollte wissen, ob er diesen oder jenen Verwandten getroffen, ob er Five o'clock teas, Soireen und Konzerte besucht hatte. Erich mußte sie enttäuschen. «Zuviel Parteiarbeit», meinte er. Einmal war er im Theater gewesen, und das bedauerte er heute noch. Er hatte ein gräßliches Stück gesehen, das ‹Woyzeck› hieß.

Dr. Goebbels aß sehr viel und sprach wenig. Erst als Hedwig von Wallersleben ihn beim Dessert fragte – mehr aus Höflichkeit als aus echtem Interesse –, ob er ständig in München lebe, legte er los. «Nein, ich lebe in Elberfeld, aber als Parteiredner fahre ich sehr viel herum.»

«Was ist ein Parteiredner?» fragte die Dame.

«Ein Parteiredner fährt von Stadt zu Stadt und verkündet das Evangelium», witzelte Goebbels.

«Sie sind also Prediger?»

«So könnte man es auch nennen», antwortete Goebbels und lachte wieder. «Ich verkündige das Evangelium der Nationalsozialistischen Partei. Ich halte Reden vor vielen Hunderten von Menschen. Ich erteile Weltanschauungsunterricht. Ich erkläre unsere Zielsetzungen, beleuchte unsere Beweggründe. Ich werbe für unsere Partei und kämpfe gegen die Regierung, gegen die Erfüllungspolitiker, die uns unseren Feinden in die Hände geben, wie zum Beispiel durch die Annahme des Davis–Plans.»

Hier machte er eine kurze Pause, trank einen Schluck Wein, und wandte sich direkt an Hedwig von Wallersleben. «Sie fragten mich nach München, gnädige Frau. Ich war nur drei Tage in München und hatte dort eine Begegnung mit Adolf Hitler. Er ist sicher eine grandiose Persönlichkeit, der wie kein zweiter geeignet ist, die Karre Deutschland aus dem

Dreck zu ziehen. Leider gehen unsere Ansichten in vielen Punkten auseinander.»

«Zum Beispiel?» fragte Martin, den die Beredsamkeit des Rheinländers beeindruckte, und der gern etwas dazulernen wollte.

«Wenn ich von der Nationalsozialistischen Partei rede, betone ich das Soziale. Hitler das Nationale», dozierte Goebbels. «Nach meiner Ansicht könnten wir sogar mit den Kommunisten zusammenarbeiten, wenn sie nicht so moskauhörig wären. Und damit hängt die Frage der Enteignung zusammen. Hitler paktiert mit der Schwerindustrie und mit dem Großgrundbesitz, statt sie zu bekämpfen. Er hat in Paragraph 17 des Parteiprogramms ‹die Schaffung eines Gesetzes für unentgeltliche Enteignung des Bodens für gemeinnützige Zwecke, Abschaffung des Bodenzinses und Verhinderung jeder Bodenspekulation› versprochen, und jetzt will er nichts mehr davon wissen. Wir, die Gauleitung Rheinland–Westfalen, sind noch für die Enteignung des Großgrundbesitzes.»

Hedwig von Wallersleben starrte Goebbels fassungslos an. «Soll das heißen, daß Sie Leuten ihr Eigentum wegnehmen wollen? Der Familie von Odenburg etwa ihren Gutshof?»

«Ich weiß nicht, ob die Odenburgs zu den Großgrundbesitzern gerechnet werden können, aber wenn ja, dann werden sie wohl daran glauben müssen.»

«Die Schleinitzens gehören garantiert zu den Großgrundbesitzern, ich wünsche nicht, mit jemandem, der ihnen ihren Besitz wegnehmen will, an einem Tisch zu sitzen.»

Hedwig von Wallersleben stand auf und verließ erhobenen Hauptes das Zimmer. Betroffenes Schweigen herrschte. Nach einer Weile fragte Goebbels mit gespielter Verzweiflung: «Wer sind, um Himmels willen, die Schleinitzens?»

«Tante Hedwig ist eine geborene Schleinitz», klärte Annemarie ihn auf.

«Bin ich jetzt rausgeschmissen, Erich?»

«Du bist mein Gast, Joseph», sagte Erich und lachte.

«Dann darf ich mir noch einen Apfelkuchen nehmen? Er ist wirklich ausgezeichnet.» Während Annemarie ihm das

Tortentablett hinhielt, fuhr er ernst fort: «Ich weiß, unser Radikalismus wird auf Widerstand stoßen. Es geht unseretwegen schon jetzt in manchen Familien heiß her.»

«Das kann man wohl sagen», meinte Martin und erzählte von den verfeindeten Zwillingen Max und Moritz Patzke. Goebbels hörte interessiert zu und fragte beiläufig, welche Parteinummer Martin eigentlich erhalten habe. Martin reichte ihm sein Parteibuch. «Unter neunhundert? Die Ortsgruppe Berlin hat nicht einmal neunhundert Mitglieder? Da muß aber schleunigst etwas geschehen, Erich!»

«Daran sind Parteigenosse Kretschmer und Herr von Schlange schuld. Beide fühlen sich als Gauleiter und tun beide nichts. Ich habe damit nichts zu schaffen, nur mit der SA. Ich bin dem Daluege unterstellt.»

«Du solltest die Sache der Parteizentrale in München melden. Wenn die beiden Streithähne nichts taugen, müssen sie gefeuert werden. Es muß ein echter Gauleiter her.»

«Ich weiß nicht recht, Joseph, ob ich das tun soll. Ich weiß nicht einmal, ob ich in Berlin bleiben werde. Vielleicht gehe ich nach Südamerika.»

«Nach Südamerika? Was willst du dort machen?» rief Annemarie entsetzt.

«Ein wenig Krieg spielen», antwortete Erich lachend und erzählte, daß Ernst Röhm ihn in einem Brief dazu aufgefordert hatte.

«Röhm? Diese Tunte?» sagte Goebbels.

Martin erschrak und warf Annemarie einen kurzen Blick zu. Erich ließ sich nichts anmerken und überging die Bemerkung.

«Was macht der in Südamerika?» fragte Goebbels weiter. «Wie ich weiß, ist er ein Duzfreund Hitlers und sein wichtigster Mann. Allerdings, ich habe auch Gerüchte gehört . . .»

«Die stimmen», unterbrach ihn Erich. «Er hat sich mit Hitler überworfen, verlor seine Ämter und wurde sogar aus der Partei ausgeschlossen. Jetzt fristet er sein Leben als Buchagent. Deshalb will er weg. In Peru und in Bolivien hat er in den Regierungen einflußreiche Freunde, und die brauchen immer gute Soldaten. Das Volk revoltiert andauernd.»

«Mit Recht. Es hungert und wird schamlos ausgebeutet. Aber du solltest nicht nach Südamerika gehen, schon gar nicht mit diesem Röhm. Du bist Deutscher, du mußt hierbleiben und hier dafür kämpfen, daß bei uns nicht bald ebenfalls bolivianische Verhältnisse herrschen.»

«Sicher hast du recht, Joseph.»

Goebbels verspeiste unter Lobpreisungen von Annemaries Backkunst noch einen dritten Apfelkuchen und verabschiedete sich dann, zusammen mit Martin.

Sie fuhren mit der U-Bahn bis zum Wittenbergplatz. Goebbels imponierte die rote Lederpolsterung. «Fein, fein», sagte er anerkennend. Nach einer Weile fragte er Martin über die Zustände in dem Berliner Parteibüro aus. Martin berichtete wahrheitsgemäß, daß das Büro ein armseliges, verräuchertes Kellerlokal sei, dem die Bezeichnung «Büro» gar nicht zukomme. Über den alten Müller verlor er kein Wort, aber seinen Freund Dieter lobte er. Martin erzählte, daß er den Weltanschauungskurs nur noch besuchen würde, um nachher mit seinem Freund zu diskutieren und den Problemen auf den Grund zu gehen. Von dem Kurs selbst profitiere er so gut wie gar nicht. Dieters Zuhörer seien so begriffsstutzig, daß sein armer Freund alles unzähligemal wiederholen müsse.

«Das ist nicht schlecht», meinte Goebbels. «Politische Thesen muß man oft wiederholen, bis sie in die Seelen der Zuhörer eindringen und ihnen als die einzig seligmachende Wahrheit erscheinen.»

Am Wittenbergplatz stiegen sie aus, und Martin begleitete Goebbels bis zur Kleiststraße, wo er in einer kleinen Pension übernachten wollte. Während des Spaziergangs wurde Joseph – wie er jetzt auf seinen eigenen Wunsch von Martin genannt wurde – sehr gesprächig. Er sprach nicht mehr nur über Politik, er war auch nicht mehr so großspurig, sondern gab sich bescheidener und berichtete über seine Mißerfolge, die er mit eingesandten Artikeln, hauptsächlich beim *Berliner Tageblatt*, erlebt hatte. «Glauben Sie mir, Martin, die Presse hier ist eine jüdische Mafia. Die Wolffs, Kerrs, Iherings, Tucholskys und Jacobsohns aalen sich selbstgefällig in ihrem elitären Fett und ahnen es nicht, daß das gesunde Volksempfinden sie ablehnt. Die Herren lassen keinen völkischen Autoren zu Wort kommen, und wenn er noch so begabt ist.»

Mit dem Satz «und wenn er noch so begabt ist» meinte Joseph natürlich sich selbst, schrieb Martin noch in derselben Nacht in sein Tagebuch. *Er ist sicher sehr eingenommen von sich*, schrieb er weiter, *aber mit Recht. Er kann großartig formulieren, seine Gedanken prägnant ausdrücken und dann plötzlich wie ein Dichter ins Seelenvolle abschweifen.*

Die letzten drei Worte strich er durch. «Ich schreibe schon, wie Joseph spricht», sagte er zu sich, beendete dann den Satz: *wie ein Dichter reden* – und fuhr fort, sich Notizen zu machen.

Joseph erzählte auch von seinen großen rednerischen Erfolgen, die er in dem letzten Jahr «dankbar erleben durfte» – wie er sich ausdrückte. Ich glaube ihm diese Erfolge, da ich selbst von seinem Redefluß, vom Wittenbergplatz bis zur Kleiststraße, gefangen wurde. Er benutzte oft lateinische Zitate und Ausdrücke, für die er sich gleich entschuldigte. «Sie verstehen mich, Martin, aber ich muß mir meine Lateinsucht abgewöhnen. Der Pöbel versteht nicht lateinisch, er wird nur abgeschreckt.»

Der Ausdruck «Pöbel» hat mir nicht unbedingt gefallen, er verriet eine gewisse Menschenverachtung. Aber ich sagte nichts. Vielleicht sollte ich mich schämen, aber ich widersprach ihm auch nicht, als er über Tucholsky und die anderen schimpfte. Ich gebe zu: Ich war unsicher geworden, von dieser Warte aus habe ich die Leute in der Douglasstraße noch nie gesehen. Vielleicht ist das wirklich eine elitäre Gruppe, volksfremde Bewohner eines Elfenbeinturms.

Mit wem könnte ich darüber reden?

Mit Erich bestimmt nicht. Er glaubt, nationalsozialistisch zu sein, in Wahrheit ist er nur Nationalist, hineingeboren in ein Offiziersmilieu, erzogen in einer Kadettenanstalt. Zugegeben, ich bin ihm zuliebe in die Partei eingetreten. Nicht, daß er mich überzeugt hätte, eigentlich mehr, um ihm einen Gefallen zu tun. Und natürlich auch wegen Annemarie, sie wünschte es so.

Und Vati? Er weiß selbst nicht genau, wo er steht. Anfangs war er instinktiv gegen Hitler, heute ist er nicht mehr gegen ihn, aber auch nicht für ihn. Er hat sich noch nicht entschieden.

Und Mutti? Es soll mir erlaubt sein, Muttis Hitler–Schwärmerei nicht ernst zu nehmen.

Am meisten überzeugt hat mich bis jetzt Joseph. Trotz seiner schmächtigen Figur hat er Kraft, Feuer. Ich würde sagen, er glaubt einfach an die Sache. Mitunter ist er allerdings für meinen Geschmack zu pathetisch. Beim Abschied schüttelte er mir mit beiden Händen meine Rechte und sagte: «Wir werden uns wiedersehen, ich fühle es.»

Es dauerte über ein Jahr, bis sich Goebbels prophetisches Gefühl erfüllte.

Kurz vor Weihnachten, an einem Sonntag, klingelte mittags bei Ottlers das Telefon. Claudia hob den Hörer ab und fragte verwundert: «Wer? Der Gauleiter von Berlin? Ach, ich erinnere mich, wir haben uns einmal in Odenburg kennengelernt. Jetzt erkenne ich Sie an Ihrer Stimme.»

Die sonore Stimme lud Martin zum Kaffee ein.

Martin wurde von einem hübschen Stubenmädchen in einen sehr gediegenen, beinah pompösen Salon geführt; hier thronte Dr. Goebbels in einem Sessel. Freudig ging er seinem Gast entgegen. «Guten Tag, Martin!»

«Muß ich Sie jetzt als Gauleiter titulieren?»

«Bestimmt nicht im privaten Bereich. Ich heiße nach wie vor Joseph, mit ‹ph› am Ende.» Er bot seinem Gast einen Platz an und fragte gleich: «Was hören Sie von Erich?»

«Hie und da eine Postkarte aus München. Er sitzt dort in der Zentrale. Röhm hat er jedenfalls einen Korb gegeben.»

«Gott sei's gedankt. Und was macht Ihre Braut?»

«Sie studiert fleißig Medizin. Sie will Tierärztin werden.»

Das Stubenmädchen rollte einen Teewagen ins Zimmer, mit Kaffee, verschiedenen Torten und frischgeschlagener Sahne. Als sie das Zimmer verließ, bemerkte Martin anerkennend: «Sie wohnen hier sehr hübsch.»

«Die Pracht hier ist nur geliehen», sagte Goebbels betont bescheiden. «Ich habe nur ein Zimmer gemietet, darf aber den Salon und die Bibliothek ebenfalls benutzen. Sie kennen den Wohnungsinhaber sicher dem Namen nach: Dr. Johannes Steiger, er ist Redakteur beim *Berliner Lokalanzeiger*.»

«Soviel kann man beim Scherl als Redakteur verdienen, daß man sich eine so hübsche Wohnung und ein so hübsches Stubenmädchen leisten kann?»

«Dr. Steiger hat vorsichtshalber reich geheiratet», entgegnete Goebbels und lächelte süffisant.

«Soviel ich weiß, gehört der *Lokalanzeiger* zum Hugenberg-Konzern, und Hugenberg ist mit der NSDAP spinnefeind. Kennen Ihre Gastgeber Ihre Tätigkeit für die Partei?»

«Sehr genau sogar. Ich habe Vertrauen zu Ihnen, Martin, und deshalb verrate ich Ihnen ein Geheimnis: das Ehepaar Steiger ist schon Parteimitglied bei uns. Dr. Steiger wäre schon seit langem zum *Völkischen Beobachter* hinübergewechselt, wenn Hitler es nicht als vorteilhaft ansehen würde, einen Freund im gegnerischen Lager zu haben.»

«Ich befürchte, die Politik ist eine zu hohe Kunst für mich! Auf solche Kniffe würde ich nie kommen.»

«Das war das Stichwort dafür, daß wir zu unserer eigenen Sache kommen. Sie haben in allem recht gehabt, was Sie über die Ortsgruppe Berlin während unseres nächtlichen Spaziergangs erzählt haben. In Wahrheit haben Sie vornehm untertrieben. Die Ortsgruppe ist ein Sauhaufen. Der Gustav Müller ist ein grundanständiger Mann, aber ein Vollidiot. Ihr Freund Dieter Müller ist ein esoterischer Theoretiker, selbst Albert Einstein würde Schwierigkeiten haben, mit seinem jüdischen Köpfchen die Müllerschen Vorträge zu begreifen.»

«Was wollen Sie tun?»

«Ausmisten.»

«Sie wollen Dieter rausschmeißen?» fragte Martin ängstlich.

«Aber nein, ihn bestimmt nicht. Er muß nur sein Vokabular auf ein niedrigeres Niveau runterschrauben.» Er nahm einen Ordner zur Hand, der vor ihm auf dem Tisch lag. «Hier ist die Liste der Mitglieder, neunhundertundzwölf Namen. Ich habe sie schon mit Dieter Müller durchgenommen. Die Namen derjenigen, die nach unserer Ansicht nicht in die Partei gehören, sind angekreuzt. Ich möchte, daß Sie Ihren Senf dazugeben.»

«Ich habe keinen Senf zu verspritzen! Ich kenne die Leute gar nicht! Hie und da habe ich schon mal mit dem einen oder anderen gesprochen, aber ich kenne nicht mal die Namen.»

«Das muß sich aber ändern! Ich habe Pläne mit Ihnen!»

Goebbels erzählte Martin, daß er entschlossen sei, drei– bis vierhundert Leute aus der Partei in Berlin rauszuschmeißen, und in Zukunft nur noch Leute aufzunehmen, mit denen er sich auch privat an einen Tisch setzen würde. «Verstehen Sie mich richtig, mein Freund, das ist kein Standesdünkel. Auch unter den einfachsten Menschen gibt es solche und solche. Und wir müssen eine Massenpartei werden; ich werde dafür sorgen, daß wir in absehbarer Zeit in Berlin zigtausend Mitglieder haben, aber solange wir nur einige Hundert sind, muß jeder PG einer sein, den man vorzeigen kann. Deshalb sind für mich Leute wie Sie sehr wichtig. Leute aus guten Familien, mit Manieren und mit Intelligenz.»

Goebbels schwieg. Dann: «Verstehen Sie mich?»

«Natürlich verstehe ich Sie, Joseph, und ich fühle mich geehrt», antwortete Martin. «Aber ich befürchte, mich kann man nicht vorzeigen, höchstens von weitem. Ich fürchte, ich bin noch nicht genügend vorbereitet. Ich bin noch nicht so weit in die Materie eingedrungen wie Sie oder Dieter. Und jetzt habe ich auch keine Zeit dazu, ich muß mich auf meine Promotion vorbereiten. Wenn ich das hinter mir habe, stehe ich Ihnen und der Partei zur Verfügung.»

«Abgemacht.» Goebbels reichte ihm die Hand. «Haben Sie schon ein Thema für Ihre Doktorarbeit?»

«Nur den Titel: Gelobt sei, was hart macht.»

«Nietzsche!» rief Goebbels begeistert, aber fast im gleichen Atemzug winkte er ab. «Viel zu schwer. Ich habe es auch versucht, aber bald aufgegeben und mich an Schiller herangemacht, bis mein Doktorvater Gundolf mich glücklicherweise auf ein leichtes Thema hingewiesen hat, auf jemanden, der mir auch mehr lag, auf den romantischen Dichter und Dramatiker Wilhelm von Schütz. Ich würde Ihnen raten, lassen Sie Finger von Nietzsche, und nehmen Sie sich Schiller vor. Dabei kann ich Ihnen sogar helfen und Ihnen meine begonnene Arbeit zur Verfügung stellen.»

«Also an Schiller habe ich auch schon gedacht, aber nicht den richtigen Aspekt gefunden.»

«Ich nenne Ihnen einen: Schiller, der Revolutionär. Ich habe ein dickes Heft, voll mit revolutionären Zitaten. Über Weihnachten fahre ich nach Rheydt und bringe es Ihnen mit. Sie ersparen sich viel Arbeit. Und vor allem viel Zeit, die Sie der Partei zur Verfügung stellen können.»

«Ich werde mir die Sache überlegen», murmelte Martin, aber er ahnte schon, sein Thema würde ‹Schiller, der Revolutionär› heißen.

Beim Abendessen berichtete Martin über seine Begegnung mit Dr. Goebbels, aber er fand bei seiner Familie nicht viel Interesse. Dem Vater ging der Fall eines Patienten durch den Kopf, dessen Krankheit er nicht diagnostizieren konnte, die Mutter backte in Gedanken Weihnachtsplätzchen. Nur Claudia bemerkte: «Er hat eine einschmeichelnde Stimme und schöne Augen. Aber leider auch einen Klumpfuß.»

Nach dem Essen setzte sich Martin an sein Tagebuch:

Begegnung mit Joseph.

Ich sah ihn zum erstenmal, seit er Gauleiter ist. Gauleiter! Das klingt so pompös. Die Ortsgruppe Berlin hat noch keine tausend Mitglieder, und davon will Joseph noch vierhundert pfeffern.

Er fragte mich: «Wie geht es Ihrer Braut?» Das ärgerte mich. Wieso betrachtet mich die ganze Welt als verlobt? Gut, Erich hat mich in unserem Gespräch als «Schwager» tituliert, und ich habe nicht widersprochen. Gewiß, ich liebe Annemarie, und ich werde sie auch heiraten. Aber ich habe noch nicht offiziell um ihre Hand angehalten. Ich habe das Gefühl, daß mir manche Leute wichtige Entscheidungen abnehmen, als wäre ich ein unentschlossener Schwächling. Helga hat mich in ihr Bett gekriegt und nicht umgekehrt, Erich hat mir die Schlageter–Novelle aufgeschwatzt, und er hat mich mit sanfter Liebenswürdigkeit zum Eintritt in die Partei gezwungen.

Ein Glück, daß ich heute standhaft war. Joseph wollte, daß ich aktiv in der Partei tätig werde. Ich habe es abgelehnt. Erst muß ich promovieren, erklärte ich ihm, und er akzeptierte mein Argument.

In diesem Jahr verbrachte die Familie den Weihnachtsabend gemeinsam in Berlin. Am ersten Feiertag fuhr Claudia zu Clemens Wallner nach Garmisch. Zum erstenmal in ihrem

Leben durfte sie allein reisen. Martin fuhr nach Odenburg, wo sich Annemarie und ihre Tante seit vierzehn Tagen aufhielten, nachdem eine vertrauenswürdige Nachbarin die Versorgung von Cora und den Goldfischen übernommen hatte.

Martin freute sich auf das Wiedersehen mit Erich, aber er wurde enttäuscht. Erich kam zum Weihnachtsfest nicht nach Odenburg, er blieb in München und entschuldigte sich in einem langen Brief bei seinem Vater. Er begründete sein Fernbleiben damit, daß er jetzt zum unmittelbaren Stab des Führers gehören würde.

Zu dem Odenburgischen Haushalt gehörte seit einem halben Jahr noch eine Person, die Witwe Katharina Buncsák aus Schlesien, die Martin noch nicht kennengelernt hatte. Sie war als Hausdame nach Odenburg gekommen, nachdem Annemarie sich an der Medizinischen Fakultät immatrikuliert hatte und nach Berlin gezogen war. Aus der Hausdame wurde bald ein Hausherr, der dafür sorgte, daß der Oberst den neuen, betrügerischen Gutsverwalter an die Luft setzte, und dessen Pflichten selbst übernahm. Wie sich bald herausstellte, mit großem Erfolg. Sie verstand etwas davon, war auf einem Gutshof geboren, dort aufgewachsen und hatte einen Gutsbesitzer namens Antek Buncsák geheiratet, der sich mehr für Pferderennen und Kartenspiele interessierte als für seinen Gutshof. Antek war ein humorvoller, chevaleresker Herr, Katharina liebte ihn, und unter ihrer Leitung entwikkelte sich der Hof zu einem Mustergut. Dann war der Krieg gekommen, und Antek, der in Oberst von Odenburgs Regiment diente, fiel an der Front. Nach Kriegsende kamen die Polen, und Katharina hatte alles verloren.

Die Witwe Buncsák ging den ganzen Tag in Reithosen und Stiefeln herum, wirkte aber keineswegs männlich. Sie war, wenn auch schon grauhaarig, eine hübsche Person, um sieben Ecken mit der Familie von Schleinitz verwandt, und am Abend, wenn sie sich ein geschmackvolles Kleid anzog, war sie eine Dame.

Martin wurde von Annemarie am Bahnhof abgeholt. Glücklich flog sie ihm um den Hals. «Seit zwei Wochen habe ich dich nicht gesehen!»

In der Kutsche hielt sie Martins Hand, und er mußte genau berichten, was er in ihrer Abwesenheit alles unternommen hatte.

«Es gibt nicht viel zu erzählen. In der Hauptsache habe ich gebüffelt. Einmal habe ich mich mit Dr. Goebbels getroffen. Er scheint irgendwelche Pläne mit mir zu haben.»

«Der Mann hat Zukunft», sagte Annemarie ernst. «Erich hat mir in seinem letzten Brief geschrieben, daß Hitler sehr viel von Dr. Goebbels hält und daß du dich unbedingt gut mit ihm stellen solltest.»

«Das tu ich ja.» Er schwieg eine Weile, dann sagte er: «Ich habe meinen feierlichsten dunklen Anzug mitgebracht.»

«Na und?»

«Wann soll ich um deine Hand anhalten? Gleich jetzt, noch vor dem Mittagessen, oder erst am Abend, wenn dein Papa schon einige Gläser Wein intus hat?»

Annemarie umarmte und küßte ihn. «Das überlasse ich dir. Außerdem, Papa trinkt höchstens ein Glas Wein. Sein Herz galoppiert neuerdings.»

«Weiß er schon, was auf ihn zukommt?»

«Ja. Und daß er nichts dagegen hat, haben wir der Katharina zu verdanken. Nachdem Erich sich absolut der Partei verschrieben hat und sich um Odenburg nicht mehr kümmern will, wünschte sich Vati einen Schwiegersohn, der das Gut übernehmen kann. Nun ist er glücklich, daß er die Buncsák hat.»

Verständlich, daß Martin sehr neugierig auf die Dame Buncsák war, die ihn in der Halle mit einem freundlichen Händeschütteln empfing. «Guten Tag, junger Mann, ich habe schon viel von Ihnen gehört.» Sie hatte eine angenehme, warme Stimme und war Martin auf den ersten Blick sympathisch. «Setzen Sie sich, und trinken Sie mit mir einen Begrüßungsschluck!» Und schon goß sie aus einer Kristallkaraffe eine weiße Flüssigkeit ein, die sich später als Kirschwasser entpuppte. «Willkommen auf Odenburg.»

Der Kutscher trug inzwischen Martins Koffer die Stufen hoch, und Annemarie griff nach Martins Hand. «Komm, ich helfe dir auspacken.»

Sie gingen zusammen in Martins Zimmer und fielen sich in die Arme.

Martins Koffer war nicht allzu groß, aber das Auspacken dauerte doch fast eine Stunde.

Als die beiden wieder nach unten kamen, saßen Frau Buncsák und Oberst von Odenburg in der Halle vor dem Kamin, jeder in eine Zeitung vertieft. Der Oberst lachte laut auf, als er Martin in seinem feierlichen dunklen Anzug mit der eleganten Fliege erblickte. «Junger Mann, so geschniegelt, wie Sie aussehen, brauchen Sie mir gar nichts zu sagen. Sie müssen mir nur die Frage beantworten, ob Sie meine Tochter auch standesgemäß ernähren können?»

«Wenn ich meinen Dr. phil. gemacht habe, schon», antwortete Martin selbstsicher. «Ich habe jetzt schon ein Angebot, bei dem I. Angler Buchverlag als Lektor zu arbeiten. Mein Vater ist der Hausarzt vom alten Herrn Angler.»

«I. Angler? Wenn ich nicht irre, steht dieses ominöse I für Isidor?»

«Na und?» brauste Frau Buncsák auf. «Er ist der beste Verleger Deutschlands. Ich lese alles, was in seinem Verlag erscheint.»

«Na, na, na. Man wird doch noch was fragen dürfen. Du weißt, Katharina, von den modernen Büchern verstehe ich nichts.»

«Von den klassischen auch nicht!» Frau Buncsák hob ihr Glas und meinte fröhlich: «Prost, Wölfchen!»

Annemarie wußte genau, daß ihr Vater es nicht mochte, wenn man ihn Wölfchen nannte, aber der Oberst lächelte Frau Buncsák freundlich an. «Prost, Katharinchen!»

Offenbar fühlte sich Frau Buncsák verpflichtet, die vertrauliche Situation aufzuklären. «Eigentlich könnten wir Doppelhochzeit feiern, Annemarie. Dein Vater will mich nämlich partout heiraten.»

Annemarie war von dieser spontanen Mitteilung keineswegs überrascht. Daß ihr Vater und Frau Buncsák per du miteinander waren, hätte an ihren verwandtschaftlichen Beziehungen liegen können, aber sie beobachtete schon länger, wie freundlich und zuvorkommend ihr Vater Frau Buncsák behandelte, und daß er ihre burschikosen Bemerkungen mit einem verstehenden Lächeln quittierte. «Warum solltet ihr auch nicht heiraten?»

«Weil ich nicht will! Dein Vater ist ein liebenswürdiger Mann, aber er ist launisch und geizig. Solange ich seine Angestellte bin, muß er mein Gehalt bezahlen, wenn ich mit ihm verheiratet wäre, müßte ich umsonst arbeiten», erklärte Frau Buncsák gutgelaunt.

«Ist sie nicht großartig?» meinte der Oberst und lachte.

«Wer ist großartig?» fragte Hedwig von Wallersleben, die in diesem Augenblick das Zimmer betrat. Doch sie wartete nicht auf Antwort, sondern reichte Martin freundlich die Hand. «Es ist sehr nett, daß Sie gekommen sind, Martin. Aber warum sind Sie so feierlich angezogen?»

«Aus einem feierlichen Anlaß», klärte der Oberst sie auf und erzählte, daß Martin um Annemaries Hand angehalten hätte.

«Das war auch höchste Zeit», meinte die Tante, und schon nahm sie die Zukunft des jungen Paares in die Hand. «Ihr werdet bei mir wohnen. Die sechs Zimmer sind für mich sowieso zuviel, mir genügen zwei. Und das Erkerzimmer zum Garten wird für euch als Badezimmer umgebaut. Das wollte mein Mann schon immer, ein zweites Bad für die Gäste. Die Pläne sind sogar schon fertig.»

Hedwig von Wallersleben hielt Wort. Kaum in Berlin angekommen, ließ sie die Arbeiten beginnen. Die Kacheln durften sich Annemarie und Martin aussuchen. Dabei passierte es zum erstenmal, daß sie sich nicht auf Anhieb einigen konnten. Annemarie wollte rosa Kacheln haben, Martin schwarze, schließlich nahmen sie grüne.

Die Verlobung wurde zweimal gefeiert, erst in Odenburg, dann in Berlin bei den Ottlers. Martin lud Joseph Goebbels ein, der von Hedwig von Wallersleben den ganzen Abend mit kalter Verachtung behandelt wurde, was Goebbels jedoch nicht daran hinderte, große Reden zu schwingen. Er schilderte die Zukunftsmöglichkeiten der NSDAP und die Karrierechancen derjenigen, die sich für die Partei einsetzten.

Dabei klopfte er Martin gönnerhaft auf die Schulter und sagte zu Annemarie: «Ihr Zukünftiger hat seine Chance richtig erkannt.»

Später schrieb Martin in sein Tagebuch:

Joseph bombardiert mich mit Angeboten. Promotion hin, Promotion her, erklärte er mir, es gibt so was wie eine Parteidisziplin. Er zeigte mir einen Entwurf der «Verhaltensmaßnahmen für Parteimitglieder», an dem er gerade arbeitete. Am Anfang stand der Satz: «Die Partei hat immer recht! Verletze nie die Disziplin!»

Das würde ich nicht so kraß schreiben, sagte ich ihm. Damit verprellen Sie die Individualisten.

«Wir brauchen keine Individualisten in der Partei», polterte er los. «Die überlasse ich den Sozialisten. Schauen Sie sich an, was bei denen los ist. Monat für Monat treten die Herren Individualisten aus der Partei aus und gründen neue Parteien. Die Sozis befinden sich in der Auflösung oder zumindest auf dem besten Weg dorthin.»

Das stimmte nur bedingt, und wieder widersprach ich ihm. Ich kann mir nicht vorstellen, daß ich im voraus alles blind unterschreiben könnte, was die Parteileitung eines Tages beschließt. Mit manchen Punkten des Parteiprogramms habe ich jetzt schon Schwierigkeiten. Zum Beispiel mit der Judenhetze.

«Das ist keine Hetze, das ist Volksaufklärung! Ich gebe zu, im privaten Bereich kann es da Probleme geben. Das beste Beispiel bin ich selber. Ich war jahrelang mit einem Mädchen befreundet, das Halbjüdin war. Ich liebte es sogar, ich liebte es ehrlich. Die Sache ging glücklicherweise, ja, ich muß sagen glücklicherweise, schon vor Jahren zu Ende, wie Liebschaften eben zu Ende zu gehen pflegen. Heute hätte ich das Mädchen der Partei opfern müssen.»

In den «Verhaltensmaßnahmen» standen noch einige kernige Sätze wie zum Beispiel:

> *«Sei stolz, aber nicht dünkelhaft!*
> *Treue und Selbstlosigkeit sei dir höchstes Gebot!*
> *Mut ist nicht Rüpelhaftigkeit!*
> *Recht ist, was der Bewegung und damit Deutschland,*
> *d. h. deinem Volke nützt!»*

Gute Nacht, Marie! Hinter jedem Satz ein Ausrufungszeichen! Ich wundere mich, daß wir ohne vorherige Anfrage einen Furz lassen dürfen.

Eine Woche später schrieb Martin:

Joseph wird massiv. Er besteht darauf, daß ich mitmache. Er braucht jemanden, der Berlin kennt. «Nicht nur die Plätze, die Straßen und die Häuser, sondern auch die Einwohner. Ich muß wissen, zu wem ich spreche. Es ist ein Unterschied, vor einer Versammlung von Spießern zu reden oder vor einer Horde Proleten.»

Ich gab ihm recht. Er erzählte mir, daß bis jetzt Dieter Müller sein Berlinkenner war, aber der entpuppte sich als unbrauchbar, ist ein Fanatiker, der von jedem Menschen erwartet, statt der Bibel Hitlers ‹Mein Kampf› zu lesen. Er gab Goebbels lauter falsche Tips. Einmal hat Goebbels in Steglitz in einem Tanzsaal eine Rede halten müssen. Dieter hat ihm gesagt, im Zuschauerraum würden lauter Arbeiter sitzen. Goebbels legte sofort mit deftiger Kumpelei los, bis er sich langsam die Gesichter seiner Zuhörer ansah und feststellte, daß ihn lauter Spießer entsetzt anstarrten.

Nun soll ich dieses nicht allzu würdige Amt übernehmen. Joseph stellt sich das so vor: Ein Woche vorher teilt er mir mit, in welchem Bezirk und in welchem Lokal er seine nächste Rede hält. Ich soll dann unter meinen Kommilitonen diejenigen aussuchen, die im selben Bezirk wohnen, und sie dann nach der Geisteshaltung der dort wohnenden Bürger befragen. Danach richtet er dann seine Rede.

«Müller hatte die gleiche Aufgabe», erzählte Goebbels, «aber er befragte die Kommilitonen nicht, er wollte sie überzeugen. Der Mann begreift es nicht, daß ein echter Propagandist die Begabung haben muß, mit mehreren Zungen reden zu können. Spreche ich vor Arbeitern, muß einigemal das Wort ‹sozial› fallen, so daß die Zuhörer anfangs das Gefühl haben, Thälmann steht vor ihnen auf dem Podium. Dem Spießer muß man gleich mit Vaterland, Recht und Ordnung kommen.»

Ich bat um zwei Tage Bedenkzeit und habe mit Annemarie über die Sache gesprochen. Sie meinte, wenn Erich da wäre, würde er mir dringend raten, ja zu sagen.

Ich habe Goebbels angerufen und zugesagt.

11

An einem Sonntag vormittag, als Hedwig von Wallersleben zur Kirche ging und die Verlobten allein in der Dahlemer Villa waren, gestand Annemarie weinend, daß sie glaubte, schwanger zu sein.

Martin war im ersten Augenblick ehrlich erschrocken. «Du glaubst es nur? Weißt es aber nicht genau?»

«Ich befürchte, ich irre mich nicht. Eigentlich müßte ich einen Arzt befragen, aber ich kenne keinen, an den ich mich wenden könnte.»

«Aber ich! Er heißt Dr. Ottler.»

Schon eine Stunde später saß er mit seinem Vater in dessen Arbeitszimmer und beichtete. Dr. Ottler nahm die Nachricht ziemlich gelassen auf. «Ihr habt euch mit dem Kinderkriegen sehr beeilt. Mit der Hochzeit müßt ihr euch noch mehr beeilen, wenn Annemarie sich nicht irrt.»

Er telefonierte gleich mit einem befreundeten Gynäkologen, machte für Annemarie schon für Montag vormittag einen Termin fest, und am Nachmittag wußten die Verlobten, daß ein Baby unterwegs war.

«Wir werden sofort heiraten», sagte Martin, ließ sich von Annemarie ihre Papiere geben, und schon am nächsten Tag stellte er bei dem Standesamt in Dahlem einen Antrag.

«Wie bringen wir das nur meinem Vater bei?» meinte Annemarie, fand aber sofort selbst eine Lösung. «Ich werde Tante Katharina einen Brief schreiben. Sie ist die Richtige, um mit Papa zu reden.»

Es fiel Annemarie nicht leicht, den Brief zu formulieren; erst die dritte Fassung schickte sie ab, und ängstlich und aufgeregt wartete sie auf die Antwort – die aber nicht kam.

Statt eines Briefes rief Katharina Buncsák eines Morgens an. «Ich kann mit deinem Vater über den Blödsinn, den ihr angestellt habt, jetzt nicht reden. Wolf hat gestern eine Herzattacke erlitten und liegt im Bett. Ich habe zu dem Dorftrottel hier kein Vertrauen. Wir sollten einen Herzspezialisten hinzuziehen. Dein zukünftiger Schwiegervater kennt sicherlich einen, der nach Odenburg kommen würde.»

Dr. Ottler hatte unter seinen Freunden tatsächlich einen Herzspezialisten, der bereit war, mit dem Frühzug nach Odenburg zu fahren, aber die Reise erübrigte sich. In der Nacht rief Katharina wieder an und teilte Annemarie mit, daß ihr Vater gestorben sei. Er hatte einen zweiten Anfall gehabt und den nicht überlebt.

«Vielleicht ist es so besser für ihn», bemerkte die Buncsák in ihrer direkten Art. «Ich hatte mich nämlich gerade entschlossen, ihn zu heiraten.»

Oberst von Odenburg wurde sehr feierlich beigesetzt. Mehr als hundert Leute aus der Umgebung nahmen teil; drei Bürgermeister, Vertreter zweier Schützenvereine, die Blaskapelle aus Odenburg – die Instrumente mit Trauerflor geschmückt – und einige Abgesandte seines ehemaligen Regiments. Seine Orden wurden auf einem Samtkissen hinter dem Sarg hergetragen. Die Familie war fast vollständig erschienen, aus allen Teilen Deutschlands kamen sie angereist, die Odenburgs und die Schleinitzens. Und bei dieser traurigen Gelegenheit lernte Martin die Menschen kennen, mit denen er in absehbarer Zukunft verwandt sein würde.

Dr. Joseph Goebbels schickte aus Berlin ein Beileidstelegramm.

Annemarie ging, leise vor sich hin weinend, zwischen Erich und Martin in der ersten Reihe hinter dem Sarg her, neben ihrer Tante Hedwig und der Buncsák. Hedwig von Wallersleben stumm, mit versteinertem Gesicht. Die Buncsák, von der man es am wenigsten erwartet hatte, schluchzte einige Male laut auf.

Abends hatte sie ihre Fassung wiedergefunden. «Wie soll es weitergehen, Erich? Bleibst du hier und übernimmst die Verwaltung?»

«Nein. Ich muß zurück nach München. Ich wäre sehr froh, Tante Katharina, wenn alles beim alten bleiben würde.»

«Alles, nur mein Gehalt nicht. Das muß erhöht werden.»

Die Trauung von Martin und Annemarie fiel bedeutend weniger feierlich aus als die Beisetzung des Oberst. Man wollte nicht viel Aufhebens davon machen, damit nachher, wenn das Baby da war, kein bösartiger Mensch nachrechnen konnte; dies war der gemeinsame Standpunkt von Frau Ottler und Annemaries Tante, die beide einen ziemlichen Schock erlitten hatten, als sie von dem freudigen Ereignis erfuhren. Finanzielle Sorgen hatte das junge Paar nicht, dank der Vorsorge der Tante. Das zweite Badezimmer war fertig, ein separater Eingang im Bau; dem Einzug in das Dahlemer Haus stand also nichts im Wege.

Sorgen hatte Martin nur mit seinem Freund Joseph, der ihn immer mehr in die Parteiarbeit einspannen wollte.

Goebbels kämpfte wie ein Löwe für die Berliner Partei, die inzwischen aus dem Kellerlokal in der Potsdamer Straße in die Lützowstraße umgezogen war. Zweimal in der Woche hielt er in irgendwelchen, meist obskuren Vereinsräumen oder Tanzsälen eine Rede, die meistens mit Schlägereien zwischen seinen Anhängern und den Kommunisten endete. Martin, der an derartigen Versammlungen nur selten teilnahm, gefiel das nicht, und ganz offen sagte er dem Gauleiter seine Meinung, aber der lachte ihn aus.

«Ist es Ihnen, mein junger Freund, noch nicht aufgefallen, daß die bürgerliche Presse uns totschweigen will? Sie nehmen uns nicht ernst, sie nehmen uns politisch einfach nicht zur Kenntnis, befassen sich mit uns mit keiner Zeile – so wollen wir uns wenigstens in den Polizeiberichten bemerkbar machen. Die paar eingeschlagenen Köpfe tun mir nicht weh.»

Dies war der Standpunkt von Goebbels. Er brauchte die Krawalle, die blutigen Auseinandersetzungen aus propagandistischen Gründen. Aus diesem Grunde wagte er auch eine unglaubliche Provokation, als er für eine große Versammlung die Pharus-Säle in der Müllerstraße im Wedding mietete. Dieses, mitten im Arbeiterviertel gelegene Lokal, war der Hauptversammlungsort der Kommunisten. Von hier war 1918 die Spartakusbewegung ausgegangen, hier hielten die Kommunisten-Führer ihre Reden; für Goebbels, hieß es in die Höhle des Löwen zu gehen. Und Martin ging mit. Er wollte nicht, aber Goebbels drohte ihm die Freundschaft zu kündigen, und schließlich wurde er offiziell: «Ich als Ihr Gauleiter wünsche, daß Sie an dieser Versammlung teilnehmen!» Dann legte er versöhnlich die Hand auf Martins Schulter: «Ich verspreche Ihnen ein Riesenspektakel.»

Goebbels hielt Wort.

Die Kommunisten nahmen die Herausforderung an und erschienen in großer Zahl, aber trotzdem waren sie den Nationalsozialisten etwa zu zwei Drittel unterlegen.

Als Martin die Pharus-Säle betrat, hatte er das Gefühl, in einen brodelnden Wasserkessel hineingeraten zu sein. Es herrschte ein ungeheurer Lärm, überall standen sich debattierende Gruppen gegenüber. Braunhemden pöbelten Rothemden an und umgekehrt. Als der Versammlungsleiter, der Berliner SA-Führer Kurt Daluege, das Podium betrat, wurde er mit lautem Applaus und gellenden Pfiffen empfangen. Aber der Applaus überwog. Goebbels und Daluege hatten alle verfügbaren SA-Männer in die Müllerstraße befohlen.

Daluege, ein Riese von einem Mann, wurde gleich bei den ersten Sätzen seiner Eröffnungsrede von einem Zuhörer mehrfach unterbrochen, und sofort überfielen einige – als Saalwärter getarnte Braunhemden – den Ruhestörer und wollten ihn aus dem Saal schleppen. Die Rothemden ließen das nicht zu, stürzten sich auf die SA-Männer, und im Saal begann die Schlacht. Biergläser flogen wie Geschosse durch die Luft, Tischbeine wurden zu Waffen, Stühle an den Köpfen der Gegner zertrümmert.

Einer von diesen Köpfen gehörte Martin, der nicht die Absicht hatte, sich an der Schlägerei zu beteiligen. Er sah ein Bierglasgeschoß auf sich zufliegen, wehrte es mit der Hand ab, und im gleichen Augenblick wurde er von einem Rothemd mit einem Stuhl niedergeschlagen. Für ihn war die Saalschlacht zu Ende. Mit verbundenem Kopf und einer mittelschweren Gehirnerschütterung wachte er im Krankenhaus aus seiner Ohnmacht auf. Er lag nicht allein, alle anderen Betten waren ebenfalls mit verwundeten Parteigenossen belegt. Einige von ihnen, die nicht gerade am Kopf erwischt worden waren, konnten über die Ereignisse berichten. Die Schlacht war kurz, aber ausgiebig gewesen. Sie tobte etwa zehn Minuten, bis zum Eintreffen der Polizei, die dem Spuk mit großem Aufgebot ein Ende bereitete.

Unter den hundert Schwerverletzten gab es etwa achtzig Rote und zwanzig Nationalsozialisten. Während die Kommunisten unter Polizeischutz ihre Verwundeten aus dem Saal brachten, ließ Goebbels eine Trage mit einem Verwundeten Parteigenossen auf das Podium stellen, wies auf den blutigen Kopf des Mannes und forderte «Rache für den unbekannten SA-Mann», wie er sagte – und später noch oft wiederholen sollte.

Nachdem der Feind aus dem Saal entfernt war, hielt Goebbels eine Rede, in der es von Ausdrücken wie Treue, Kameradschaft, einer für alle, alle für einen nur so wimmelte. Sie wurde begeistert aufgenommen.

Die blutige Saat ging auf, Goebbels hatte sein Ziel erreicht. Am nächsten Tag beschäftigten sich sämtliche Berliner Zeitungen in großer Aufmachung mit der Schlacht in den Pharus-Sälen und zwangsläufig mit der NSDAP und mit Dr. Joseph Goebbels. Das war es, was Goebbels gewollt hatte. Endlich war er in aller Munde.

Auch Dr. Ottler las beim Frühstück über diese Schlacht. Er zeigte die Überschrift seiner Frau und bemerkte: «Hundert Verletzte! Hoffentlich war Martin nicht dabei!»

In diesem Augenblick klingelte das Telefon. Annemarie rief an und erzählte verzweifelt, daß Martin nachts nicht nach Hause gekommen sei. «Sicher ist ihm etwas zugestoßen!»

Dr. Ottler beruhigte seine Schwiegertochter, führte einige Telefongespräche, und eine Viertelstunde später wußte er, in welchem Krankenhaus Martin lag.

Als Dr. Ottler und Annemarie in Begleitung des Chefarztes den Krankensaal betraten, erzählte gerade Martins Bettnachbar, der Albert Tonak hieß, wie ihn Goebbels als «unbekannten SA–Mann» auf das Podium stellen ließ. «Dabei kennt mich der Gauleiter sehr gut. Vor der Versammlung hat er mich mit Handschlag begrüßt.»

Martin blieb noch zwei Tage im Krankenhaus, bevor er im Taxi nach Hause gebracht wurde.

Seltsamerweise reagierte Martin auf den Zwischenfall in den Pharus–Sälen ganz anders, als seine Umgebung es erwartet hatte. Als Annemarie zu ihm sagte: «Du gehst nie wieder zu solchen Versammlungen!», antwortete er: «Das kann ich dir nicht versprechen.»

Martin sah immer wieder den hochgewachsenen, bulligen Mann im roten Hemd vor sich, der ihn mit dem Stuhl niedergeschlagen hatte. Er hörte das Holz splittern und bekam augenblicklich Kopfschmerzen, und es dauerte eine Weile, bis er sich auf andere Gedanken konzentrieren konnte. Diese immer wiederkehrende Vision trübte seine Urteilskraft. Wenn er von dem Vorfall sprach, erzählte er es immer so, daß die Schuld bei dem Provokanten lag, der Dalueges sachliche Einleitungsrede dauernd stören wollte, so daß die Saalordner nach mehrfachen Ermahnungen gezwungen waren, ihn auf die Straße zu setzen.

Martin regte sich über die Zeitungen auf, die die Nationalsozialisten als «Radaubrüder« und «Banditen» beschimpften, und er freute sich über die provokative Antwort von Dr. Goebbels, der Plakate drucken ließ, um zu einer neuen Versammlung einzuladen, und den Aufruf mit «Oberbandit Dr. Joseph Goebbels» unterschrieb. Ein druckfrisches Exemplar brachte Goebbels «statt Blumen» Martin mit, als er ihn an seinem Krankenbett zu Hause besuchte. Amüsiert sagte er zu Annemarie: «Ihr Mann ist ein Held, wer hätte das gedacht?»

Der Held suchte, kaum genesen, die Parteizentrale in der Lützowstraße auf. Gustav Müller zeigte ihm stolz die Aufnahmeanträge, die sich auf seinem Schreibtisch stapelten. «Seitdem Dr. Goebbels den Laden schmeißt, läuft er wie geschmiert. Die Zahl der Mitglieder hat sich auf das Fünffache erhöht. Und Tag für Tag kommen neue Anmeldungen.» Er schwieg eine Weile, dann fragte er geheimnistuerisch: «Wissen Sie, was er am 1. Mai vorhat?» Martin schüttelte den

Kopf. «Er will Hitler nach Berlin einladen. Deshalb ist er gestern nach München gefahren, Hitler soll hier vor tausenden von Menschen reden.»

«Aber das geht doch gar nicht! Hitler hat hier Redeverbot.»

«Das wird der Gauleiter schon schaukeln.»

Und Goebbels schaukelte es tatsächlich. Ausgerechnet am 1. Mai, dem heiligen Feiertag aller Marxisten in Berlin, organisierte er für Hitler einen Auftritt. In dem Tanzlokal ‹Clou› in der Mauerstraße trommelte er etwa fünftausend Parteigenossen oder solche, die es werden wollten, zu einer «geschlossenen Veranstaltung» zusammen, in der Hitler ungehindert reden durfte.

Als Frau Ottler die Nachricht vernahm, bestand sie darauf hinzugehen. Sie wollte Hitler unbedingt sehen, ihn reden hören. Dr. Ottler war von der Idee nicht sehr begeistert, aber schließlich gab er nach. Nur Claudia blieb zu Hause.

Einen Tag vor dem großen Abend redete Goebbels auf Martin ein. «Beobachten Sie Hitler ganz genau. Er ist ein gottbegnadeter Redner, und er weiß immer, was er sagt, und wenn es noch so emotional klingt. Lernen Sie, eines Tages werden Sie auch auf das Podium müssen.» Er gab Martin eine hektografierte Seite aus ‹Mein Kampf›, Hitlers Auslassungen über Sinn und Wirkung der Propaganda.

Martin schrieb die Seite in sein Tagebuch, versehen mit eigenen Kommentaren:

«Jede Propaganda hat volkstümlich zu sein und ihr geistiges Niveau einzustellen nach der Aufnahmefähigkeit des Beschränktesten unter denen, an die sie sich zu richten gedenkt. Damit wird ihre rein geistige Höhe um so tiefer zu stellen sein, je größer die zu erfassende Masse der Menschen sein soll.»

Eine sehr hohe Meinung hat Hitler von seinen Mitmenschen nicht, und mit den folgenden Sätzen entpuppt er sich geradezu als Menschenverachter: «Die Aufnahmefähigkeit der großen Masse ist nur sehr beschränkt, das Verständnis klein, dafür jedoch die Vergeßlichkeit groß. Aus diesen Tatsachen heraus hat sich jede wirkungsvolle Propaganda auf nur sehr wenige Punkte zu beschränken und diese schlagwortartig so lange zu verwerten, bis bestimmt auch der Letzte unter einem solchen Worte das Gewollte sich vorzustellen vermag. Sowie man diesen Grundsatz opfert und vielseitig werden will, wird man die Wirkung zum Zerflattern bringen, da die Menge den gebotenen Stoff weder zu verdauen, noch zu behalten vermag.»

Nach dem Auftritt Hitlers notierte Martin:

Ich hatte das Gefühl, daß ich die Rede schon gehört habe. Nicht einmal, sogar zweimal. Zum erstenmal im Bürgerbräu-Keller, das zweitemal in Garmisch. Er sagt eigentlich immer dasselbe. Er wiederholt sich. Auch seine Gesten sind die gleichen. Aber er strahlt eine suggestive Kraft aus, er übt eine magische Wirkung auf Menschen aus. Ich muß zugeben, auch auf mich. Kalt, überlegt, mit beißendem Sarkasmus, oft zum Widerspruch reizend. Bei Hitler kommt man nicht auf die Idee, selbst nur in Gedanken, widersprechen zu wollen. Wenn er sagt, das ist so, dann ist es so, auch wenn er dieses «so» gar nicht begründet. Das ist gar nicht nötig, man glaubt ihm einfach. Die Tausende im ‹Clou› glaubten ihm und jubelten ihm zu.

Hitler sprach in seiner Rede von über zwei Millionen Arbeitslosen, die die Sozialisten verschuldet haben, und denen er Arbeit geben würde. Vati bezweifelt die Zahl zwei Millionen. «Der Mann lügt!»

Ich habe mir die Mühe gemacht, bin der Sache nachgegangen und habe die offizielle Bestätigung in Händen, daß es im vergangenen Jahr 1926 in Deutschland tatsächlich zwei Millionen Arbeitslose gab.

Hitler sagte also die Wahrheit.

Bei Hitlers Rede am 1. Mai ging Goebbels Rechnung nicht auf. Er schäumte vor Wut, als er die Zeitungen durchblätterte und nur einige wenige Zeilen über Hitlers ersten Auftritt in Berlin fand. Im ‹Clou› hatte es keine Krawalle und Schlägereien gegeben, da waren die Kampfgenossen ja unter sich. Nur Jubel um Hitler, und darüber wollten die bürgerlichen Zeitungen nicht berichten. «Die Schweine haben das unter sich abgemacht!» tobte Goebbels, und er hatte recht. Sein Freund Johannes Steiger vom *Berliner Lokalanzeiger* bestätigte ihm, daß die Redakteure sich vorher telefonisch abgesprochen hatten: eine kurze Meldung, sonst nichts. Nicht einmal er, Steiger, durfte in dem deutschnationalen *Berliner Lokalanzeiger* die anderthalb Spalten veröffentlichen, die er über Hitlers Auftritt geschrieben hatte.

Goebbels rächte sich. Schon einige Tage später, in einer Versammlung im ‹Kriegsvereinshaus›, legte er das Hauptgewicht seiner Rede auf die bürgerliche Presse. «Judenjournale» nannte er sie, die Häuser Mosse und Ullstein waren für ihn «Rotationssynagogen». Das war nach dem Geschmack seiner Zuhörer. Allerdings gab es unter ihnen auch Ausnahmen. Ein ehemaliger Pastor namens Stucke rief ihm zu: «Sie sehen auch nicht gerade wie ein Held aus der Nibelungensage aus, Sie mickriges Männchen!»

«Schafft den Kerl aus dem Saal!» brüllte der Gauleiter, der an seiner empfindlichsten Stelle getroffen war. Sein Klumpfuß, seine dürre Gestalt und sein Quadratschädel sahen wenig imponierend aus, das wußte er ganz genau, und er litt darunter.

Der vorlaute Stucke wurde zusammengeschlagen, einige verteidigten ihn, und wieder war die schönste Schlägerei im Gange, sehr zur Freude von Dr. Goebbels.

Daß wegen dieser Vorkommnisse zwei Tage später die NSDAP für Berlin und Brandenburg verboten wurde, freute ihn weniger. Goebbels erhielt Redeverbot. Er schäumte wieder vor Wut, nur Martin atmete erleichtert auf.

Endlich kann ich an meiner Dissertation arbeiten, ohne für Joseph Geheimspionage betreiben zu müssen, schrieb er in sein Tagebuch. *Mich kotzt die Sache sowieso schon an. Ich wollte schon öfters aufhören, aber Joseph hat mich immer wieder überredet. Immer mit Argumenten, denen ich nicht widersprechen konnte. Am nächsten oder übernächsten Tag fiel mir die Antwort ein, aber dann war es schon zu spät.*

Genauso erging es Martin mit dem Thema seiner Doktorarbeit. Er war felsenfest entschlossen, Goebbels Rat nicht zu befolgen und nicht über den schon reichlich abgenutzten Schiller, sondern über Nietzsche zu schreiben, obwohl Goebbels ihm die versprochenen Unterlagen aus Rheydt mitbrachte. Zitate, Kommentare. Aber Martin beschloß, sie nicht zu verwenden.

Ich würde mir wie ein Plagiator vorkommen, notierte er. *Außerdem sehe ich nicht ein, warum ich mich von Joseph immer wieder vergewaltigen lassen soll. Ich schreibe über Nietzsche.*

Er schrieb über Schiller. Er unterlag, wie immer, wenn er sich gegen Goebbels auflehnen wollte. Nicht, weil er mit Goebbels noch einmal über die Themenwahl debattiert hätte; er hatte mit ihm überhaupt nicht mehr darüber gesprochen. Die Debatte spielte sich in seinem Inneren ab, er zögerte den Beginn der Arbeit hinaus, rückte von seinem Entschluß, Nietzsche als Thema zu wählen, immer mehr ab, argumentierte gegen sich selbst. Warum sollte er sich die Arbeit erschweren? Die Vorarbeit von Goebbels schien mehr als nützlich zu sein, und so schrieb er seine Dissertation über ‹Schiller, der Revolutionär›. Ein wenig schämte er sich allerdings, und dies gestand er in seinem Tagebuch:

Karl hat zu mir mal gesagt, ich gehe immer den Weg des geringsten Widerstandes. Offenbar hat er recht. Sollte ich mich deshalb schämen?

Karl! Ob ich ihn einmal wiedersehen werde? Es ist schon ein Jahr her, daß ich von ihm gehört habe. Ein kurzer Brief aus Washington. Sein Vater hat sich als Korrespondent nach Amerika versetzen lassen. Karl und Monika sind mitgegangen. Die Verlobung mit Ruth Heller war schon vorher aufgelöst. Ich habe ihm ehrlich mitgeteilt, daß ich in die NSDAP eingetreten bin. Das wird er mir nie verzeihen. Seitdem hat er mir auch nicht mehr geschrieben. Aber noch unverzeihlicher wäre es gewesen, wenn ich die Wahrheit verschwiegen hätte.

Goebbels konnte leidlich Klavier spielen. Volkslieder, Märsche, manchmal auch gängige Schlager. Er produzierte sich auch gern, wie an jenem Nachmittag, als er Martin zu sich gebeten hatte. Martin wurde in den Salon geführt, und Goebbels grölte parodierend:

Ich hab' das Fräul'n Helen baden 'seh'n,
das war schön!
Da kann man Waden seh'n,
rund und schön im Wasser steh'n!
Und wenn sie ungeschickt
tief sich bückt – so,
da sieht man ganz genau
bei der Frau – oh!

«Ist das nicht widerlich? Erniedrigung und Verächtlichmachung der deutschen Frau! Und wie heißt der Kerl, der diesen schmutzigen Text geschrieben hat? Grünbaum! Fritz Grünbaum. Und diesem Grünbaum müssen wir das Handwerk legen!»

Erst jetzt begrüßte er Martin mit Handschlag und stellte ihn zwei Herren vor, die außer Dieter Müller noch anwesend waren, und die Martin nicht kannte. Der eine hieß Dr. Julius Lippert, der andere Hans Schweitzer.

Goebbels kam gleich zur Sache. Er erklärte den Anwesenden, daß er es, angesichts des Versammlungsverbotes, unbedingt für notwendig halte, eine neue Zeitung erscheinen zu lassen. Die Zeitung Gregor Strassers, die *Berliner Abendzeitung*, bezeichnete er als Käseblatt und den *Völkischen Beobachter* als Münchner Lokalzeitung, die man erst einen Tag nach Erscheinen in Berlin haben konnte. Den Titel hatte er auch schon: *Der Angriff*. Startkapital ebenfalls, einige Tausend Mark, zusammengebettelt von Parteifreunden. Eine kleine Druckerei hatte sich bereit erklärt, zunächstmal auf Kredit zu drucken. Dr. Lippert hatte einen Papierlieferanten an der Hand, dafür wurde er zum Chefredakteur ernannt.

«Und damit wäre die vorläufige Redaktion beisammen», erklärte Joseph und lächelte Martin bedeutungsvoll an.

«Und die Uni?» fragte Martin.

«Zunächst erscheinen wir nur an jedem Montag. Wir schaffen das mit links. Ich gebe die Themen an, sie brauchen nur ausgearbeitet zu werden. Aber verständlich und einfach. Etwa im Stile von der *Welt am Abend*. Was die roten PGs begreifen, muß unseren Parteigenossen auch einleuchten. Unsere Redaktion wird natürlich mit der Zeit immer mehr vergrößert.»

Während Joseph sprach, breitete der unbekannte Herr Schweitzer einige Papierrollen auf dem Tisch aus: Karikaturen von dicken Juden mit Hakennase, schielenden Augen und protzigen goldenen Uhrketten auf der Weste über dem gewaltigen Bauch. Oder hünenhafte, blonde Arbeitertypen in offenem Hemd mit strahlendem Adlerblick. Die Zeichnungen waren mit «Mjoelnir» unterzeichnet.

Martin erinnerte sich an den Namen, von diesem Mjoelnir hatte er schon einige Plakate gesehen, eines Nachts hatte er sogar Erich geholfen, diese ‹Arischen Adler› heimlich an die Häusermauern zu kleben.

Wohlgefällig betrachtete Goebbels die Zeichnungen. «So müssen wir auch schreiben. Mit großen Strichen, klar und eindeutig. Dem Leser keine Rätsel durch komplizierte Formulierungen aufgeben. Jeder Artikel muß wie ein Plakat wirken!»

Die ersten Plakate erschienen eines Morgens in Berlin. Nur ein schmaler Streifen: «Der Angriff!»

Die Berliner rätselten: Was konnte das sein? Am nächsten Tag kam das zweite Plakat: «Der Angriff findet am 4. Juli statt!» Erneutes Rätselraten unter der Berliner Bevölkerung. Als dann die erste Nummer der Zeitschrift erschien, gab es nur Enttäuschung und mitleidiges Gelächter. Die Leute hatten irgend etwas Sensationelles erwartet, und sie erhielten – bei sehr wenigen Zeitungshändlern – nur ein dünnes Blättchen, schlecht gedruckt, schlecht geschrieben. Die Zeitungen nahmen das Erscheinen des Blattes gar nicht zur Kenntnis, nur im *Börsen Courier* stand geschrieben: «Der Angriff ergab sich keinesfalls als ein Ansturm, sondern höchstens als ein schwaches, unbedeutendes Vorgeplänkel. Die plakativen Ankündigungen der zwei Wörter ‹Der Angriff› waren inhaltsreicher und vielsagender, als das ganze Käseblatt.»

An diesem Tag schrieb Martin in sein Tagebuch:

Die erste Nummer vom Der Angriff *ist erschienen. Ich finde sie schrecklich. Primitiv, unlesbar. Nicht nur für gebildete Leute, sondern auch für das einfache Volk, das angesprochen werden sollte. Joseph ließ unter den Titel die Worte drucken: «Für die Unterdrückten! Gegen die Ausbeuter!» Ich schäme mich, daß ich da mitgemacht habe. Wie komme ich bloß von dieser Zeitschrift los? Meine einzige Hoffnung ist, daß sie bald eingeht.*

Martins Hoffnung erfüllte sich nicht, obwohl es einigemale so aussah, daß *Der Angriff* eingehen würde. Aber Goebbels gelang es immer wieder, aus irgendwelchen dunklen Quellen Geld herbeizuzaubern. Er war ungemein erfinderisch auf diesem Gebiet, und es gelang ihm sogar, das Redeverbot zu umgehen. Er gründete in Berlin und in einigen größeren Provinzstädten Rednerschulen der Partei. Jeden Tag trat er in einer anderen Stadt als «Dozent» auf und gab Unterricht. Um Schüler zu Rednern auszubilden, mußte man zur Veranschaulichung Reden halten, und das tat dann natürlich der Herr Dozent. Diese Farce dauerte einige Monate, bis das Redeverbot gegen Goebbels aufgehoben wurde. Zu diesem Zeitpunkt war Martin nicht mehr sein Mitarbeiter, und aus der Redaktion des *Angriff* war er auch ausgeschieden.

In Martins Tagebuch stand:

Joseph und ich reden nicht mehr miteinander. Schuld daran ist meine mir angeborene Anständigkeit oder Naivität – ich weiß nicht, wie ich es nennen soll. Jedenfalls habe ich die lügnerischen Propagandamethoden der Parteien noch immer nicht akzeptieren können.

Joseph übergab mir, bevor er in die Provinz abreiste, zwei Artikel und bat mich, sie in die Druckerei zu geben und mich um die Korrektur zu kümmern. Einen habe ich gleich gelesen. Es war ein gehässiger Artikel im Goebbelsschen Stil über die Arbeitslosigkeit, der die sozialdemokratische Regierung als «Judenknechte» und «Vaterlandsverräter» bezeichnete. Joseph bezifferte die Arbeitslosenzahl mit drei Millionen. Das wunderte mich, da vor einigen Tagen in der Hugenberg-Presse, die der Regierung auch nicht wohlgesinnt ist, nur von anderthalb Millionen die Rede war. Ich wollte nicht, daß Joseph sich blamiert – ich Idiot! – und stellte durch meinen Freund, dessen Vater bei dem Statistischen Amt beschäftigt ist, fest, daß die Zahl der Arbeitslosen erstaunlicherweise seit dem vergangenen Jahr auf eine Million dreihunderttausend zurückgegangen ist. Ich setzte also diese niedrigere Ziffer in den Artikel.

Im zweiten Artikel griff Joseph in unqualifizierter Weise den Berliner Vizepolizeipräsidenten Dr. Bernhard Weiss an. Er taufte ihn einfach auf Isidor Weiss um. Ich wußte, daß das kein Irrtum, sondern Absicht war, trotzdem änderte ich den Vornamen von Dr. Weiss, den ich übrigens aus der Douglasstraße persönlich kannte, wieder um.

Als Joseph von seiner Reise zurückkam und seine Artikel las, bekam er beinahe einen Schlaganfall. Er tobte und brüllte, beschimpfte mich vor der versammelten Mannschaft als Vollidioten.

Ich sagte nichts, nahm meinen imaginären Hut und ging.

* * *

Martin blieb der *Angriff*-Redaktion fern, und im Parteibüro in der Lützowstraße zeigte er sich auch nicht mehr.

«Ich überlege, ob ich aus der Partei austrete», sagte er eines Abends zu Annemarie.

«Das darfst du nicht tun! Erich würde es dir nie verzeihen.»

Martin schwieg. Ganz ernst war es ihm mit seiner Überlegung nicht, das wußte er ganz genau. Er fühlte sich der Partei zugehörig, auch, wenn er mit vielem nicht einverstanden war. Aber trotzdem widerstand er Dieter Müller, der versuchte, die Differenzen zwischen ihm und Joseph zu schlichten. Martin wartete ab. Dann schrieb ihm Joseph einen Brief. Er stellte an den Anfang des Schreibens eine Zitatensammlung von Schimpfworten, die die kommunistische und bürgerliche Presse gegen die Nationalsozialisten und ihn gebraucht hatte.

«Sie nennen uns Braune Pest, Meuchelmörder und Banditen», schrieb Goebbels. «Und mich bezeichnen sie als Oberbanditen, Klumpfuß, Alberich mit dem Wasserkopf und ähnliches mehr. Dann darf ich doch wohl einen Juden Isidor nennen? Noch dazu einen Juden, dessen ewigen Stänkereien wir das Verbot der Partei zu verdanken haben. Und mein Redeverbot. Wenn ich nicht reden darf, dann schreibe ich. Dem Vipoprä werden noch die Augen übergehen!»

Martin mußte eine Weile überlegen, bis er darauf kam, daß Joseph mit dem «Vipoprä» den Vizepolizeipräsidenten Dr. Weiss meinte.

Im zweiten Teil des Briefes bat Joseph Martin, den Zwischenfall zu vergessen. «Kehren Sie in unsere geschlossenen Reihen zurück. Sie gehören zu uns! Ich würde schreiben, kommen Sie zurück an meine Brust, wenn ich solche hätte wie Henny Porten.»

Martin fand diesen Witz gar nicht komisch, und einen Brief mochte er auch nicht schreiben; er rief einfach an. Goebbels freute sich offensichtlich sehr über seinen Anruf. Martin bat Joseph einzusehen, daß er sich in der nächsten Zeit ausschließlich auf die Prüfungen und seine Doktorarbeit konzentrieren mußte.

«Das sehe ich ein, Martin. Wir sehen uns als Dr. phil. wieder.»

Martin stürzte sich tatsächlich in die Arbeit. Und zwar mit Erfolg. Das blankgeputzte Messingschild ‹Dr. Martin Ottler›, das bald an der Wohnungstür prangte, war ein Geschenk der Wohnungsinhaberin.

12

Martin war nicht nur Dr. phil. geworden, sondern auch Vater. Zweifacher Vater, denn Annemarie hatte Zwillingen das Leben geschenkt, Wolf und Hermann, benannt nach ihren Großvätern.

Nachdem die erste Euphorie über die Zwillinge und den neu erworbenen Titel vorbei war, begann Martin, ernsthaft über seine Zukunft nachzudenken. Daß er nicht in die *Angriff*-Redaktion zurückkehren würde, war ihm klar, obwohl er sich mit Goebbels inzwischen vollkommen versöhnt hatte.

Martin mochte die Zeitung einfach nicht, die Goebbels inzwischen zu einem noch übleren Hetzblatt verformt hatte. Joseph, der – wenn er wollte – ein feines Gefühl für Menschen hatte, redete ihm auch gar nicht erst zu.

«Ich weiß, es ist nicht dein Stil», sagte er zu Martin, mit dem er bei der Promotionsfeier Bruderschaft getrunken hatte. «Mein Stil ist es auch nicht, aber jemand muß die Dreckarbeit leisten. Ich gebe dir einmal mein Romanmanuskript ‹Michael Voormann› zum Lesen, damit du siehst, wie ich sonst schreibe. Oder meine Gedichte.»

«Es geht hier nicht um meinen Stil, sondern um meine Brieftasche. *Der Angriff* kann nicht zahlen, jedenfalls nicht genug. Und ich muß eine Familie ernähren. Ich schäme mich, immer noch meinem Vater auf der Tasche zu liegen.»

Martins Vater schien ähnliche Gedanken zu haben. Als er am Sonntag mit seiner Frau die Enkelkinder besuchte, eröffnete er seinem Sohn: «Ich habe mit dem Angler erneut über dich gesprochen. Er erwartet dich Mittwoch um drei Uhr im Verlag.»

«Ich soll zum Angler-Verlag?»

«Natürlich. Das war doch so abgemacht.»

«Das ist schon lange her! Inzwischen bin ich Parteimitglied der NSDAP geworden.»

«Na und?»

«Angler ist doch Jude!»

«Angler ist genauso ein Mensch wie du und ich. Ich habe ihn oft genug untersucht, von Kopf bis Fuß. Er unterscheidet sich durch nichts von uns. Er ist nicht einmal beschnitten.»

«Du verstehst mich nicht, Vater. Du weißt, ich mache die antisemitische Linie der Partei nicht mit und hoffe, Hitler wird eines Tages davon auch abrücken. Aber hier handelt es sich darum, ob wir Angler zumuten können, daß er ein Mitglied der Nationalsozialistischen Partei engagiert.»

«Das mußt du ihn schon selber fragen.»

Der große Verleger Angler war ein kugelrunder, kleiner Herr, nicht unbedingt freundlich. Er stand nicht auf, als Martin sein Zimmer betrat und gab ihm auch nicht die Hand. «Setzen Sie sich, junger Mann.»

Angler musterte Martin eine Weile stumm, nahm einen Aktendeckel zur Hand und schlug ihn auf. «Hier sind Ihre gesammelten Werke. Zwei Novellen. Mehr haben Sie nicht geschrieben?»

«Einiges doch, aber sie sind noch nicht veröffentlicht worden.»

Angler starrte ihn prüfend an, als ob er erraten hätte, daß Martin die Unwahrheit gesagt hatte. Um seine Verlegeneheit zu überspielen, fragte Martin: «Haben Sie die Sachen gelesen, Herr Angler?»

«Dazu habe ich keine Zeit. Aber der Dr. König hat sie gelesen, mein Cheflektor. Er meint, die Schlageter-Novelle weist starke nationale Tendenzen auf. Aber das liegt wohl am Thema. Die Frage ist allerdings, haben Sie nur Schlageters Gedanken wiedergegeben, oder stehen Sie ihm auch politisch nah?»

«Herr Angler, ich glaube, ich muß es Ihnen sagen: Ich bin Mitglied der NSDAP.» Martin wollte mit diesen Worten seinen Rausschmiß beschleunigen und kam sich dabei regelrecht todesmutig vor.

«Das weiß ich. Ihr Vater erzählte es mir. Ihr Herr Vater ist ein prachtvoller Mensch und ein ausgezeichneter Arzt. Ohne ihn würde ich wahrscheinlich nicht mehr hier sitzen.»

«Danke», murmelte Martin.

Angler bot ihm eine Zigarre an, doch Martin lehnte ab. «Ich glaube, es ist verständlich, daß sich heutzutage junge Leute von manchen Parolen Hitlers angezogen fühlen. Als ich jung war, war ich Anarchist, ein Anhänger Bakunins. Dann kokettierte ich mit den Kommunisten, und schließlich wurde ich Sozialdemokrat. Aber ich fühlte mich immer als Deutscher, und das tue ich auch heute noch. Besonders jetzt, wo ich sehe, wie nach dem verlorenen Krieg die Alliierten Deutschland den Garaus machen wollen. Wenn ich kein Jude wäre, wäre ich wahrscheinlich Nationalsozialist. Dabei bin ich schon konvertiert. Ich bin ein getaufter Jude. Leider nicht für Hitler.»

«Ich mache die antisemitische Hetze nicht mit, Herr Angler. Ich halte sie für ein Propagandastück Hitlers, mit dem er Wähler fangen will. Ich bin überzeugt davon, daß er seine Ansichten noch ändern wird.»

«Das sagen meine drei nationalsozialistischen Angestellten ebenfalls.»

«Sie beschäftigen welche?»

«Ja, aber nur im Keller. Zwei Packer und einen Ausfahrer. Sie wären der erste, der als Lektor in die erste Etage kommt – sozusagen ein Ehrenarier. Ich habe nämlich lauter jüdische Lektoren. Ich weiß nicht, wie das kam, ich habe sie nicht absichtlich ausgesucht. Auf einmal waren sie da. Eine ganze Synagoge.»

Angler schien die Situation, die er gerade geschildert hatte, nicht zu billigen, und Martin wechselte das Thema: «Was wäre meine Aufgabe im Lektorat?»

«Manuskripte lesen. Lesen, lesen, lesen. Kurze Inhaltsangaben anfertigen und eine ausführliche Stellungnahme verfassen. Und Ihre Meinung sagen: annehmen oder ablehnen.»

«Und Sie würden sich danach richten?»

«Keineswegs», antwortete der Verleger und lächelte. «Der König überfliegt dann die Manuskripte, studiert Ihr Elaborat, um zu sehen, ob man sich auf Ihr Urteil verlassen kann oder nicht. So würde Ihre Tätigkeit in den ersten Monaten aussehen.»

«Eine ziemlich unproduktive Arbeit.»

«Was haben Sie sich denn vorgestellt?» fragte Angler indigniert.

«Ehrlich gesagt, genau das», lautete Martins Antwort.

«Na also. Die finanziellen Fragen besprechen Sie mit dem Buchsbaum. Er sitzt in Zimmer sechs.»

«Ich danke Ihnen, Herr Angler. Ich werde mit Herrn Buchsbaum sprechen, darf ich mir die Sache einige Tage überlegen?»

«So lange Sie wollen», sagte der Verleger freundlich. «Ich würde mich freuen, wenn Sie bei mir eintreten würden. Vielleicht kommt der Tag, an dem ich Sie dringend brauchen kann.» Diesmal reichte er Martin zum Abschied die Hand und rief ihm nach: «Grüßen Sie meinen Lebensretter!»

Mit Herrn Buchsbaum wurde Martin schnell einig. Er war ein sehr höflicher, entgegenkommender kleiner Mann, ebenfalls Patient von Martins Vater. Mindestens fünfmal sagte er: «... nur weil Sie der Sohn Ihres Vaters sind!» Schließlich meinte Martin, das sei kein Verdienst, denn letzten Endes würde jeder Mann der Sohn seines Vaters sein. Das fand Herr Buchsbaum sehr komisch.

Martin fand die ganze Sache nicht komisch. Irgendwie fühlte er sich unbehaglich bei dem Gedanken, mitten in der «Synagoge» des Angler–Verlages zu sitzen, zwischen acht jüdischen Lektoren. Dabei kannte er einen von Ihnen, den ehemaligen Kommilitonen Friedrich Soltau, der eigentlich Schwarz hieß, und mit dem er sich immer gut verstanden hatte.

Als Martin auf dem Weg zur U–Bahn war, klopfte ihm plötzlich jemand auf die Schulter. Es war Joseph. Sie setzten sich in ein Café, und Martin berichtete über seinen Besuch beim Angler–Verlag, in der stillen Hoffnung, Joseph würde entsetzt die Hände zusammenschlagen und ihm dringend abraten, die Stellung anzunehmen. Aber er tat nichts dergleichen. Im Gegenteil.

«Lieber junger Freund, sechzig Prozent unserer Berliner Parteigenossen sind bei Juden angestellt oder arbeiten in Fabriken, die Juden gehören. Wenn du also keine Angst hast, daß du in der sogenannten Synagoge erstickst, nimm die Stellung an, arbeite dich ein, erlerne alle jüdischen Tricks. Der Tag wird kommen, an dem dich die Partei in deiner Stellung brauchen kann.»

«Komisch, genau das hat der Angler auch gemeint!»

«Daraus ersiehst du, wie schlau die Juden sind!»

In dieser Nacht konnte Martin nicht schlafen. Unruhig warf er sich hin und her. Am nächsten Abend ließ er sich von Annemarie ein Schlafmittel geben. Am dritten Tag war Martins Problem gelöst. Sein Vater erhielt einen Brief von Angler, in dem er sein «ehrliches Bedauern» darüber aussprach, daß er auf Martins Mitarbeit leider verzichten müsse. Der Büroleiter Buchsbaum hatte herumerzählt, daß Martin engagiert werden sollte, und einer der Lektoren, ein gewisser Dr. phil. Soltau, fand das empörend. Schließlich hätte Martin einige Zeit zu den Redakteuren des üblen Hetzblattes *Der Angriff* gehört. Das gesamte Lektorat drohte mit Arbeitsniederlegung, wenn Martin tatsächlich die Büroräume betreten würde.

«Der jüdische Krieg ist also ausgebrochen», kommentierte Dr. Ottler die Sachlage. Seine Frau, die dabei war, als ihr Mann Martin den Brief übergab, sagte: «Eine Frechheit, was diese Juden sich erlauben! Jetzt seht ihr, daß Hitler recht hat!»

«Es ist genau das eingetreten, was ich befürchtete», sagte Martin und zuckte die Achseln. Innerlich atmete er auf.

Dr. Ottler fand innerhalb weniger Tage eine Anstellung für seinen Sohn: Martin wurde Dramaturg bei der Filmproduktionsfirma Phoebus. Der Direktor dieser Firma, Hugo Corell, war ebenfalls Patient von Dr. Ottler, und außerdem hatten sie im Krieg in derselben Kompanie gedient. Corell hatte sofort ja gesagt, als ihn sein Kriegskamerad wegen Martin ansprach.

«Ein Dr. phil.! Ich nehme ihn mit Handkuß. Bei uns laufen lauter Halbgebildete herum, und rot sind die auch noch.»

Direktor Corell residierte in der Friedrichstraße, wo alle Produktions- und Verleihfirmen ihre Büros hatten. Die Direktionszimmer waren meist pompös ausgestattet, um den Kreditgebern Wohlstand und Reichtum vorzutäuschen. Hugo Corells Direktionsbüro war mit einem imposanten Schreibtisch, Ledersitzgarnituren und einigen Bücherschränken eingerichtet.

Die Sekretärin, eine sehr freundliche ältere Dame, meldete Martin an, doch der Herr Direktor empfing nicht. «Der Herr Direktor hat jetzt keine Zeit, er bittet Sie, sich an Herrn Kürschner zu wenden, der ist schon über alles informiert.» Sie nahm den Telefonhörer ab und drückte auf einen Knopf. «Martina, kommen Sie bitte auf einen Sprung herüber.»

Und Martina kam. Sie war jung, blond, hübsch und konnte zauberhaft lächeln.

«Ich hoffe, der Weg zu Herrn Kürschner ist sehr lang», sagte Martin, nachdem sie das Vorzimmer des Direktors verlassen hatten.

«Eine Etage höher», antwortete Martina sachlich und blieb stehen. «Ich kann Ihnen auch hier erklären, wie Sie hinfinden.»

«Nein! Ohne Sie finde ich bestimmt nicht hin. Darf ich mich vorstellen, ich bin Dr. Ottler, mit Vornamen Martin.»

«Ich heiße Martina, mit Nachnamen Burchardt.»

«Bleiben wir bei den Vornamen, da trennt uns nur ein kleines a.»

«Das geht mir ein bißchen zu schnell, Herr Dr. Ottler.» Sie setzte sich in Bewegung, und Martin ließ sich Zeit, um ihre wohlgeformten Beine zu betrachten, dann lief er ihr nach. «Entschuldigen Sie, wenn ich aufdringlich war, Fräulein Burchardt. Es ist sonst nicht meine Art.»

«Dann ist ja gut», sagte das Mädchen, halb lachend, halb ernst. «Eigentlich ist es meine Schuld. Meine Freundinnen meine, ich würde die Männer zu Aufdringlichkeiten geradezu herausfordern. Nichts liegt mir ferner! Ich bin verliebt und verlobt.»

«Sprechen Sie von zwei verschiedenen Männern?»

«Natürlich nicht! Ich bin in den Mann verliebt, mit dem ich verlobt bin.»

«Und ich bin verheiratet und Vater von Zwillingen. Damit wäre also unsere Romanze beendet.»

«Wir sind sowieso schon da», sagte Martina und deutete auf eine Tür. «Machen Sie sich ein bißchen kleiner», flüsterte sie. «Herr Kürschner ist sehr klein, und er mag Leute nicht, die von allzu hoch oben auf ihn herabsehen.»

Martin ging sofort in die Knie. Martina lachte, klopfte an und öffnete gleich die Tür, ohne ein «Herein» abzuwarten. Martin hatte Mühe, sich schnell wieder aufzurichten.

Der Produktionsleiter Eugen Kürschner war tatsächlich sehr kleinwüchsig. Er war ein quicklebendiger und freundlicher Mann, der Martin zuvorkommend begrüßte und ihn sofort bat, sich zu setzen. Kürschners Schreibtisch sah nach Arbeit aus, übersät mit Manuskriptseiten und verschiedenfarbigen Ordnern. An den Wänden prangten Drehpläne, die Martin natürlich nicht als solche deuten konnte. «Haben Sie schon etwas mit Film zu tun gehabt, Herr Dr. Ottler?»

«Nur an der Kinokasse.»

«Also, das Geld werden Sie sich in Zukunft sparen können. Bei uns gibt es genug Freikarten. Kommen Sie, ich führe Sie gleich in Ihr Zimmer.»

Das Zimmer war klein und schmal, und der Schreibtisch sah im Vergleich zu Kürschners vollgeladenem nackt aus. Ein Telefon, einige Bogen weißes Papier, drei geheftete, großformatige Bücher, die sich später als Drehbücher entpuppten.

«Das ist Ihr Reich», sagte der Produktionsleiter mit einer pathetischen Geste. Schmunzelnd fügte er hinzu: «Ich hätte auch Loch sagen können.»

«Und was werde ich in diesem Loch tun müssen?» fragte Martin mit ziemlich saurer Miene.

«Sich einarbeiten. Diese Drehbücher lesen, damit Sie sehen, wie ein Drehbuch geschrieben wird. Und dann zeige ich Ihnen die Filme, die nach diesen Drehbüchern gedreht worden sind, damit Sie sehen, wie die Regisseure das Drehbuch auf den Kopf stellen.»

Martin nahm ein Drehbuch in die Hand. ‹Die freudlose Gasse› von Willy Haas. «Den Film habe ich gesehen. Er hat mir sehr gut gefallen.»

«Mir auch. Der Haas ist ein sehr guter Drehbuchautor und Pabst ein großartiger Regisseur. Und Asta Nielsen und Werner Krauss waren hinreißend.»

«Und auch dieses neue Mädchen aus Schweden. Wie heißt sie doch?»

«Greta Garbo. Ziemlich begabt.»

Martin hielt schon das zweite Drehbuch in der Hand. ‹Tartuffe›, nach Molière, von Carl Mayer. Regie: F. W. Murnau. «Kenne ich auch. Emil Jannings war der Tartuffe. Ich fand, daß er ein wenig übertrieben hat.»

«Das tut er immer, wenn der Regisseur es zuläßt», meinte Kürschner und deutete auf das dritte Drehbuch. «Aber das kennen Sie bestimmt nicht. Der Film ist nämlich noch nicht gedreht.» Er las den Titel laut vor: «‹Weiße Wolken› von Egon Körner.»

«Und warum wurde das Buch noch nicht verfilmt?»

«Weil die Dramaturgen Idioten sind.»

«Ich hoffe, ich bin es nicht», meinte Martin und lachte.

«Das hoffe ich auch», rief Kürschner und drückte ihm ein Drehbuch in die Hand. «Jetzt setzen Sie sich, und fangen Sie zu lesen an. Am besten zuerst ‹Die freudlose Gasse›. Später unterhalten wir uns dann darüber.»

Kürschner wollte gehen, aber Martin hielt ihn zurück. «Herr Kürschner, bis jetzt hat noch kein Mensch mit mir über Geld gesprochen. Kriege ich denn kein Gehalt? Und keinen Vertrag?»

«Das ist ausschließlich die Sache von Herrn Corell, und der spricht nicht darüber, das hält er für überflüssig. Er legt einfach die Summe fest, wem das nicht paßt, der kann gehen. Aber er ist nicht kleinlich. Ihnen gegenüber schon gar nicht, schließlich hält Ihr Vater sein durch Zucker verseuchtes Leben in der Hand.» Bevor er das Zimmer verließ, fragte er noch: «Übrigens, welcher Film hat in den letzten Wochen den größten Eindruck auf Sie gemacht?»

«‹Panzerkreuzer Potemkin›», antwortete Martin spontan.

«Den können Sie vergessen! Unsere Firma will keine Revolution machen, sondern Kasse.» Er war schon auf dem Korridor, als er den Kopf noch mal durch die Türe steckte. «Wenn Sie jemanden zum Tippen brauchen, Fräulein Burchardt steht Ihnen zur Verfügung.»

«Das nehme ich gerne zur Kenntnis», sagte Martin schmunzelnd, dann nahm er sich ‹Die freudlose Gasse› vor und fing an zu lesen. Doch bald merkte er, daß er das Drehbuch eigentlich nicht genau verstand, sich das Gelesene nicht optisch vorstellen konnte, und er begann wieder von vorne, viel langsamer als vorhin. Immer wieder ließ er das Buch sinken und zwang sich, sich die beschriebenen Gestalten als lebendige Menschen vorzustellen. Er gewöhnte sich an diese Methode, die Erinnerung an den Film erleichterte ihm die Konzentration, und plötzlich erkannte er Werner Krauss in dem Fleischermeister und dann auch die Frauen in ihren Rollen, die Asta Nielsen, die Valeska Gert und die Greta Garbo.

Durch diese gebremste Arbeitsweise schaffte er nur zwanzig Seiten, bis Herr Kürschner erschien und ihn zum Mittagessen mitnehmen wollte.

«Ich habe keinen Hunger. Lieber lese ich weiter.»

Kürschner nahm ihm das Buch aus der Hand. «Sie lesen nicht weiter. Jetzt ist Mittagspause, und während der Pause hocken nur Streber in ihrem Büro. Ich hoffe doch nicht, daß Sie als Streber gelten wollen.»

Das wollte Martin natürlich nicht und ging mit in das kleine Café in der Kochstraße, wo der Produktionsleiter von allen Gästen mit einem freundlichen «Hallo Eugen», «Tach» oder dem österreichischen «Servus» begrüßt wurde. Offenbar kannte hier jeder jeden.

«Sind die alle von der Phoebus-Film?» fragte Martin, nachdem sie sich an den für Produktionsleiter reservierten Tisch gesetzt hatten.

«Das nicht, aber die sind alle aus der Filmbranche. Sämtliche Berliner Produktionsfirmen haben in der Friedrichstraße ihre Büros.»

Martin hatte wirklich keinen Hunger. Er trank nur eine Tasse Kaffee und verzehrte einen Berliner dazu. Kürschner aß sich durch ein ganzes Menü und fand trotzdem Zeit, einen Vortrag über die Wichtigkeit eines Produktionsleiters zu halten. Martin, der aufmerksam zuhörte, erfuhr, daß der Herr Produktionsleiter dafür verantwortlich war, daß ein Film innerhalb der vorgesehenen Kalkulation hergestellt wurde und die Regisseure nicht überzogen. «Eine schwierige Aufgabe, die Regisseure spinnen nämlich alle.»

Außerdem hatte der Produktionsleiter auch künstlerische Aufgaben zu erfüllen. Er verpflichtet – außer festangestellten Stars – die Schauspieler. «Wenn Sie also ein Mädchen beim Film unterbringen wollen, wenden Sie sich vertrauensvoll an mich.»

«Ich bin glücklich verheiratet.»

Ein Zeitungsverkäufer mit der Ullstein-Kappe blieb am Tisch stehen, begrüßte Herrn Kürschner und überreichte ihm die *B.Z. am Mittag*.

«Gibt's was Neues, Otto?»

«Ja!» strahlte der Mann. «Der Schmeling hat Jack Stanley geschlagen. K.O. in der achten Runde.»

«Prima», sagte Kürschner und blätterte in der Zeitung. Plötzlich brummte er: «Endlich muß der Bandit drei Wochen die Schnauze halten!»

«Wer?» fragte Martin.

«Dieser Goebbels. Dieses Großmaul. Er ist zu drei Wochen Haft verurteilt worden, wegen Beleidigung des Vizepolizeipräsidenten Weiss.»

Während Kürschner sprach, hatte er weiter in die Zeitung geschaut, und Martin hatte Zeit, seine Überraschung zu überwinden und sich seine Reaktion zu überlegen. Er sah keinen Sinn darin, für seinen Freund einzutreten, und bemerkte nur spöttisch: «Sie sind sicher kein Nationalsozialist, Herr Kürschner.»

«Nein, ich bin Zionist», sagte Kürschner und blätterte weiter in seiner Zeitung. Aus dem Sportteil begann er dann den Bericht über den Kampf Schmeling gegen Stanley laut vorzulesen.

13

Die drei Wochen Haft konnten Dr. Goebbels nicht brechen, im Gegenteil. Körperlich erholt und zu frischen Taten bereit, verließ er das Gefängnis. Schon am nächsten Tag rief er Martin an und meldete sich einfach zum Abendessen an. «Die göttliche Annemarie kocht so himmlisch», rief er ins Telefon.

Annemarie war auch gerne bereit, Josephs Lieblingsessen, einen Rheinischen Sauerbraten zuzubereiten, aber ihre Tante, die allabendlich mit dem jungen Paar speiste, meuterte. «Ich setze mich mit diesem Kerl, der die Schleinitzens enteignen will, nicht an einen Tisch. Außerdem ist er ein Zuchthäusler. Ich las, daß man ihn erst gestern entlassen hat.»

Annemarie versuchte ihr zu erklären, daß politische Delikte nicht unbedingt ehrenrührig seien, aber Hedwig von Wallersleben wollte Goebbels nicht sehen, und als er kam, zog sie sich in ihren Teil der Wohnung zurück.

«Eigentlich müßtet ihr mir Blumen schenken, mein Redeverbot ist aufgehoben!» begrüßte Goebbels seine Freunde und überreichte einen großen Blumenstrauß.

Als er dann beim Abendessen erfuhr, daß Martin bei der Phoebus-Film untergekommen war, jubelte er geradezu. «Film! Besser als Verlag! Dem Film gehört die Zukunft, wir müssen ihn nur nutzen. Auch hier können wir von den Bolschewiken lernen; sie haben die ungeheuer propagandistische Macht des Films richtig erkannt. Der ‹Panzerkreuzer Potemkin› ist mehr wert als eine Anzahl Hitler-Reden. Um von Dr. Goebbels' Geschwafel ganz zu schweigen.»

Er gab sich leutselig-bescheiden und aß für drei. «Knast macht hungrig», entschuldigte er sich.

Beim Mokka entwickelte er eine wahre Strategie für Martins Tätigkeit. «Du darfst dich nicht damit zufriedengeben, in der Dramaturgie zu versauern, sondern mußt deine Nase überall hineinstecken, du mußt das Filmeproduzieren von der Pieke auf erlernen, du mußt auf allen Gebieten ein perfekter Fachmann werden. Wenn wir die Macht im Lande ergreifen, soll der Film ein wichtiges Propagandamittel in unseren Händen werden. Und dazu brauche ich Leute, die vom Film etwas verstehen.»

Martin hörte nur mit einem Ohr zu. Der Vortrag von Joseph klang wie eine programmatische Rede, und die hatte Martin schon oft genug gehört. Er horchte erst auf, als Annemarie später sagte: «Joseph hat recht. Die Filmbranche wäre etwas für dich. Du schaust dir doch jeden Film an, der herauskommt. Manche sogar zweimal.»

«Und manche dreimal. Aber das bedeutet noch lange nicht, daß ich auch welche machen kann.»

«Du wirst es lernen.»

«Und dann solange warten, bis die Partei die Macht ergreift. Wann wird das sein? Wenn überhaupt!»

«Darauf brauchst du nicht zu warten. Warum solltest du nicht selbst Filme produzieren?»

«Dazu braucht man Geld», erklärte Martin und hätte das Gespräch gerne abgeschlossen.

«Ich habe gestern gelesen, daß eine Filmgesellschaft Pleite gemacht hat und daß mehrere Banken, die der Filmfirma Kredite gegeben haben, geschädigt worden sind. Nimm doch einen Kredit auf!»

«Ein großartiger Anlaß für die Gründung einer Filmfirma!» Er nahm seine Frau in die Arme und küßte sie. «Seit wann kümmerst du dich um Geschäfte?»

«Seit ich sehe, daß dir das Schreiben offenbar keinen Spaß mehr macht. Seit der Schlageter-Novelle hast du nichts mehr veröffentlicht.»

«Da hast du recht», brummte Martin verdrießlich. «Mir fällt einfach nichts mehr ein. Wenn eine Firma einen Bankkredit haben will, braucht sie ein gewisses Grundkapital. Außerdem gibt keine Bank Geld ohne Sicherheiten.»

«Wir haben doch Sicherheiten», sagte Annemarie, mit einem überlegenen Lächeln.

Martin starrte sie fragend an.

«Du vergißt die zwei Häuser in der Schlüterstraße.»

«Was für zwei Häuser?»

«Tante Hedwig besitzt zwei Häuser in der Schlüterstraße. Eines will sie Erich vermachen, das andere mir. Sie will es mir sogar schon zu Lebzeiten überschreiben, damit wir die Erbschaftsteuer sparen.»

«Davon hast du mir nie etwas erzählt!»

«Nein? Nun, vielleicht wollte ich nicht, daß du mich wegen meines Geldes heiratest.»

Martin lachte, und die anfangs ernste Unterhaltung endete im Bett.

Josephs propagandistische Bemerkungen über die Zukunft der Filmindustrie und Annemaries Hinweis auf die beiden Häuser in der Schlüterstraße ließen Martin nicht mehr los. Aber auch Annemaries Worte über seine Untätigkeit als Schriftsteller.

Quo vadis, Martin? notierte er in sein Tagebuch. *Außer Tadsch Mahal und Schlageter ist seit Jahren nichts von mir veröffentlicht worden. Besser gesagt, ich habe seit Jahren nichts mehr geschrieben. Versucht schon, aber immer wieder mitten in der Arbeit aufgehört oder, wenn zu Ende geschrieben, als unzulänglich vernichtet. Wenn es wahr ist, daß ein Schriftsteller einen inneren Drang verspürt, schreiben zu müssen, dann bin ich kein Schriftsteller.*

Zu meiner Entschuldigung sei gesagt, daß ich mich von Erich und Joseph zu stark habe beeinflussen lassen. Ich bin in eine Richtung gedrängt worden, die mir nicht zusagt. Beide wollten – Erich will es heute noch – einen Politiker aus mir machen. Ich habe keine Neigung dazu. Joseph hat es richtig erkannt. «Dir fehlt die innere Flamme!» Bei Gott, sie fehlt mir. Mir fehlt auch die glühende Überzeugung, die Erich und Joseph beflügeln. Oder auch Onkel Clemens. Ich kann mich noch erinnern, wie Onkel Paul mir erklärte, daß sein Bruder sich lediglich aus geschäftlichen Gründen mit den Nationalsozialisten abgeben würde. Anfangs sicher, aber heute schwört er auf Hitler, den «Retter der Nation». Die «Bewegung» ist für ihn heilig, und er läßt sich seine Überzeugung etwas kosten; mit großen Summen finanziert er die Partei mit. Sogar Mutti mokiert sich darüber, obwohl sie eine treue Anhängerin Hitlers ist.

Nein, ich will nicht in die Politik. Dann schon lieber Film. Ich glaube, ich sollte Josephs Rat befolgen, zumal auch Annemarie mich dazu drängt.

Es dauerte einige Tage, bis Martin seine Überlegungen in Taten umsetzte, dann aber mit einer Energie, die er sich niemals zugetraut hätte. Daß es eigentlich Annemarie war, die ihn vorantrieb, mochte er allerdings nicht. Entgegen ihrer Gewohnheit fragte sie ihn jeden Abend nach seinen Fortschritten aus und hörte seinen Berichten aufmerksam zu. Andererseits war es gerade diese Anteilnahme, die Martin beflügelte. Er brachte es sogar fertig, daß er von Herrn Corell, den er seit seiner Einstellung nur zweimal aus gebührender Entfernung zu Gesicht bekommen hatte, empfangen wurde. Der Allgewaltige entschuldigte sich sogar. «Sie sollten nicht glauben, daß ich mich nicht um Sie gekümmert habe. Ich habe mich verschiedentlich nach Ihnen erkundigt und erfahren, daß Sie sich gut eingelebt haben.»

Er gab Martin zehn Minuten Zeit für ein Gespräch unter vier Augen, die Unterhaltung dauerte aber eine halbe Stunde, so viel Interesse zeigte Herr Corell für Martins Lamento. Und Martin redete sich seinen Kummer von der Seele. Er fühlte sich als Dramaturg vollkommen deplaziert. Die namhaften Autoren belächelten ihn mitleidig, wenn er etwas an ihren Drehbüchern auszusetzen hatte, und die weniger bekannten hörten ihm zwar geduldig zu, führten sogar manchmal Änderungen durch, die aber eigentlich völlig überflüssig waren, denn die Regisseure im Atelier stellten alles wieder auf den Kopf. Wenn er sie höflich darauf ansprach, pflegten sie zu sagen: «Das ist alles unfilmisch, was Sie da geändert haben, Herr Dr. phil.!»

«Sie wollen also Regisseur werden?»

Auf diese Bemerkung Corells war Martin nicht gefaßt. Bis jetzt hatte er nicht gewagt, daran zu denken, Regie zu führen, und so meinte er bescheiden: «Ich möchte lernen, was Film ist. Ich möchte mich durch alle Sparten der Filmproduktion durchfressen.»

«Sie sollen fressen.» Corell griff zum Haustelefon und ließ sich mit Eugen Kürschner verbinden.

Martin war das recht. Er kam mit allen Kollegen aus der zweiten Etage, wo er sein Büro hatte, gut aus, aber am besten mit Eugen Kürschner.

«Unser Paradegoi will also lernen, wie man Filme macht.»

«Paradegoi?»

«Das ist doch Ihr Spitzname! Wußten Sie das nicht?»

«Was ein Goi ist, daß weiß ich. Die Juden nennen jeden Nichtjuden so. Aber warum ‹Parade›?»

«Ist Ihnen das noch nicht aufgefallen?» fragte Kürschner. «Auf unserer Etage arbeiten nur Juden. In der Dramaturgie, in der Presseabteilung und auch in der Produktion. Sie sind hier der einzige ‹Arier›, also ein Paradegoi.»

«Immer noch besser als das ewige, vorwurfsvolle Dr. phil. Die meisten sprechen es wie eine Beleidigung aus.»

«Das kommt daher, daß manche Filmdichter nicht einmal das Abitur haben. Fragen Sie mal die Burchardt, was für Stenogramme sie manchmal aufnehmen muß. In Galizien würde man das Hochdeutsch nennen. Aber nur in Galizien.»

Martin wunderte sich im stillen über Kürschners abfällige Bemerkung, ging aber nicht darauf ein. Und auch auf die Judenfrage nicht. Er hatte nicht gewußt, daß die Mitarbeiter auf der Etage alle Juden waren, und war froh, sich damit nicht befassen zu müssen. Bei der Firma wurde nämlich nicht politisiert. Jeder war von der Wichtigkeit seiner eigenen Aufgabe überzeugt, ja besessen. Es dauerte eine Weile, bis Martin sich daran gewöhnt hatte, daß auch der unbedeutendste Mitarbeiter sagte: «Ich drehe gerade ...» In Wirklichkeit war nur der Regisseur oder bestenfalls der Kameramann berechtigt, so zu sprechen. Trotzdem behauptete es jeder Mitarbeiter, vom Aufnahmeleiter über die Maskenbildner bis zum Laufburschen. Keineswegs aus Überheblichkeit, viel eher aus Hingabe an seine Arbeit. Die Filmleute waren Besessene, sie dachten nur an Film und sprachen nur über Film; an Politik verschwendeten sie keine Gedanken.

«Ich drehe nächste Woche ‹Wetterleuchten›», sagte Kürschner. «Regie führt der Schwede Sandberg. Sprechen Sie schwedisch?»

Martin schüttelte den Kopf.

«Das wäre auch zuviel verlangt.» Kürschner versprach, daß er Martin beim Sandberg als zweiten Regieassistenten einsetzen werde. «Aber Sie haben keine künstlerischen Aufgaben zu erfüllen. Im Filmatelier geht es ungefähr so zu wie beim Militär. Der Regisseur gibt seinem Assistenten einen Auftrag, und dieser gibt ihn an den zweiten Assistenten weiter. Doch Sie sind von Anfang bis Ende bei den Dreharbeiten dabei, es hängt ganz von Ihnen ab, wieviel Sie lernen.»

Martin lernte schnell und viel. Sandberg ging mit ihm sehr freundlich um, beantwortete geduldig seine Fragen und gestattete ihm, am Abend bei der Vorführung der abgedrehten Szenen dabeizusein. Eine Auszeichnung, die nicht jedem zweiten Regieassistenten zuteil wurde. Sandberg nahm Martin auch in den Schneideraum mit und weihte ihn in die Kunst des Filmschnitts ein, die im Stummfilm eine noch größere Rolle spielte als später beim Tonfilm. Einmal griff Sandberg den Aufnahmeleiter Willy Kiekebusch an, der Martin mit seiner echt Berliner Schnauze oft schnodderig behandelte. Kiekebusch, der es nicht böse gemeint hatte, verstand die Welt nicht mehr. Martin mußte ihn sogar noch trösten und lud ihn zu sich zum Abendessen ein; eine Geste, die sich später auszahlen sollte.

Während Annemarie in der Küche das Essen bereitete und Martin kurz im Badezimmer war, klingelte das Telefon. Kiekebusch hob den Hörer ab. «Hier bei Dr. Ottler.» Sekunden später fiel dem guten Willy vor Überraschung beinah der Hörer aus der Hand. «Wer? Dr. Goebbels?» Dann brüllte er: «Heil Hitler, Doktor Goebbels!»

Martin nahm ihm lächelnd den Hörer aus der Hand.

«Sie sind mit dem Gauleiter per du!» Kiekebusch war begeistert. «Dann sind Sie auch PG!» Stolz drehte er das Revers seiner Jacke um und zeigte das versteckte Parteiabzeichen. «In unserem Stab jibt es nur Parteijenossen. Außer Dr. Kürschner natürlich. Der is een Jud.»

Das Essen wurde in sehr fröhlicher Stimmung eingenommen, und Annemarie erzählte, daß sie ihren Mann gern einmal im Atelier besuchen würde, aber die Fahrt mit der Straßenbahn nach Staaken – dort stand die zum Filmatelier umgebaute Zeppelin-Halle – wäre ihr zu lang und zu beschwerlich.

«Willy kann da helfen», erklärte Kiekebusch, der über sich häufig in der dritten Person sprach. «Ick disponier' nämlich über die Autos. Ick lass Sie mal holen.»

Und eines Tages rief Willy tatsächlich an und ließ Annemarie vom Requisiteur abholen, der sowieso in die Stadt mußte. Der Mann kam gerade aus einer Tierhandlung, und während der Fahrt hüpfte und kreischte ein aufgeregter Affe in einem Käfig. Annemarie hatte für die Unruhe des Tieres volles Verständnis. Auch sie war etwas nervös. Schließlich durfte sie zum erstenmal ein Filmatelier besuchen.

Martin stellte dem Sandberg Annemarie vor, und der Regisseur erlaubte ihr, bei den Aufnahmen zuzuschauen. Es wurde gerade eine dramatische Szene gedreht, mit der Schwedin Aud Egede Nissen und dem Wiener Igo Sym. Die beiden spielten mit übertrieben großen Gesten eine Eifersuchtsszene, wie es bei einem Stummfilm üblich war. Sie sprachen auch ihren Text. Die Nissen schwedisch, Igo Sym deutsch, aber sein Wienerisch war für Annemarie beinah so unverständlich wie das Schwedisch der Hauptdarstellerin.

Sandberg war nicht zufrieden. «Zu wenig Ausdruck, Igo. Rechne nicht mit den Untertiteln, du mußt so aufgebracht sein, daß das Publikum deine rückhaltlosen Beschimpfungen auch so begreift.»

«Darf ich meinen eigenen Text sprechen?»

«Natürlich darfst du das, wenn mehr Ausdruck dahinter steckt.»

Und Sym legte los und brüllte die Nissen an: «Mist! Dreck! Scheiße! Mist! Dreck! Scheiße!» Er wiederholte die Worte mit vor Wut verzerrtem Gesicht so oft, bis Sandberg ihn unterbrach. «Halt! Das genügt. Ich glaube, es war sehr gut.»

Annemarie war entsetzt, und abends sprach sie mit Martin über diese seltsame Art künstlerischer Darstellung.

Martin teilte ihre Empörung nicht. «Ach, das ist gang und gäbe. Manche Schauspieler denken sich die unmöglichsten Sprüche aus und versuchen, ihren Partner damit zu verunsichern. Das kann man natürlich nicht mit jedem machen. Albert Bassermann zum Beispiel hat einmal einen Kollegen geohrfeigt. Der hatte in einer Szene mit Bassermanns Frau Else einen idiotischen und ordinären Text improvisiert.»

«Mit Recht.»

«Nun, diese Unsitte hört sowieso bald auf. In Zukunft werden die Protagonisten die Dialoge sprechen müssen, die ihnen der Autor vorschreibt. In Amerika dreht man nur noch sprechende Filme, und bei uns wird es wahrscheinlich auch bald so weit sein. Der Regisseur Carl Froelich hat vor einigen Tagen den ersten deutschen sprechenden Spielfilm abgedreht. ‹Die Nacht gehört uns› heißt er.»

«Es gibt doch schon einen sprechenden Film. Harry Liedtke hatte darin ein Lied gesungen.»

«Du meinst ‹Ich küsse Ihre Hand, Madame› mit Marlene Dietrich. Das war ein stummer Film mit einer Musikeinlage. Und Harry Liedtke hat auch nicht gesungen, er hat nur die Lippen bewegt. Die Stimme gehörte Richard Tauber.»

«So etwas kann man machen?»

«Offenbar ja. Jedenfalls ist Carl Froelichs Film der erste, in dem man Bild und Ton gleichzeitig aufgenommen hat. Die Leute, die den Film in einer privaten Aufführung gesehen haben, waren begeistert. Ich habe für die Premiere im Capitol schon Karten besorgt.»

Nach der Uraufführung des Films stellte Martin in seinem Tagebuch fest:

Die technische Entwicklung steckt offenbar noch in den Kinderschuhen. Man hat den Eindruck, daß die Figuren auf der Leinwand nur ihren Mund auf und zu machen, und die Sprache kommt von anderswo her. Dieser unerwünschte Effekt soll aber nicht an der Aufnahme liegen, sondern an den falsch verteilten Lautsprechern im Kino. Außerdem hatte das Kino eine schlechte Akustik. In Zukunft müssen die Kinos direkt für den sprechenden Film umgebaut werden.

Die Entdeckung des heutigen Abends war der Schauspieler Hans Albers. Er war der einzige, der ohne große Gesten und das ange-

strengte Mienenspiel des Stummfilms auskam. Bis dahin kannte ich ihn nur als Revue–Darsteller, der sich an einen Kronleuchter hängend über die Bühne schwang oder im Frack in ein Wasserbassin sprang. In dem Stück ‹Verbrechen› von Ferdinand Bruckner hatte er allerdings sehr gute Kritiken, habe das Stück aber nicht gesehen. Sollte ich tatsächlich Filme produzieren, dann unbedingt mit Hans Albers.

An einem der letzten Drehtage des Sandberg–Films wurden einige Szenen in einer Dekoration gedreht, die ein Kellerlokal darstellte, in dem – laut Drehbuch – ausschließlich Studenten verkehrten, manche von ihren Freundinnen begleitet, die nicht unbedingt der besten Gesellschaft angehörten. Willy Kiekebusch, dem als Aufnahmeleiter die Aufgabe zufiel, die Komparserie zu engagieren, war auf seine «Studenten» sehr stolz. Er nahm Martin beiseite und flüsterte: «Die Jungs gehören alle der Sturmabteilung 5 an. Die Regiewünsche des Herrn Sandberg geben Sie am besten an Sturmführer Wessel weiter, er kommandiert dann die Truppe.» Damit winkte er einen jungen Mann zu sich, der schon wartend in der Nähe stand und sich als Sturmführer Horst Wessel vorstellte. Martin zwinkerte ihm freundlich zu: «Den Sturmführer lassen wir hier lieber beiseite.» Der junge Mann zwinkerte verständnisvoll zurück.

Viel Arbeit bekam er nicht. Die Darsteller der Studenten brauchten nur lärmend herumzusitzen, so zu tun, als ob sie literweise Bier trinken würden, und hier und da eine fesche Kellnerin in den Popo zu zwicken. Das funktionierte vorzüglich, auch ohne die Kommandos des Sturmführers Wessel.

Der Film wurde ohne Verspätung abgedreht, der Produktionsleiter Kürschner lud alle Mitarbeiter in ein Kurfürstendamm–Lokal zum Abschiedsessen ein. «Familienangehörige sind erwünscht», sagte er. Martin nahm Annemarie mit, Kürschner seinen Zwillingsbruder Alfred, der im Berliner Rundfunkhaus arbeitete und der genauso aussah wie Eugen. Die dritte im Bunde war die Mutter der beiden. Frau Sybille Kürschner war ebenso zierlich und feingliedrig wie ihre Söhne und hatte die gleichen lustigen Augen. Sie begrüßte Annemarie besonders freundlich. «Ich habe gehört, Sie haben auch Zwillinge und wünsche Ihnen, daß Sie mit Ihren Söhnen auch so viel Glück haben, wie ich mit den meinen!»

Kiekebusch flüsterte Martin zu: «Daß diese Juden immer die janze Mischpoche mitnehmen müssen!»

Martin gefiel Kiekebuschs Bemerkung nicht. «Ich finde das sehr nett», entgegnete er und beobachtete, wie aufmerksam die beiden erwachsenen Männer ihre Mutter behandelten. Sie saß in der Mitte zwischen den beiden und wurde von links und von rechts liebevoll bedient.

Eugen Kürschner bemerkte Martins Blick und sagte zu ihm über den Tisch: «Wir lieben unsere Mutter sehr.»

Martin mußte schon am nächsten Tag Abschied nehmen von der fantastischen Atelier–Wirklichkeit. Er kehrte zurück in sein kleines Bürozimmer, das ihm jetzt nach der riesigen Zeppelin–Halle noch kleiner vorkam. Die Arbeit, die auf ihn wartete, freute ihn auch nicht, aber sie diente ihm wenigstens als Ausrede gegenüber Joseph, warum er sich nicht um die Partei kümmern konnte. Goebbels, der inzwischen mit zwölf anderen Parteigenossen Berliner Stadtverordneter geworden war, akzeptierte diese Begründung. Bei gelegentlichen, immer selteneren Telefongesprächen ermahnte er Martin nur: «Vergiß nicht, alles, was du bei den jüdischen Filmfritzen lernst, lernst du für die Partei!»

An einem kalten Januartag stürzte Willy Kiekebusch aufgeregt in Martins Zimmer. «Haben Sie schon gehört, der Horst wurde von den Kommunisten erschossen!»

«Was für ein Horst?»

«Sturmführer Horst Wessel, den ick Ihnen im Atelier vorjestellt habe.»

Jetzt erinnerte sich Martin an den jungen, nicht sonderlich sympathischen Mann, der die Komparserie befehligt hatte. Martin zeigte sich bestürzt, aber ohne Anteilnahme.

«Sie sind doch mit dem Dr. Goebbels befreundet, rufen Sie ihn bitte an und frajen Sie ihn, ob das wirklich wahr ist. Es schwirren nämlich verschiedene Jerüchte rum, manche sajen, er wäre nur schwer verletzt.»

Martin tat Kiekebusch den Gefallen und erfuhr, daß Goebbels Horst Wessel gerade im Krankenhaus besuchte.

«Jott sei Dank, dann kann er nicht tot sein.»

Horst Wessel starb sechs Wochen später. In dieser Zeit hatte Goebbels aus ihm mit einer ungeheuerlichen Propagandakampagne einen Helden gemacht, einen strahlenden Helden aller Nationalsozialisten. Und zu diesem Zeitpunkt gab es schon Millionen.

Das Heldenepos begann mit einer alltäglichen Polizeimeldung: «Schießerei zwischen Zuhältern» hieß die Überschrift im *Berliner Tageblatt*. Es wurde berichtet, daß in dem Haus Große Frankfurter Straße 62 der Zuhälter Albrecht Höhler einen Zunftgenossen, der ihm angeblich eines seiner Mädchen ausgespannt hatte, in seinem möblierten Zimmer ohne Vorwarnung einfach niederschoß. Das Opfer hieß Horst Wessel. Er wurde schwer verletzt ins Krankenhaus gebracht.

Im *Angriff* hörte sich das natürlich anders an. Goebbels, der inzwischen zum Reichspropagandaleiter der NSDAP ernannt worden war, schrieb einen von Mitleid triefenden Artikel über den jungen Lyriker Horst Wessel, Sohn eines Pfarrers, Korpsstudent und Sturmführer der SA des Sturms 5 in Friedrichshain. Er sei ein Dichter, dessen Gedichte gelegentlich im *Angriff* erschienen waren, so zum Beispiel das aufrüttelnde Gedicht ‹Die Fahne hoch›. Daß er ein Zuhälter gewesen sein soll, wäre eine Erfindung der «roten Pressejuden». Nur seine Ablehnung der spießigen bürgerlichen Gesellschaft und seine Armut hätten ihn dazu gezwungen, bei der Witwe Salm, die ihre Mieter nicht nach moralischen Gesichtspunkten aussuchte, in der Großen Frankfurter Straße zu wohnen, wo auch jenes Fräulein Jaedicke hauste, die für Ali Höhler auf die Straße ging. Er, der Höhler, wäre ein Zuhälter, ein mehrfach vorbestrafter Ganove, sehr aktives Mitglied des Rotfrontkämpferbundes, dessen Sturmabteilung schon des öfteren mit dem SA-Sturm Horst Wessels aneinandergeraten sei. Allerdings zögen bei diesen Auseinandersetzungen immer die Roten den kürzeren. Der feige Anschlag auf Horst Wessel sei also eindeutig ein aus Rache verübter politischer Mord!

Noch während Horst Wessel im Krankenhaus mit dem Tode kämpfte, ließ Goebbels das Lied ‹Die Fahne hoch, die Reihen fest geschlossen› nach einer Sportpalast–Veranstaltung singen. Unter den Anwesenden ahnte keiner, daß Horst Wessels aggressives Gedicht einige Zeit später zur zweiten Nationalhymne werde würde.

Martin nahm an dieser Versammlung nicht teil. Er hatte sich in der letzten Zeit sehr wenig um die Partei gekümmert und blieb auch der Beerdigung Wessels fern, die von Goebbels in der Art eines Nationaltrauertages arrangiert wurde. Die SA marschierte mit von Trauerflor geschmückten Fahnen in Massen auf. Die Massen wurden allerdings von einer wenig feierlichen Aufschrift empfangen, die Rotfrontmänner auf die Friedhofsmauer gepinselt hatten: «Dem Zuhälter Horst Wessel ein letztes Heil Hitler!»

Wutentbrannt berichtete Kiekebusch, der bei dem Begräbnis selbstverständlich dabei gewesen war, über diese hinterhältige Schmähung des Opfers.

Einige Tage nach dem spektakulären Begräbnis lud Annemarie die Familie Kürschner zum Kaffee ein. «Ich habe die alte Dame im KaDeWe getroffen», erzählte sie Martin. «Sie hat sich sofort nach den Zwillingen erkundigt, und ich habe sie gefragt, ob sie uns am Sonntag nachmittag nicht besuchen möchte, um Wolf und Hermann zu besichtigen. Sie sagte, sie würde gerne kommen, aber sie ginge ohne ihre Söhne niemals aus. Selbstverständlich habe ich die beiden ebenfalls eingeladen.»

Martin gab Annemarie einen Kuß auf die Wange. «Das war sehr richtig von dir. Ich hätte den Kürschner schon längst einladen müssen.»

Es wurde ein angenehmer Nachmittag. Die Zwillinge und Annemaries Apfeltorte fanden gebührende Bewunderung, und Hedwig von Wallersleben fand Frau Kürschner auf Anhieb ausnahmsweise sympathisch, und die beiden hatten sofort einen gemeinsamen Gesprächsstoff entdeckt: ihre Jugend. Sie erinnerten sich an dieselben Orte; Norderney und Deauville oder Biarritz im Sommer, St. Moritz und Davos im Winter. Die Söhne hörten aufmerksam zu, während ihre Mutter charmant über die Vergangenheit plauderte. Sie berichtete Lustiges über ihre Hochzeitsreise nach Venedig und die Geburt der Zwillinge. In einer Atempause fragte Hedwig von Wallersleben die beiden, ob sie noch unverheiratet seien. Sie waren es. «Wir können aus zweierlei Gründen nicht heiraten: Erstens, wir sind in dieselbe Frau verliebt, und zweitens ist diese Frau unsere Mutter.»

Hedwig von Wallersleben war entzückt. So etwas Hübsches hatte sie schon lange nicht mehr gehört.

Während alle gemütlich beisammen saßen, rief Goebbels an. «Na, du Abtrünniger! Von dir hört man gar nichts mehr.» Bevor Martin etwas sagen konnte, sprach Goebbels weiter. «Morgen bringt dir die Post eine kleine Gabe. Ich habe meine Artikel über Horst Wessel in der Redaktion zusammenstellen lassen und dir geschickt. Das Leben und der Tod von Horst Wessel ergeben eine Geschichte, die ebenso interessant ist wie die Geschichte über Schlageter. Du solltest daraus eine Novelle machen oder sogar einen Roman. Es wäre auch ein großartiger Filmstoff! Jetzt zeig, was du kannst!»

Martin war eine Sekunde sprachlos, dann meinte er: «Ist das nicht zu früh? Es ist noch kein Gras über sein Grab gewachsen. Außerdem glaube ich nicht, daß die Phoebus sich für den Stoff interessiert.»

«Das glaube ich auch nicht, aber der Film wird eines Tages gemacht, darauf kannst du dich verlassen!»

«Wie ich dich kenne, bestimmt.»

Nachdem Martin aufgelegt hatte, fragte Eugen: «Hat man Ihnen einen Filmstoff für unsere Firma angeboten?»

«Ja. Die Geschichte von Horst Wessel.» Daß der Anbieter Dr. Goebbels war, verschwieg er wohlweislich.

«Ich glaube nicht, daß unsere Dramaturgie diesen Stoff akzeptieren würde.» Lächelnd fügte er hinzu: «Corell vielleicht.»

«Außerdem weiß man noch gar nichts Genaues. In jeder Zeitung steht etwas anderes», bemerkte Hedwig von Wallersleben, die eine fleißige Leserin des *Lokalanzeiger* war.

«Wir haben im Rundfunkhaus genaue Informationen, unter anderem einen Bericht des Polizeipräsidiums. Wenn Sie sich dafür interessieren, Martin, besuchen Sie mich einmal.»

Dann wurde nicht mehr über den Fall gesprochen, obwohl die Kürschners noch lange blieben, im ganzen drei Stunden. Sybille Kürschner mahnte häufiger zum Aufbruch, aber Hedwig von Wallersleben hielt sie immer wieder zurück. «Bleiben Sie noch, meine Liebe.» Als es dann endgültig zum Abschied kam, schüttelte sie Sybille lange die Hand. «Kommen Sie bald wieder!»

Nachdem die Kürschners das Haus verlassen hatten, schwärmte sie: «Reizende Leute! Und wie sie einander lieben! Und eine solche Familienanhänglichkeit!»

«Bei jüdischen Familien ist das nicht selten», bemerkte Martin unüberlegt.

«Jüdische Familien? Sind die Kürschners Juden?»

Martin nickte.

«Ich wünschte mir, daß Hitler die Familie Kürschner eines Tages kennenlernt! Vielleicht ändert er dann seine Meinung über die Juden.»

Dieser wohlgemeinte Wunsch nach einer Begegnung ging glücklicherweise nie in Erfüllung. Ebensowenig Josephs Wunsch; Martin schrieb nie einen Roman über Horst Wessel, nicht einmal eine Novelle. Er las die achtunddreißig Artikel durch, die Goebbels ihm geschickt hatte, obwohl er sie fast alle kannte, da ihm *Der Angriff* gratis ins Haus geliefert wurde. Schon beim ersten Lesen war er entsetzt gewesen über Josephs schwülstige Elaborate, jetzt, im Zusammenhang, merkte er, mit welcher systematischen Frechheit hier eine Legende aufgebaut wurde, Stein für Stein, ein Gebäude ohne Grundmauer. Am schlimmsten fand Martin den letzten Satz Goebbels' in seinem Nekrolog nach dem Begräbnis: «Der Tote, der mit uns ist, hebt seine müde Hand und weist in die dämmernde Ferne: über Gräber vorwärts, am Ende liegt Deutschland!»

Um auf das Gespräch mit Goebbels vorbereitet zu sein, nahm Martin das Angebot von Alfred Kürschner an, besuchte ihn im Funkhaus und ließ sich alle Unterlagen über den Fall Horst Wessel zeigen. Vor allem anhand der Protokolle der Zeugenaussagen stellte sich einwandfrei heraus, daß Horst

Wessels Ermordung kein politischer Mord war. Gewiß, Mörder und Ermordeter gehörten gegensätzlichen politischen Gruppen an, Horst Wessel war SA-Sturmführer und Ali Höhler Anführer einer Schlägertruppe der Rotfront. Aber diese Helden pflegten jeweils nur in Gruppen aufzutreten, und es kam nie vor, daß ein Einzelner am hellichten Tag in die Wohnung eines Gegners marschierte, um ihn niederzuschießen. Ihre Absicht war sowieso nicht Mord, meistens wollten sie dem Gegner nur einen Denkzettel verpassen.

Ein Racheakt zwischen Zuhältern war es auch nicht, denn Horst Wessel war kein Zuhälter. Er hatte das Pech, sich in ein Straßenmädchen zu verlieben, das, unter anderem, für Ali Höhler auf die Straße ging. Höhler allerdings konnte es sich nicht vorstellen, daß man sich in eine Straßenhure verlieben konnte; er war überzeugt davon, daß Horst Wessel, der sowieso sein erklärter Feind war, ihm sein «Pferdchen» ausspannen wollte. Ali ging also in die Große Frankfurter Straße und schoß Wessel mit den Worten «Du weißt, wofür!» ins Gesicht, nachdem dieser ahnungslos die Tür geöffnet hatte.

«Ein Märtyrer ist Horst Wessel nicht», sagte Martin zu Alfred Kürschner, als er nach zwei Stunden intensiver Arbeit die Unterlagen an ihn zurückgab.

«Nein, das ist er nicht, aber diesem Goebbels wird es gelingen, aus ihm einen zu machen.»

An einen Horst-Wessel-Film dachte Martin überhaupt nicht. Er wußte ganz genau, daß sich dafür kein Produzent finden würde. Trotzdem lastete Josephs Vorschlag wie ein Alptraum auf ihm, hatte er doch den Plan, selbst eine Produktionsfirma zu gründen. Er war überzeugt davon, daß Goebbels versuchen würde, ihn mit allen Mitteln zu zwingen, die Geschichte Horst Wessels zu verfilmen. Dazu noch im Goebbelsschen Sinne verfälscht.

Das war einer der Gründe, weshalb die Produktionsfirma nicht zustande kam. Ein zweiter Grund war Eugen Kürschners Ansicht, von der Gründung einer Firma unter allen Umständen abzusehen.

«Sie können nur Geld verlieren, noch dazu gar kein eigenes, sondern das Ihrer Frau oder Ihrer Tante. Wenn der erste

Film nicht wie eine Bombe einschlägt – und wer kann das schon garantieren –, stehen Sie plötzlich ohne Geld da und sind nicht in der Lage, einen zweiten Film zu machen, um die Verluste des ersten zurückzugewinnen, was ebenfalls nur eine unsichere Hoffnung ist. Filme machen darf nur eine große Firma, die kontinuierlich produzieren kann, wie etwa die Ufa, hinter der der Hugenberg–Konzern steht. Die einzelnen kleinen Produzenten sind Finanzjongleure oder Abenteurer. Sie gehören nicht zu dieser Sorte.»

«Und die Phoebus?»

«Wir sind bisher von einer Versicherungsfirma finanziert worden, aber die Herren wollen nicht mehr mitmachen. Wenn sie sich wirklich zurückziehen, sind wir pleite.» Als er Martins betroffenes Gesicht sah, lachte er und bat: «Aber behalten Sie das bitte für sich.»

Kürschner übertrieb nicht; die Phoebus mußte einige Monaten darauf Konkurs anmelden. Doch Martin hatte Glück und wurde nicht arbeitslos. Hugo Corell hatte gute Beziehungen zum Konzernchef Geheimrat Hugenberg und fiel die Leiter nach oben; er wurde Generaldirektor der Ufa und nahm einige Mitarbeiter mit, unter anderem auch Martin.

Martins Zimmer auf dem Ufa–Gelände in Babelsberg war bedeutend größer als in der Friedrichstraße; außer dem Schreibtisch stand in einer Ecke ein kleiner runder Tisch mit drei bequemen Sesseln. Hier konnte man Besprechungen mit Autoren und Regisseuren abhalten.

14

Am dritten Tag nach Martins Einzug in seinen neuen Arbeitsraum, öffnete sich plötzlich die Tür, und Robert Liebmann, Chefdramaturg der Ufa und direkter Vorgesetzter Martins, guckte herein. «Herr Ottler, hier möchte Sie jemand sprechen.» Erst jetzt stieß er die Tür ganz auf – neben ihm stand lächelnd Karl Kaltz. Martin starrte ihn an, als hätte er eine Erscheinung.

«Wenn der Emil frei ist, lasse ich Sie rufen, Herr Kaltz.» Dann erklärend zu Martin: «Herr Kaltz will nämlich mit Jannings ein Interview machen.»

Erst nachdem Liebmann gegangen war, betrat Karl das Zimmer, zog die Tür hinter sich zu und sagte freundlich: «Hello, Martin!»

Nur eine Sekunde zögerte Martin, dann ging er mit ausgebreiteten Armen auf Karl zu. Sie umarmten sich, wenn auch mit einer gewissen Zurückhaltung. «Ich weiß nicht, ob dir mein Besuch angenehm ist . . .»

«Wie kannst du so was denken! Ich bin glücklich, dich zu sehen.»

Sie setzten sich an den runden kleinen Tisch, und Karl begann zu erzählen. Er war amerikanischer Staatsbürger geworden, lebte seit Jahren in Chicago und gehörte als Deutschland-Experte zu der Redaktion der *Chicago Herald Tribune*. Zur Zeit machte er eine Reise durch Deutschland und wollte hier mit verschiedenen Persönlichkeiten aus Kunst und Politik Interviews machen.

«Jannings ist seit seiner Tätigkeit in Amerika sehr bekannt und sehr beliebt, aber hauptsächlich will ich mit Politikern reden. Brüning, Schleicher und der Hitler stehen auf meiner

Liste. Amerika ist über die Entwicklung in Deutschland sehr beunruhigt.»

Martin schwieg.

«Du bist also nicht beunruhigt?»

«Ich bin es auch. Aber wahrscheinlich aus anderen Gründen als die Amerikaner.»

«Aus welchen Gründen?»

«Wir haben einen fünfundachtzigjährigen, hilflosen Reichspräsidenten, sechs Millionen Arbeitslose, vierunddreißig politische Parteien und einen Haufen unfähiger Politiker.»

«Mit Ausnahme von Adolf Hitler», bemerkte Karl spöttisch.

«Du sagst es», antwortete Martin. «Immerhin stehen fast vierzehn Millionen Wähler hinter ihm.»

«Du bist also immer noch in der NSDAP, aber ich habe es kommen sehen, schon damals in Garmisch.»

«Es hat Jahre gedauert, bis es soweit war, das kannst du mir glauben, Karl. Und ich wollte einige Male wieder austreten, das kannst du mir ebenfalls glauben. Aber uns Deutschen bleibt keine Wahl. Die stärkste Partei nach der NSDAP sind die Kommunisten. Ernst Thälmann hat fünf Millionen Stimmen hinter sich. Die Frage für die Zukunft ist: rot oder braun?»

«Vielleicht hast du, von deinem Standpunkt aus, recht. Ich muß zugeben, die Wahl ist schwer. Für dich. Für mich ist die Anwort vom Schicksal vorgezeichnet. Thälmann ist kein Antisemit.»

«Über diesen Punkt haben wir uns schon in Garmisch unterhalten. Ich glaube, Hitler will die Juden lediglich als politische Kraft ausschalten, auch, wenn es in ‹Mein Kampf› anders zu lesen ist. Der Spruch ‹Es wird nichts so heiß gegessen, wie es gekocht wird› paßt am besten zu der Speisekarte der Politiker, die während des Wahlkampfes mit den schärfsten Zutaten arbeiten.»

«Ich wünsche dir und Deutschland, daß du recht behältst.»

Es herrschte eine Weile nachdenkliches Schweigen, dann fragte Karl: «Du hast in der Redaktion von *Der Angriff* gearbeitet?»

«Nur kurz. Ich habe mich bald mit Goebbels verkracht.»

«Aber jetzt vertragt ihr euch wieder prächtig.»

«Woher weißt du das alles? Ich kann mir nicht vorstellen, daß man in Chicago über mich spricht.»

«In Chicago nicht, aber in Berlin. Ich bin seit zwei Tagen hier und wohne bei meiner ehemaligen Stiefmutter.»

«Bei Helga?»

«Ja, und sie hat dich nicht aus den Augen verloren, sie weiß so ziemlich alles über dich.»

«Wie ist das möglich? Ich habe sie seit Jahren nicht gesehen, auch nichts über sie gehört. Ihre Zeitschrift erscheint schon lange nicht mehr.»

«Sie schreibt auch nicht mehr, sondern hat einen steinreichen Pelzhändler geheiratet, einen Armenier namens Basukian, und augenblicklich sind beide damit beschäftigt, sein Vermögen ins Ausland zu schaffen. Sie würde sich bestimmt freuen, wenn du sie mal anrufen würdest.»

«Das werde ich bestimmt nicht tun. Annemarie würde es mir übelnehmen, und warum sollte ich ihr wehtun.»

«Auch das habe ich gehört, daß du ein braver Ehemann geworden bist und glücklicher Vater von Zwillingen.»

«Ein sehr glücklicher Vater.»

«Aber ein anderes Telefongespräch könntest du führen. Ein Gespräch für mich. Vielleicht kannst du ein Zusammentreffen mit Goebbels arrangieren. Er ist immerhin Propagandaleiter der Partei, ich möchte ein Interview mit ihm machen. Du kannst ihm sagen, daß ich mit Hitler bereits einen Termin in München habe.»

«Wie hast du das geschafft?»

«Meine Zeitung hat es geschafft, über Herrn Hanfstaengl. Ich habe ihn schon gestern in München angerufen und mit ihm alles geklärt.»

Das Telefon läutete, die Presseabteilung ließ Herrn Kaltz bitten, in die Garderobe von Herrn Jannings zu kommen.

Martin versprach, Goebbels anzurufen, und lud Karl nach Dahlem ein. Aber Karl hatte für die folgenden zwei Tage schon Verabredungen, ein Gespräch mit Thomas Mann und eines mit Gerhart Hauptmann, dessen Stück ‹Vor Sonnenuntergang› vor wenigen Monaten im Deutschen Theater uraufgeführt worden war. Sie einigten sich auf Sonntag.

«Bis dahin habe ich Goebbels mit Sicherheit erreicht», sagte Martin und verabschiedete sich von Karl.

«Karl Kaltz? Ist das nicht dein Freund? Der ist doch Jude?» fragte Goebbels, als er den Namen hörte.

«Katholisch. Außerdem amerikanischer Staatsbürger.»

«Das ist etwas anderes. Ein Amerikaner kann es sich natürlich erlauben, getaufter Jude zu sein!»

«Wenn der Führer ihm ein Interview gibt, kannst du es auch tun.»

Goebbels wurde plötzlich hellhörig, als Martin ihm von der Verbindung *Chicago Herald Tribune* – Hanfstaengl erzählte. «Dieser Putzi Hanfstaengl! Mischt sich überall ein! Warum haben die Amerikaner nicht mich angerufen?»

«Das mußt du Kaltz fragen.»

Schließlich einigten sie sich darauf, daß Joseph am Sonntag ebenfalls zum Mittagessen kommen sollte.

Erstaunt und voller Bewunderung lauschte Martin dem Gespräch zwischen Karl und Joseph. Goebbels zeigte sich von seiner besten Seite. Er war freundlich, entgegenkommend, charmant, sprach Karl mit «Herr Kollege» an, und als Karl bemerkte, daß er kein Propagandaleiter einer Partei sei, erwiderte Goebbels: «Wir sind beide Journalisten, Mr. Kaltz.»

Von nun an wechselte er die Anrede, mal sagte er Mr. Kaltz, mal Herr Kollege. Hie und da wandte sich Joseph zu Martin und kommentierte: «Hier irrt sich aber unser ausländischer Kollege.» Er gab sich ungemein bescheiden und wies immer wieder auf die einmalige, große Persönlichkeit Hitlers hin, wohl wissend, daß Karl mit dem Führer in München zusammentreffen würde.

«Sie werden sehen, Mr. Kaltz, daß sich niemand, aber wirklich niemand der Ausstrahlung des Führers entziehen kann, auch, wenn er grundsätzlich eine andere Meinung als Hitler vertreten sollte. Mir ging es jedenfalls so. Anfangs habe ich ihn oft kritisiert. Ich gehörte zunächst der Nationalsozialistischen Freiheitspartei an, die von Gregor und Otto Strasser geleitet wurde. Aber bald kam ich mir wie ein Ketzer vor, Hitlers politisches Genie hatte mich besiegt. Sie müssen ihn einmal reden hören. Wenn Hitler spricht, dann bricht vor der magischen Wirkung seiner Worte aller Widerstand zusammen. Man kann nur sein Freund werden oder sein Feind sein.»

Den letzten Satz hatte er ziemlich pathetisch rausgeschleudert. Martin applaudierte ironisch, und Goebbels fauchte ihn an: «Sei nicht albern!» Aber er fing sich schnell wieder ein.

Karl notierte alles, stellte sachliche Fragen. Die letzte lautete: «Wie stehen Sie zu Hitlers Antisemitismus?»

«Erlauben Sie mir bitte, eine Gegenfrage zu stellen. Ich habe in mühsamer Arbeit die Liste von insgesamt 1415 politisierenden Schriftstellern und Journalisten zusammengestellt. Lauter Leute, die sowohl in Berlin als auch in der Provinz, also in ganz Deutschland die Presse beherrschen und die Massen beeinflussen. Was glauben Sie, wieviele Juden darunter waren?»

Karl zuckte die Achseln.

«1110! Und das ist es, was Hitler beseitigen will: die politische Macht der Juden.»

«Und wie stellen Sie sich persönlich zu dieser Frage?»

«Martin wird es Ihnen bestätigen, daß ich einige Jahre mit einer Jüdin befreundet war. Ich war sogar mit ihr verlobt. Und diese Verlobung ist nicht aus rassischen Gründen auseinandergegangen, sondern endete, wie manche Liebschaften zu enden pflegen. Sie kennen sicher die hübsche Platte von Richard Tauber: ‹Die Liebe kommt, die Liebe geht, die Träne fließt zu spät. . .›.»

«Tauber ist Jude.»

«Ich weiß. Aber, einer Stimme merkte man es nicht an. Ein Sänger ist ungefährlich, jedoch nicht die jüdischen Skribenten, die zum Unglück auch noch schreiben können.»

Martin merkte, daß das Gespräch in ein gefährliches Stadium gekommen war. Auch Karl schien genug gehört zu haben, denn er klappte seinen Notizblock zusammen und bedankte sich artig bei Goebbels.

Beide Gäste verabschiedeten sich, und Martin begleitete sie nach draußen. Auf der Straße stand ein großer, schwarzer Wagen, Goebbels neueste Errungenschaft. Martin kannte den Wagen noch nicht, aber der Fahrer, ein breitschultriger, riesiger Kerl kam ihm bekannt vor.

«Heil Hitler, Herr Dr. Ottler! Erinnern Sie sich an mich?»

«Wir kennen uns, das weiß ich, aber ich kann Sie nicht unterbringen», antwortete Martin, dem dieses «Heil Hitler» vor Karl ziemlich peinlich war.

«Ich bin Albert Tonak, der neben Ihnen im Krankenhaus lag.»

«Der unbekannte SA–Mann! Guten Tag, Albert.» Mit dieser Begrüßung wollte er Tonaks vorheriges «Heil Hitler» wieder gutmachen.

Goebbels bot Karl an, ihn nach Hause zu fahren. Karl nahm das Angebot an, schüttelte Martin zum Abschied die Hand und versprach, ihm aus den Staaten zu schreiben. Dann stieg er in den Wagen. Goebbels setzte sich, wie es seine Gewohnheit war, neben den Fahrer, drehte sich aber sofort zu Karl um.

«Es war geradezu grotesk, wie diese beiden Antipoden einträchtig im Wagen saßen», meinte Martin später zu Annemarie.

«Ich mag diesen Goebbels nicht!» erklärte Annemarie völlig überraschend.

Ihre Auffassung über Goebbels schienen auch andere Leute zu teilen; etwa eine halbe Stunde später zersplitterte ein Fenster, und ein in ein weißes Papier eingewickelter Stein landete auf dem Teppich. Auf der Innenseite des Zettels war zu lesen: «Dr. Ottler, Sie sollten sich mit Leuten wie Goebbels nicht abgeben!»

«Das geht natürlich zu weit!» beklagte sich Annemarie, angesichts der zerbrochenen Scheibe. «Wer kann das gewesen sein?»

«Nicht schwer zu erraten. In der Straße wohnen einige Studenten, die zur Rotfront gehören.»

* * *

Martin fühlte sich bei der Ufa sehr wohl. Er führte in Babelsberg ein sehr viel abwechslungsreicheres Leben als in der Friedrichstraße. In den Ateliers wurden meistens gleichzeitig zwei, drei Filme gedreht, und Martin konnte die Aufnahmen beobachten, wann er wollte. In der Kantine saß er oft noch mit den Stars und Regisseuren zusammen. Anfangs notierte er noch täglich in seinem Tagebuch, wen er kennengelernt hatte: Asta Nielsen, Henny Porten, Lilian Harvey, Lil Dagover, Camilla Horn, Liane Haid, Willy Fritsch, Emil Jannings, Fritz Kortner, Theodor Loos, Conrad Veidt und so weiter und so weiter. Nach einigen Wochen gab er die Eintragungen jedoch auf. Das Kennenlernen von Berühmheiten war zum Alltag geworden.

Eine Begegnung jedoch hatte eine ganz besondere Bedeutung für ihn. Er wurde seinem Jugendschwarm Elisabeth Bergner vorgestellt. Liesl, wie die Bergner von ihren Freunden genannt wurde, war sehr freundlich und nett zu ihm, und Martin gestand ihr schüchtern, daß er sie schon als Gymnasiast verehrt hatte.

«Soll das eine Anspielung auf mein Alter sein?»

«Um Himmels willen, nein!»

«Süß!» rief die Bergner aus. «Sie können ja noch richtig rot werden!» Dann fragte sie: «Sind Sie Schauspieler?»

«Nein. Ich bin Dramaturg bei der Ufa.»

«Schade, ich würde Sie als Liebhaber sofort akzeptieren.»

Martin war maßlos verlegen und brachte kein Wort heraus.

Sie lachte ihr glockenhelles Lachen. «Ich meine, als Filmpartner.»

Eine weitere Begegnung, die ihn sehr beeindruckte, war die Begegnung mit einem Mörder.

Die Kantine war gerammelt voll, Martin saß mit dem Pressemann der Ufa, Fritz Jacobson, an einem kleinen Tisch. Jacobson war früher fertig mit dem Essen und hatte es wie immer sehr eilig. Kaum war er weg, erschien ein großer, ziemlich wohlbeleibter Mann und fragte Martin, ob er sich zu ihm setzen dürfe. Martin nickte freundlich, ein Kellner kam, und der Fremde bestellte ein großes Bier und zwei doppelte

Klare. Er kippte die Schnäpse runter, und dann begann er an seinem Bier zu nippen.

Martin schaute ihn möglichst unauffällig an, doch der Fremde bemerkte seinen Blick. «Sie halten mich für einen Säufer?»

«Aber nein!»

«Sie sollten es ruhig tun. Ich bin einer. Darf ich mich vorstellen, Ernst von Salomon.»

Martin kannte den Namen. Ernst von Salomon gehörte zu der Gruppe von vier jungen Offizieren, die am 24. Juni 1922 den jüdischen Außenminister Walther Rathenau in Berlin erschossen hatten. Er besaß auch Salomons Buch ‹Die Geächteten›, das Erich ihm ein Jahr zuvor zum Geburtstag geschenkt hatte, mit der Bemerkung, es sei von einem guten Freund geschrieben. In dem Buch, das Martin mit großem Interesse gelesen hatte, schilderte Salomon mit leidenschaftlicher Anteilnahme die verworrene Revolutionszeit in Berlin, die Verschwörung, den Mord an Rathenau und schließlich die Geschichte seiner fünf Jahre im Zuchthaus. Martin fand es aufregend, plötzlich Ernst von Salomon gegenüberzusitzen, aber eigentlich hatte er sich Salomon immer als einen schlanken, fast asketisch aussehenden jungen Mann vorgestellt, und nun saß da ein fettleibiger Riese.

«Sie schauen mich so ungläubig an! Ich bin es, Salomon, der Rathenau-Mörder.»

«Ich habe schon viel von Ihnen gehört.»

«Das glaube ich, der Mord hat genug Staub aufgewirbelt und die fünf Jahre Zuchthaus ebenfalls. Den meisten Menschen war das zu wenig, sie wollten mich hängen sehen.»

Der Kellner kam am Tisch vorbei, und Salomon bestellte noch zwei doppelte Klare.

«Das meine ich nicht. Mein Schwager Erich von Odenburg hat mir viel von Ihnen erzählt.»

«Erich? Sie sind also mit der kleinen Annemarie verheiratet? Ich erinnere mich ganz genau an sie. Sie war sehr klein und sehr blond. Mit Erich war ich beim Freikorps zusammen. In der OC. Aber nur kurze Zeit, dann ist er hinübergewechselt zum Rossbach. Vor kurzem habe ich ihn in München getroffen. Wir haben uns nur von weitem zugewinkt. Er war mit ein paar Typen zusammen, die ich nicht mag. Ich glaube, Ernst Röhm war auch dabei.»

«Das ist durchaus möglich», warf Martin ein. «Erich spricht öfter über Röhm, wenn er uns mal anruft. Er ist befreundet mit ihm. Röhm wollte ihn sogar nach Südamerika nachkommen lassen, als er drüben die bolivianische Armee neu organisiert hat.»

«So? Hat er das? Davon wußte ich nichts. Wahrscheinlich saß ich gerade im Knast.»

«Röhm war aus der Partei ausgeschlossen worden und ging nach Südamerika. Eines Tages hat Hitler ihn zurückgeholt und in Gnaden wieder aufgenommen.»

«Pack schlägt sich, Pack verträgt sich.»

Von dieser respektlosen Äußerung war Martin ehrlich überrascht. Er hatte Salomon, den Mittäter beim Mord an dem jüdischen Außenministers Walther Rathenau, mit der größten Selbstverständlichkeit für einen Nationalsozialisten gehalten. «Sie sind nicht in der Partei, Herr von Salomon?»

«Bei Gott nicht! Sie brauche ich gar nicht erst zu fragen. Der Schwager von Erich muß Nationalsozialist sein.»

«Sie haben recht. Er muß.»

«Ich muß nicht, obwohl ich fast die gleiche Vergangenheit habe wie Erich. Von Rathenau natürlich abgesehen. Aber sonst – Kadettenschule, Offizier, Krieg, Freiheitskämpfe in der Organisation Consul unter Kapitän Ehrhardt; ein Weg, der zwangsläufig zum Nationalsozialismus führen muß – glauben die Leute. Sie irren sich. Ich habe im Zuchthaus Zeit gehabt, nachzudenken und zu lesen. Nicht nur Ernst Jünger. Ich glaube, die Zeiten haben sich geändert, es scheint nicht mehr alles zu stimmen, was früher als unabänderlich galt. Ich glaube nicht an Marx, aber ich glaube auch nicht an Hitler. Ich bedaure, daß es ihm gelungen ist, die Massen zu blenden. Er wird siegen, aber er bringt Deutschland Unheil: Er bringt uns den Krieg, und wir haben den letzten noch nicht verdaut.»

Er redete sehr beeindruckend und sprach in Martin etwas an, das der immer wieder gespürt hatte, worüber er sich aber nie klargeworden war. Martin hätte sich gern noch weiter mit ihm unterhalten, aber ein Page trat an den Tisch. «Herr Techow erwartet Sie, Herr von Salomon.»

Salomon ging, nachdem er sich von Martin mit Handschlag verabschiedet hatte.

Martin überlegte, was Salomon mit dem Produktionsleiter Techow zu tun haben könnte. Plötzlich fiel ihm ein, daß einer der Rathenau-Attentäter Techow hieß.

Sonntag früh um sieben Uhr klingelte es Sturm an der Wohnungstür. Martin öffnete schlaftrunken, draußen stand Erich in der nagelneuen Uniform eines SA-Sturmbannführers.

«Du hast noch gepennt, was?» fragte er lachend und schleppte zwei große Koffer in die Wohnung. «Wir hatten Rückenwind, und die Maschine ist schon um sechs Uhr in Berlin gelandet.»

«Du bist mit dem Flugzeug gekommen?»

«Mit dem Führer, in seiner Junkers-Maschine!»

«Ich habe schon davon gehört, daß er ein eigenes Flugzeug hat.»

«Er braucht es auch dringend, fliegt täglich drei, vier Städte an, um Reden zu halten. Wir sind beim Endspurt, mein Junge!»

Martin deutete auf die beiden Koffer. «Ich sehe, du willst länger bleiben.»

«Das will ich hoffen!» rief Erich und fügte hinzu: «Ich wollte Tante Hedwig nicht so früh aus dem Bett holen.» Er pflegte in Berlin immer bei seiner Tante zu wohnen, die ihm ein Zimmer ständig zur Verfügung hielt.

Martin musterte Erich von Kopf bis Fuß. «So bist du aus München gekommen? In Uniform?»

«Warum nicht? Du scheinst nicht zu wissen, daß das Kabinett des Herrn von Papen auf Betreiben Schleichers gestern das Uniformverbot der NSDAP für ganz Preußen aufgehoben hat. Das war eine seiner ersten Amtshandlungen als Reichswehrminister.»

«Das habe ich wirklich nicht gewußt.»

«Du solltest dich was schämen, dich so wenig um die Partei zu kümmern!» schimpfte Erich, nicht ganz ernst. «Aber jetzt bin ich da und werde dafür sorgen, daß du deine Uniform aus dem Schrank holst.»

«Wenn die Motten sie noch nicht aufgefressen haben», sagte Annemarie, die gerade ins Zimmer kam und ihren Bruder umarmte.

Wegen dieser Uniform gab es im Laufe der nächsten Zeit einige Auseinandersetzungen zwischen Erich und Martin. Keine lautstarken Kräche, Erich machte Martin in seiner freundlichen Art Vorwürfe, daß er den Dienst in der SA vernachlässigen würde. «Wenn du nicht mein Schwager wärst, hätte man dich schon längst gefeuert.»

Die Differenzen begannen schon am Tage von Erichs Ankunft. Abends sprach Hitler im Sportpalast, und Erich wollte, daß Martin in der Ehrenformation mitmarschieren sollte. Martin wollte nicht. «Viele von der Ufa gehen am Abend hin. Nicht, weil sie Hitler-Anhänger sind, sondern mehr aus Neugier. Warum soll ich diese Leute mit meiner Uniform vor den Kopf stoßen? Sie haben keine Ahnung davon, daß ich in der SA bin.»

«Das nenne ich Feigheit!»

«Joseph nennt das Klugheit. Er will, daß ich bei der Ufa bleibe und, wenn es soweit ist, eine wichtige Position übernehme. Ich bin so was wie ein Trojanisches Pferd, meint er.»

«Ich finde das ganz vernünftig», mischte Annemarie sich ein.

«Aber ihr seid alle da, die gesamten Ottlers, hört ihr! Mittags schicke ich euch mit einem Fahrer die Eintrittskarten vorbei.»

Die Ottlers kamen tatsächlich zu der Kundgebung. Martin, Annemarie, Frau Ottler und Martins Vater.

Nur Claudia fehlte. Sie hatte ihre Abneigung gegen die Politik und vor allem gegen Hitler nicht abgelegt. Claudia hatte aus ihrem früheren Hobby einen Beruf gemacht und war Malerin geworden. Sie malte im impressionistischen Stil, nachdem sie bei Max Liebermann einige Stunden genommen hatte. Diese Unterrichtsstunden kamen mit Hilfe eines jungen Mannes zustande, der mit Liebermann über mehrere Ecken verwandt war. Er hieß Alfréd Becker, war Jude und mit Claudia heimlich verlobt. Die beiden hatten beschlossen, an dem Tag, an dem Hitler die Macht in Deutschland übernähme, nach Paris auszuwandern.

Auch Hedwig von Wallersleben war dabei und glücklich, Erich in der riesigen Halle in der Umgebung des Führers zu entdecken. Auch Schlachtermeister Klick war da, als Saalwache in voller Uniform. Mit Freude begrüßte er die Ottlers und lotste sie zu ihren reservierten Plätzen.

Der Sportpalast war gerammelt voll, Hitlers Rede wurde dauernd von Applaus unterbrochen. Er attackierte wieder die Demokraten:

«... Sie haben in den Novembertagen 1918 feierlich versprochen, unser Volk, insbesondere den deutschen Arbeiter, einer besseren wirtschaftlichen Zukunft entgegenzuführen. Sie können heute nicht einen einzigen deutschen Berufsstand als Zeugen für die Güte ihres Tuns anführen. Der deutsche Arbeiter verelendet, der Mittelstand ruiniert, die sozialen Hoffnungen vieler Millionen Menschen vernichtet, ein Drittel aller im Erwerbsleben stehenden deutschen Männer und Frauen ohne Verdienst; das Reich, die Länder und die Kommunen überschuldet, sämtliche Finanzen in Unordnung und alle Kassen leer!»

«Pfui, pfui!» brüllte die Menge.

«Wer könnte dem widersprechen?» fragte Frau Ottler ihren Mann. «Er hat mit jedem Wort recht.»

«Leider», brummte Dr. Ottler.

Mit ähnlichen Argumenten und im gleichen Ton wetterte Hitler gegen die Parteien. Zum Schluß hieß es: «Man wirft uns vor, daß wir intolerant sind, weil wir mit den anderen dreißig Parteien nicht zusammenarbeiten wollen. Die Herren haben ganz recht, wir sind intolerant! Ich habe mir ein Ziel gestellt, diese dreißig Parteien aus Deutschland hinauszufegen!»

Der Applaus drohte die Wände zum Einsturz zu bringen. Heil-Hitler- und Bravo-Rufe brausten auf, manche schlugen lautstark vor: «Rotfront verrecke! Schlagt sie tot!»

Hedwig von Wallersleben wurde blaß, hielt sich die Ohren zu und flüsterte entsetzt: «Schnell weg von hier!»

Einige Tage nach Erichs Ankunft klingelte der Briefträger Schulte, der die Post sonst immer nur in den Briefschlitz warf, an der Tür. «Frau Doktor, hajen Se schon det Jeschmiere jesehen an' Pfosten von der Jartentür?»

Annemarie schüttelte den Kopf.

«Een Hakenkreuz hajen sie hinjemalt, in rote Farben. Und nicht nur bei Se, in allen Häusern, wo Parteijenossen wohnen. Ick kenn se alle, ick traje die Post hier seit zehn Jahren aus.»

Annemarie bedankte sich mit einem Trinkgeld und sagte, daß ihr Mann, wenn er nach Hause käme, die Schmiererei entfernen würde.

«Wenn det bloß nich zu spät is. Ick haje nämlich etwas läuten jehört ...» Er beendete den Satz nicht und entfernte sich mit schlurfenden Schritten.

Schulte behielt recht; Martin kam erst, als schon alles vorbei war. Einer der Zwillinge, Hermann, lag bereits wieder schlafend im Kinderzimmer, mit einer Stirnwunde, die im Dahlemer Krankenhaus genäht worden war.

«Er war fast eine Stunde ohne Bewußtsein», erzählte Annemarie weinend, und Martin erfuhr, was passiert war. Sie war in der Küche gewesen, die Kinder hatten auf dem Teppich im Wohnzimmer gespielt. Plötzlich hörte sie, wie ein Wagen vor dem Gartentor hielt und einige Fenster splitterten; sie war ins Wohnzimmer gestürzt. Am Boden lag bewegungslos Hermann, mit blutender Stirn. Wolf hockte neben ihm und heulte herzzerreißend. Verzweifelt hob sie den Verletzten hoch, rief ein Taxi und fuhr rasch in das Dahlemer Krankenhaus. Der diensthabende Arzt beruhigte sie. Der Junge war nur von einem Glassplitter getroffen worden, nicht von einem Stein. Dann hätte die Sache viel schlimmer aussehen können.

Von dem Arzt hatte sie erfahren, daß er mehrere Verwundete behandeln mußte, da ein offener Lastwagen mit Rotfrontanhängern, die Spartakus-Lieder grölten, durch die

Straßen Dahlems fuhr. Der Wagen hielt vor den Villen, die mit roten Hakenkreuzen gekennzeichnet waren, und dann wurden die Fenster dieser Häuser mit Steinen bombardiert.

Martin betrachtete eine Weile mit grimmigem Gesicht seinen verletzten Sohn, drehte sich wortlos um und ging, von Annemarie gefolgt, ins Schlafzimmer, öffnete den Kleiderschrank, holte seine SA–Uniform heraus und drückte sie seiner Frau in die Hand: «Entmotten, bürsten, bügeln.»

Von da an trug Martin die Uniform sehr oft. Er meldete sich bei seiner Sturmabteilung, machte alle Veranstaltungen mit, wurde Truppführer, bald Obertruppführer. Dann wurde er von Erich, der als Adjutant des Grafen Helldorf nun ständig in Berlin blieb, für dessen Abteilung angefordert – als Haupttruppführer.

Mit der gleichen Geschwindigkeit entwickelte sich die politische Situation in Deutschland Richtung rechts, nachdem die Gewerkschaften zum Generalstreik aufgerufen hatten.

Berlin ist tot! Alle Räder stehen still; es fährt keine U–Bahn, auch keine Straßenbahn. Die Menschen schlagen sich um die Taxis auf der Straße, und die Taxifahrer machen einen «riesigen Rebbach», wie Joseph es bezeichnet, schrieb Martin in sein Tagebuch.

Papen trat zurück, General von Schleicher wurde Reichskanzler, aber nur für knappe drei Monate, dann ernannte Reichspräsident Hindenburg Hitler zum Reichskanzler. Die NSDAP triumphierte. Tausende und Abertausende jubelten auf den Straßen und riefen: «Heil Hitler! Deutschland erwache!»

Aber sehr viele schlossen fest ihre Fenster und verdunkelten ihre Wohnungen. An Martin ging das alles vorbei. Er konnte auch nicht wissen, daß einige seiner früheren Idole bereits ihre Koffer packten, um zu emigrieren. Er konnte auch nicht hören, was der greise Maler–Professor Max Liebermann, der neben dem Brandenburger Tor wohnte, verächtlich murmelte, als er die vorbeimarschierenden SA–Kolonnen sah: «Man kann gar nicht soviel essen, wieviel man kotzen möchte!»

Martin sah nur die jubelnden, tobenden Massen und schrieb in sein Tagebuch:

Auf Befehl Helldorfs sammelten sich am Abend alle Sturmabteilungen im Tiergartenviertel, hier wurden die Formationen gebildet, und wir marschierten dann, teilweise mit Fackeln in der Hand, durch das Brandenburger Tor, wo wir nach rechts in die Wilhelmstraße abschwenkten, um zum Hotel Kaiserhof zu marschieren, wo sich der Führer mit seiner Gefolgschaft aufhält. Zwischen den Kolonnen die Musikkapellen, die abwechselnd alte preußische Märsche und unsere Kampflieder spielten. Wir sangen, und die Menschenmassen, die zu Tausenden die Straßen säumten, sangen mit.

Ich war stolz. Stolz auf den Führer und auf meine braune Uniform, die ich eigentlich nie so richtig gern getragen habe. Oft kam sie mir fremd vor, für lange Zeit versteckte ich sie im Kleiderschrank, aber heute habe ich mich in ihr so heimisch gefühlt, als ob mir eine zweite Haut gewachsen wäre.

15

Die Filmstadt Babelsberg wechselte die Farbe. Nicht die Kulissen und nicht die grauen Fassaden der Bürohäuser und Baracken – die Menschen waren es, die die Farbe wechselten. Kleine, graue Büroangestellte, großmäulige Aufnahmeleiter, ihr Künstlertum mit langer Mähne betonende Architekten, Kameraleute, Regieassistenten und Regisseure, Kassierer und Dramaturgen wechselten plötzlich nach dem Triumphmarsch vom 30. Januar vom schlichten Zivil zur braunen Uniform über oder steckten zumindest ein Parteiabzeichen ins Knopfloch. Nicht alle natürlich, aber fast alle. Diejenigen, die es bis dahin geschickt verheimlicht hatten, daß sie zur Partei oder sogar zur SA gehörten, trugen ihre braune Überzeugung jetzt offen zur Schau. Auf dem Ateliergelände stolzierten sie herum, in den Büros; in der Kantine saßen sie mit euphorischen Gesichtern, die besagten: die Zukunft gehört uns. Die Bühnenarbeiter und die Beleuchter, die nach wie vor ihre Drilliche und Overalls trugen, sahen weniger enthusiastisch aus. Ihr Blick verriet Erbitterung, mitunter Angst.

Auch Martin trug seine neugewachsene zweite Haut.

In der Baracke der Dramaturgen herrschte am 30. Januar eine ziemliche Verwirrung. Wie aufgescheuchte Hühner liefen sie hin und her, besuchten sich gegenseitig in ihren Zimmern und suchten Rat bei ihren Kollegen, die ebenso ratlos waren wie sie.

«Was soll ich tun, Martin?» fragte der Zimmernachbar. «Ich bin dabei, vier Drehbücher zu entwickeln, unter den Autoren gibt es drei Juden. Glaubst du, daß sie weiterarbeiten dürfen?»

«Keine Ahnung. Ich habe die gleichen Probleme und alle anderen auch. Du bist bereits der vierte, der mir diese Frage stellt. Ich bin dafür, wir reden mit Robert Liebmann. Schließlich ist er der Chefdramaturg.»

«Meinst du das ernst?» fragte der Zimmernachbar. «Robert ist doch Jude. Ich glaube, er ist noch gar nicht auf dem Gelände.»

«Dann reden wir mit Corell», beschloß Martin.

Der Herr Generaldirektor zerbrach sich nicht lange den Kopf über das Problem. «Von uns aus geschieht nichts. Wir boykottieren niemanden. Ich bin überzeugt, Herr Dr. Goebbels wird uns bald seine Richtlinien mitteilen.»

Corell behielt recht. Schon zwei Tage später flatterte auf die Schreibtische der Ufa-Produktionsleiter und -Dramaturgen eine Verordnung von Dr. Goebbels – der damals noch nicht Propagandaminister, aber schon seit langer Zeit Gauleiter für Berlin und Reichspropagandaleiter der NSDAP war –, wonach es verboten wurde, jüdische Drehbuchschreiber und Regisseure zu engagieren.

Allerdings, bei den letzteren gab es eine Einschränkung. Es hieß: Regisseuren, die dem Deutschen Volk große, künstlerische Filme geschenkt hatten, wie zum Beispiel der Regisseur des Nibelungen-Films, Fritz Lang, würde der zukünftige Propagandaminister von Fall zu Fall, auf Antrag, eine Sondergenehmigung erteilen. Die genaue Liste der unerwünschten Autoren und Regisseure folge in kurzer Zeit – hieß es in der Verlautbarung.

Einige Tage später wurden alle sechs Dramaturgen der Ufa zu Goebbels zitiert.

Der Doktor – wie er damals schon genannt wurde – empfing die Gilde mit einer lässig erhobenen rechten Hand und einem kaum wahrnehmbaren «Heil Hitler». Sein «Bitte, nehmen Sie Platz» klang schon lauter. Dann folgte eine Standpauke:

«Ich habe hier siebzehn Filmexposés liegen. Elf davon kommen von vornherein nicht in Betracht, da sie von jüdischen Autoren stammen. Also in den Kamin mit ihnen. Es bleiben nun sechs übrig, die ich aufmerksam gelesen habe.

Diese triefen alle vor falschem Nationalismus und Heldentum, die Herren Autoren haben ihre Mäntel allzu augenscheinlich nach dem Wind gehängt. Ich will keine Blubo–Filme machen.»

Er machte eine Pause und betrachtete die verständnislosen Gesichter der Anwesenden. Einer fragte: «Was ist ein Blubo–Film, Herr Gauleiter?»

«Das wissen Sie nicht?» fragte Goebbels zurück. «Blubo bedeutet Blut und Boden. Das ist der Spitzname für die Erzeugnisse einer allzu eifrigen neuen Literatur. Für Spötter ist Blut und Boden unheilig.»

Die Runde schwieg.

«Ich will auch nicht lauter Helden auf der Leinwand sehen. Einer der hier Anwesenden schlug vor, ‹Die Nibelungen› nochmal zu drehen, aus nationalsozialistischer Sicht. Purer Unsinn. Nationalsozialistische Ideologie, ja – aber nur kaffeelöffelweise. Außerdem, niemand könnte Fritz Langs unbestrittenes Meisterwerk übertreffen.»

Niemand sagte etwas. Dr. Goebbels konnte es sich erlauben, gelegentlich das Werk eines jüdischen Regisseurs zu loben, sein eiserner Antisemitismus stand trotzdem außer Zweifel, aber die Anwesenden waren noch nicht profiliert genug, um sich derartige Äußerungen ohne Gefahr leisten zu können.

Goebbels nahm vom Manuskripthaufen das oberste Heft und wandte sich an Martin. «Du bist der einzige, Martin, der ein Lustspiel eingereicht hat.»

Martins Kollegen blickten auf. Sie waren überrascht, daß Goebbels Martin duzte.

Im Grunde war auch Martin überrascht. Er hätte sich nicht gewundert, wenn Goebbels in einem offiziellen Gespräch auf Distanz gegangen wäre.

«‹Adam und Eva› von Erich Kästner.» Er schaute Martin fragend an, und der fühlte sich verpflichtet zu sagen: «Ich finde die Geschichte sehr lustig.»

«Ich auch. Ein guter Grundeinfall, eine unerwartete Pointe.» Er machte eine kurze Pause. «Was hälst du überhaupt von Kästner?»

«Ich lese sehr gerne seine Gedichte. Seine Sprache ist lebendig, seine Gedanken zeitbezogen. Nicht so verquer wie Dehmel oder Stefan George.»

«Laß das den Führer nicht hören. Stefan George ist sein Lieblingsdichter. Nach Dietrich Eckart natürlich. Aber ehrlich gesagt, Kästner ist mir auch lieber. Er schreibt ohne Pathos. Hinter seinen einfachen, verständlichen Worten steckt Ausdruckskraft.» Er zitierte:

«Dieser Park liegt dicht beim Paradies.
Und die Blumen blühen, als wüßten sie's.»

«Auch ich halte Kästner für sehr begabt», bemerkte jemand.

«Das ist er.» Nach einer kurzen Pause erhob Goebbels die Stimme. «Und gerade deshalb muß ich ihn verbieten, obwohl er kein Jude ist. Ein Unbegabter ist ungefährlich, aber ein begabter Dichter ist schlimmer als ein Heckenschütze. Kästner schrieb auch, an uns adressiert:

Wie ihr's euch träumt, wird Deutschland nicht erwachen.
Denn ihr seid dumm und seid nicht auserwählt.
Die Zeit wird kommen, da man sich erzählt:
Mit diesen Leuten war kein Staat zu machen.

Mit solchen Haßgesängen und mit seinem ‹Fabian› hat Kästner in bürgerlichen Kreisen mehr Schaden angerichtet als Thälmann mit seinen Brandreden.»

Er legte das Manuskript auf den Stapel zurück. «Such dir einen anderen Lustspielschreiber, Martin. Übrigens, das Drehbuch über Horst Wessel ist schon in Arbeit.»

«Wer schreibt es?» wollte Martin wissen.

«Kein Geringerer als Hanns Heinz Ewers.»

«Also doch eine Heldensage?»

«Ja. Die berühmte Ausnahme, die die Regel bestätigt.»

Kurz darauf verabschiedete Goebbels seine Besucher mit einem lässigen «Heil Hitler», und Martin rief er noch nach: «Grüß deine Frau, Martin!»

Einige Tage später saß Martin in seinem Büro, zusammen mit Willy Kiekebusch, der ihn manchmal zu besuchen pflegte.

Das Telefon klingelte. Generaldirektor Hugo Corell war am Apparat. Er bat Martin, sich am Nachmittag ab drei Uhr für einen Besucher freizuhalten, den Graf Helldorf empfohlen hatte. Es handelte sich um den Sekretär des berühmten Hellsehers Erik Jan Hanussen, um Ismet Dzino, der im Auftrage Hanussens einen Filmstoff vorschlagen wollte.

Martin kannte Erik Jan Hanussen nur dem Namen nach. Er war ein Realist, hielt nichts von Okkultismus und von übernatürlichen Kräften und stand dem Ruhm Hanussens sehr skeptisch gegenüber. Er wußte, Hanussen hatte viele einflußreiche Freunde in der Partei. Man munkelte allerdings, daß er mit seinem leichtverdienten Geld sehr freizügig umging, viel Geld für die Partei spendete und daß manche Spenden nie die Parteikasse erreichten, sondern in den Taschen von hochgestellten SA–Bonzen verschwanden. Sogar Namen waren gefallen: der Potsdamer Polizeipräsident Graf Helldorf und sein Stellvertreter Karl Ernst, der Chef der SA Brandenburg und Berlin.

Der offizielle Grund der Parteibonzen für ihre Hanussen–Verehrung war, daß Hanussen zwei Zeitschriften herausgab, *Die andere Welt* und *Die Berliner Wochenschau*, in denen er unermüdlich den Sieg Adolf Hitlers prophezeite. *Die andere Welt* führte den Untertitel *Magazin des Wunderbaren.* Auf der Titelseite blickten Hanussens stechende Augen unter den buschigen Brauen den Leser an. Darunter stand: «Du wirst verfolgt von diesen Augen.»

Wenn Martin ein Exemplar dieser Zeitschriften zufällig in die Hände bekam, schmiß er es meistens ungelesen weg.

«Herr Generaldirektor, nehmen Sie es mir bitte nicht übel, aber ich habe weder für Okkultismus, noch für Herrn Hanussen etwas übrig. Ich bin also voreingenommen. Könnte diesen Herrn Dzino nicht ein anderer Kollege empfangen?»

«Aber ja, natürlich», sagte Corell und legte auf.

Kiekebusch, der während des Telefongesprächs die Ohren gespitzt hatte, applaudierte: «Bravo! Det hajen Se jroßartig jemacht. Ick weeß zwar nicht, wovon die Rede ist, aber mit diesem Hanussen würden Se sich nur Ärjer einhandeln.»

«Wieso das?»

«Er is een Betrüjer. Und een Jude», erklärte Willy.

«Wie ist das möglich?» fragte Martin ungläubig. «Er ist ein Freund von Graf Helldorf und Gruppenführer Ernst.»

«Vorläufig. Bis se über ihren dubiosen Freund de Wahrheit erfahren. Er jibt sich als dänischer Baron aus, in Wirklichkeit soll er in Wien jeboren sein und Hermann Steinschneider heißen.»

«Das kann ich nicht glauben. Wie sollte er das geheimhalten können?»

«Er ist eebn een raffinierter Hund», meinte Willy. «Aber ick weeß es janz jenau, man ist ihm schon auf der Spur. Se werjen es eenes Tages erleben, Kiekebusch hat recht.»

Schon kurze Zeit später, einige Tage nach dem Reichstagsbrand, stieß Martin wieder auf den Namen Hanussen. Die Zeitungen berichteten, daß der berühmte Hellseher zwei Tage vorher bei einer Séance den Reichstagsbrand prophezeit hatte. Manche Zeitungen erwähnten, daß bei dieser Séance auch Graf Helldorf anwesend war.

Von der Brandkatastrophe selbst hörten Martin und Annemarie zum erstenmal am 28. Februar am Frühstückstisch durch das Radio. Sie erfuhren, daß der holländische Kommunist Marinus van der Lubbe, der am Tatort verhaftet worden war, ausgesagt hatte, das Feuer allein gelegt zu haben. Aber man glaubte ihm nicht. Angeblich deuteten die Spuren darauf hin, daß mehrere Täter am Werk waren. Preußens Ministerpräsident Hermann Göring wußte auch, wer. Die Kommunisten. Hitler war ebenfalls seiner Ansicht. Schon am nächsten Tag meldeten die Zeitungen, daß 156 linksradikale Politiker in «Schutzhaft» genommen worden waren, um sie «vor der Wut der aufgebrachten Bevölkerung zu schützen». Noch am 28. Februar unterzeichnete der greise Reichspräsident Hindenburg die «Notverordnung zum Schutz von Volk und Staat». Diese Unterschrift gab Hitler schon zu jener Zeit fast alle Macht in die Hand.

Zwei Wochen später lud Frau Ottler Martin und Annemarie zum Essen ein. «Aber ich bitte dich, komm nicht in Uniform! Du würdest deinem Vater den Appetit verderben.»

«Die Absicht habe ich nicht», lachte Martin und zog Zivil an; sogar sein Parteiabzeichen, das im Knopfloch seiner Jacke prangte, nahm er ab und steckte es in die Jackentasche.

Schon vor dem Essen legte Martins Vater los. «Ich glaube nicht an den Humbug, daß die Kommunisten den Reichstag angezündet haben. Warum sollten Sie das tun? Bei den letzten Wahlen hatten sie noch fünf Millionen Wähler hinter sich, sie hätten im Reichstag mit der SPD zusammen Hitler noch bremsen können. Warum sollten sie also das Gebäude, in dem es bis dahin noch einigermaßen nach dem Gesetz des Parlamentarismus zuging, anzünden?»

«Wer war es also deiner Meinung nach?» fragte Martin, ein klein wenig angriffslustig.

«Deine Parteigenossen. Es sind schon entsprechende Gerüchte im Umlauf. Auch, wenn du es nicht gern hörst, Göring und Konsorten waren die Brandstifter.»

«Göring hat damit bestimmt nichts zu tun», mischte Annemarie sich ein.

«Woher willst du das wissen?» fragte ihr Schwiegervater überrascht.

«Erich war gestern bei uns, und wir sprachen über die Gerüchte, die du eben erwähnt hast. Erich meint, Göring kann nichts von dem Plan gewußt haben. Erich hat mit Karl Wolff, Görings Adjutanten, gesprochen, und der kam zusammen mit Hermann in das brennende Reichstagsgebäude. Göring standen Tränen in den Augen, als er in seinem Büro sah, daß sein Schreibtisch verbrannt war. Er erzählte Wolff, daß in der Schreibtischschublade zwei Fotoalben mit Bildern seiner verstorbenen Frau Karin lagen. Wolff ist der Ansicht, und ich eigentlich auch, daß Göring diese Alben beiseite geschafft hätte, wenn er über den bevorstehenden Brand informiert gewesen wäre.»

«Na schön. Wenn der Herr Adjutant die Wahrheit sagt, dann waren es eben Graf Helldorf und sein Stellvertreter, der Strichjunge Karl Ernst.»

«Strichjunge?» fragte Martin seinen Vater verwundert.

«Wußtest du das nicht? Er war Page im Eden-Hotel und nebenbei Strichjunge auf dem Homosexuellen-Markt.»

«Das wußte ich nicht.»

«Wenn sie auch nicht selbst Hand angelegt haben, haben sie jedenfalls die Brandstiftung befohlen.»

«Aber warum?» fragte Annemarie.

«Ich stelle die Gretchenfrage, die sich die Kriminalisten zu stellen pflegen: Cui bono? Wem nützt die Tat? Du bist klug genug, Martin, um dir auf die Ereignisse einen Reim zu machen. Die Verordnung zum Schutz von Volk und Staat, die Behinderung der gegnerischen Parteien, Hunderte von Verhaftungen ... Cui bono?»

Martin schwieg betroffen, er widersprach nicht.

«Du sagst nichts? Hast wieder einmal keine eigene Meinung?»

«Laß ihn in Ruhe, Papa. Er macht sich schon seit einiger Zeit seine Gedanken», verteidigte Annemarie ihren Mann.

«Aber aussprechen tut er sie nicht.»

Am 25. März prangte Erik Jan Hanussens Name auf den Titelblättern unzähliger Zeitungen. Am Tage vorher war Hanussen, der in diesem Monat in dem Scala–Varieté seine magischen Kunststücke zeigte, spurlos verschwunden. Regisseur Simon mußte am Abend vor den Vorhang treten und bedauernd erklären, daß Erik Jan Hanussen plötzlich erkrankt sei und bedauerlicherweise nicht auftreten könne. Aber das war eine Lüge. Hanussen war nicht krank, er war verschwunden.

Wie immer vor der Vorstellung, hatte er an diesem verhängnisvollen 24. März in dem Lokal Grüner Zweig gegessen, das sich im Scala–Gebäude befand und der Wienerin Toni Ott gehörte. Er hatte seinen Kaffee getrunken und gerade das Lokal verlassen, um sich wie gewohnt in seine Garderobe zu begeben.

Das erzählte Toni Ott den Journalisten, die sie mit Fragen bestürmten.

Eine andere Wirtin, Martha Schwanebeck, der das gegenüberliegende Bierlokal Kleine Scala gehörte, konnte schon mehr berichten. Sie sah, wie Hanussen von zwei Männern in Ledermänteln, die sowohl Kriminalbeamte als auch SA–

Männer in Zivil hätten sein können, angesprochen und dann in einen alten, schweren Wagen gedrängt worden war.

Mehr konnte Martha Schwanebeck nicht erzählen, aber das genügte; am nächsten Tag mußte sie ihr Lokal schließen, um den Ansturm der Journalisten abzuwehren. Behauptete sie. Gerüchte besagten, daß die Kleine Scala auf Befehl der SA geschlossen worden war.

Jedenfalls blieb Hanussen verschwunden, niemand wußte, was mit ihm geschah. Das heißt, einige wußten es doch. Zu denen gehörte auch Willy Kiekebusch, der am späten Nachmittag in Martins Büro aufkreuzte. «Nun, wat sajen Se jetzt. Willy hat recht behalten, mit dem Herrn Hanussen.»

«Wieso?» fragte Martin unschuldig.

«Der is doch wech! Wech für immer.»

«Das glaube ich nicht. Nach all dem, war ich über ihn weiß, nehme ich an, daß das ein Reklametrick ist. Er wird wieder auftauchen.»

«Nee, nee. Man taucht nich wieder auf, mit mehreren Kugeln im Leib.»

Das Gespräch wurde abgebrochen, da die Tür aufging und der Regisseur Reinhold Schünzel ins Zimmer trat, und Willy Kiekebusch verdrückte sich.

Vier Tage später, am 28. März, hielt Dr. Goebbels, der am 13. März zum Reichsminister für Propaganda und Volksaufklärung ernannt worden war, eine Versammlung im Kaiserhof ab.

Martin ging mit Schünzel hin. Beide wunderten sich über die relativ sanften Töne von Goebbels. Er lobte uneingeschränkt den ‹Panzerkreuzer Potemkin› des russischen Regisseurs Eisenstein und ebenso den Nibelungen-Film des Juden Fritz Lang. Am nächsten Tag stieg ihre Verwunderung, als sie erfuhren, daß der Minister Fritz Lang zu sich kommen ließ und ihm in aller Form die Generalintendanz des deutschen Films angeboten hatte. Lang bat sich Bedenkzeit aus und verließ noch am selben Abend Deutschland, Richtung Paris.

Auf dem Ufa-Gelände herrschte Schadenfreude. Einige von den braunen Herren waren scharf auf den Posten des

Generalintendanten, der aber nie besetzt wurde. Von nun an herrschte Dr. Goebbels allein.

An diesem Tag vergaß Martin, seine Wohnungsschlüssel mitzunehmen. Am Abend öffnete auf sein Klingeln Annemarie die Tür. Sie war blaß und offensichtlich verweint. Sie flüsterte Martin zu: «Du hast Besuch!»

Im Wohnzimmer saß auf dem Sofa eine junge Frau, die gerade ihre Tränen abtrocknete. Sie kam Martin bekannt vor, aber er wußte nicht mehr, wer sie war.

«Erinnern Sie sich noch an mich, Herr Dr. Ottler? Ich bin Martina Burchardt.»

«Martina! Aus den seligen Phoebus-Zeiten!»

«Ich heiße jetzt Martina Horn; ich habe meinen damaligen Verlobten geheiratet», sagte sie und weinte laut auf.

«Das ist doch kein Grund zum Weinen.»

«Sei nicht albern, Martin. Ihr Mann wurde nach dem Reichstagsbrand verhaftet.»

«Warum?»

«Er war Mitglied der Kommunistischen Partei», gestand Martina und erzählte: «Seitdem habe ich nichts von ihm gehört. Ich weiß nicht einmal, ob er noch am Leben ist.»

«Man soll nicht gleich das Schlimmste denken. Ich werde versuchen herauszukriegen, wo er steckt.»

«Frau Horn ist nicht nur wegen ihres Mannes zu uns gekommen. Ihre beiden Brüder sind heute ebenfalls verhaftet worden», bemerkte Annemarie.

«Auch KP-Mitglieder?»

«Nein, nein», antwortete Martina Horn. «Beide kümmern sich überhaupt nicht um Politik. Der ältere studiert an der Musikhochschule, er will Klaviervirtuose werden, der jüngere ist ein sehr begabter Maler. Professor Max Liebermann unterrichtet ihn. Ohne Bezahlung.»

Martin wußte nicht, was er sagen sollte, und Martina sprach weiter. «Ich bin nur dadurch der Verhaftung entgangen, weil ich bei einer Freundin im Wedding übernachtet habe. Ich habe die letzte Straßenbahn nicht mehr erwischt.»

«Aber warum das alles, um Gottes willen!» rief Martin. «Erzählen Sie mir bitte alles, der Reihe nach.»

Nun erfuhr Martin, daß Martinas Vater, Otto Burchardt, der einen kleinen Buchladen in der Motzstraße betrieb, einen Tag vorher zu einem Verleger nach Leipzig fahren wollte. Auf dem Wege zum Bahnhof verunglückte sein Taxi, Otto Burchardt wurde schwerverletzt und ohnmächtig in ein Krankenhaus in der Martin–Luther–Straße eingeliefert. Die Polizei, die an der Unfallstelle erschienen war, wollte ihn identifizieren und durchsuchte seine Taschen. In der Jacke fanden sie sein SPD–Parteibuch. Daraufhin durchsuchte ein eifriger Beamter mit dem zutreffenden Namen Eisenhart Burchardts Koffer und fand das Tagebuch, das Martinas Vater regelmäßig führte. Er begann, darin zu blättern. Bald standen dem Beamten, der ein strammer Nationalsozialist war, die Haare zu Berge ob der unrespektierlichen und diffamierenden Bemerkungen über Hitler, Goebbels und die gesamte Führung der NSDAP. Otto Burchardt – obwohl noch nicht bei Bewußtsein – wurde verhaftet und in das Gefängniskrankenhaus nach Moabit abtransportiert. Seine Söhne wurden morgens um sechs Uhr verhaftet. Nun traute sich Martina nicht, nach Moabit zu fahren. Sie befürchtete, ebenfalls verhaftet zu werden.

Tief betroffen hörte Martin sich die Geschichte an. Als Martina geendet hatte, fragte er zaghaft: «Und Sie glauben, Martina, daß ich Ihnen helfen kann?»

«Sie sind doch mit Dr. Goebbels befreundet. Ich war einige Male in Ihrem Büro und nahm Stenogramme auf, als er Sie angerufen hat.»

«Damals war er noch nicht Minister, aber ich will es versuchen.» Martin rief verschiedene Nummern an, wo er Goebbels vermutete, aber er erreichte ihn nicht. Überall hinterließ er seinen Namen und seine Telefonnummer und bat um Rückruf.

Martina weinte still vor sich hin, und Annemarie versuchte, sie zu trösten. «Jetzt hören Sie auf zu weinen, Martina. Das hilft nichts. Sie essen jetzt mit uns eine Kleinigkeit und bleiben über Nacht bei uns. Im Gästezimmer können Sie übernachten; ich leihe Ihnen einen Pyjama. Morgen sehen wir weiter.»

Am nächsten Tag saßen die Ottlers und ihr Gast am Frühstückstisch, als Goebbels anrief. «Wie du siehst, ich bin ein Frühaufsteher», sagte er gutgelaunt. «Was hast du auf dem Herzen?»

Martin bedankte sich für den prompten Rückruf und berichtete Joseph über Otto Burchardts Schicksal. Das ominöse Tagebuch erwähnte er nur in einem Nebensatz. Er sprach über «angeblich schlechte Noten» für die NSDAP.

«Wie heißt der Kriminalbeamte, der die Untersuchung leitet, und wo sitzt er?» wollte Joseph wissen, immer noch freundlich.

«Er heißt Eisenhart und sitzt am Alexanderplatz.»

«Du hörst von mir», versprach Goebbels und legte auf.

Martin beschloß, an diesem Tag nicht nach Babelsberg zu fahren und den Rückruf von Goebbels zu Hause abzuwarten. Bei der Ufa entschuldigte er sich mit Zahnschmerzen.

Der Anruf kam am Nachmittag um drei Uhr.

«Der Herr Kommissar Eisenhart sitzt vor mir, und das Ta gebuch habe ich auf meinem Schreibtisch. Teilweise recht amüsant. Göring bezeichnet dein Burchardt zum Beispiel als ‹Vielfraß› oder ‹Fettwanst›. Ribbentrop ist eine ‹Flasche, wenn auch mit Sekt gefüllt›. Ich bin ein ‹hinkendes Großmaul› und der Führer ein ‹habsburgischer Gefreiter mit einer Zahnbürste unter der Nase›.» Er machte eine kurze Pause, dann fragte er sachlich: «Teilst du seine Meinung?»

«Ich bitte dich, Joseph! Ich hatte keine Ahnung davon.»

«Der Mann liegt dort sehr gut, wo er liegt. Übrigens, den Unfall wird er kaum überleben. Er hat einen Lungenriß. Heil Hitler.»

Er wollte das Gespräch offenbar schon beenden, aber Martin rief ins Telefon: «Und was ist mit den Kindern?»

«Ich erlaube mir, mit einer Plattheit zu antworten: Die Äpfel fallen nicht weit vom Stamm. Heil Hitler.»

Martin wiederholte das Gespräch für die beiden Frauen; Goebbels Bemerkung über den Lungenriß verschwieg er.

«Er hat noch etwas gesagt, Herr Dr. Ottler. Ich habe gesehen, wie Sie plötzlich erschraken und den Kopf von uns abwandten. Was war noch?»

«Vielleicht ist es besser, wenn Sie vorbereitet sind. Ihr Vater hat einen Lungenriß. Er schwebt in Lebensgefahr.»

Martina brach in Tränen aus, und Annemarie nahm sie in die Arme. Es dauerte ziemlich lange, bis sie sich beruhigte und ihr Schluchzen in leises Weinen überging.

Inzwischen rief Martin vom Nebenzimmer Erichs ehemaligen Verteidiger Dr. Alexander von Schober an. Der Baron war inzwischen noch einflußreicher geworden, beriet Hjalmar Schacht und einige andere Wirtschaftsgrößen, manchmal in juristischen Fragen auch die NSDAP. Er war übermäßig freundlich zu Martin und gab ihm sofort einen Termin. Martin sollte sich mit der jungen Dame in ein Taxi setzen und zu ihm kommen.

So geschah es dann auch, und Baron Schober hatte schon in wenigen Tagen Erfolg. Es gelang ihm, einen Untersuchungsrichter für den Fall von Peter und Paul – so hießen Martinas Brüder – zu interessieren, und zu verhüten, daß die beiden wochenlang ohne Anklage, wie es nicht unüblich war, in Untersuchungshaft sitzen mußten. Der Richter fand auch keinen Grund für eine Anklage, und die Brüder kamen frei – an dem Tag, an dem ihr Vater starb.

Die Todesnachricht nahm Martina, die bis dahin bei den Ottlers gewohnt hatte, ziemlich gefaßt auf. Sie erregte sich erst, als sie erfuhr, daß ihr Vater noch leben würde, wenn man ihn, trotz des energischen Protestes des behandelnden Arztes, Dr. Walter, nicht nach Moabit transportiert hätte.

«Dort werden alle Krankheiten neuerdings mit Rizinus behandelt», sagte Dr. Walter, der offenbar kein Freund der Nationalsozialisten war.

Am Tag nach der Beerdigung besuchte Martina die Ottlers, um sich zu verabschieden. Sie brachte ihre Schwester mit, die mit einem Tiroler Hotelbesitzer verheiratet war, in einem kleinen Skiort lebte und nur wegen der Beerdigung ihres Vaters die weite Reise nach Berlin unternommen hatte.

«Ich nehme Martina mit», erklärte die resolute Hannelore. «Sie hat ihre Ferien immer bei uns verbracht, liebt die Berge und wird sich bei uns bestimmt wohlfühlen. Faulenzen wird sie auch nicht, sie wird Büroarbeiten bei uns übernehmen.»

«Wird Ihnen Berlin nicht fehlen?» fragte Annemarie.

«Bestimmt nicht», antwortete Martina entschlossen. «Ich könnte in diesem Land nicht mehr leben.»

Nachdem die beiden Frauen gegangen waren, blieb ein nachdenkliches, schweigendes Ehepaar Ottler zurück. Annemarie brach zuerst die Stille.

«Ich könnte in diesem Land nicht mehr leben. Es tut einem als Deutschem direkt weh, so etwas zu hören.»

«Sie hat nicht die Deutschen gemeint, sondern ... Ich habe mir auch alles anders vorgestellt. Langsam beginne ich zu glauben, daß meine erste Ansicht über den Nationalsozialismus doch richtig war.»

Am nächsten Tag, es war der 8. April, saß Willy Kiekebusch mit einigen Zeitungen in der Hand schon in Martins Büro, als dieser den Raum betrat. «Hajen Se schon die Zeitungen jelesen, Chef?

Martin schüttelte den Kopf und blickte auf die Titelseiten der Zeitungen, die Kiekebusch ihm überreichte.

«Erik Jan Hanussens Leiche gefunden» berichteten die Zeitungen in sensationeller Aufmachung. Aus den Berichten ging hervor, daß ein Revierförster in einem Kiefernwald zwischen Zossen und Baruth eine von Kugeln durchlöcherte männliche Leiche entdeckt hatte, völlig verstümmelt, offenbar vom Wild angeknabbert. Sein Gesicht war bis zur Unkenntlichkeit entstellt. Er trug einen blauen Frack vom besten Schneider Berlins, aber die Taschen waren leer, kein Geld, keine Ausweispapiere. Ein anwesender Reporter hatte gemeint, daß es sich bei der Leiche um den am 24. März spurlos verschwundenen Hanussen handeln könnte. Der hätte bei seinen Auftritten immer einen himmelblauen Frack getragen. Es war der Sekretär Hanussens, Ismet Dzino, der die Leiche später eindeutig identifiziert hatte.

«Nun, wat sajen Se jetzt? Willy hatte recht jehabt. Willy plaudert nicht in die Jejend rum, wenn er etwas nich jenau weeß.»

«Sie wußten also, was geschehen war?»

«Janz jenau. Einer von mein Sturm war dabei. Aber Se dürfen darüber keen Sterbenswörtchen verlauten lassen,

Chef! Se hajen ihn über Britz nach Baruth in den Wald jefahren, dort lofen lassen und dann hinterherjeballert.»

«Also heimtückisch und hinterrücks erschossen?»

«Auf der Flucht erschossen.»

«Das war Mord, Kiekebusch. Glatter Mord.»

«Sajen wir eine Hinrichtung. Der Hanussen war doch een Betrüjer. Een jüdischer.»

«Vor einer Hinrichtung steht eine faire Gerichtsverhandlung und ein Urteil, vom Richter gefällt. Und ich glaube nicht, daß es einen Richter gibt, der Hanussen zum Tode verurteilt hätte.»

«Na sehen Se! Jerade aus diesem Grunde mußte er erschossen werden.»

«Das war Mord.»

Beleidigt stand Kiekebusch auf und sammelte seine Zeitungen zusammen. «Ick muß an die Arbeet.»

Martin war tief erschüttert. Über die Tat und über die Selbstverständlichkeit, mit der Kiekebusch, ein einfacher und im Grunde gutmütiger Mensch, den Fall behandelte. Martin saß da und zermarterte sich den Kopf. Nicht nur über den Mord an Hanussen, über vieles andere auch. Vor allem über sich selbst. Er erinnerte sich an den berauschenden Fackelzug am 30. Januar und sagte sich: Ich habe mich damals von den rauschenden Fackeln wie von einer gefährlichen Droge betäuben lassen.

Martin war richtig froh, als Reinhold Schünzel ins Zimmer kam, um an dem Drehbuch zu arbeiten. Er schüttelte Schünzel, von dem er wußte, daß er alles andere als ein Nationalsozialist war, mit übertriebener Vehemenz die Hand. «Ich bin erschüttert über den Mord an Hanussen.»

«Kannten Sie ihn?» fragte Schünzel vorsichtig.

«Nicht persönlich. Meine Erschütterung gilt auch nicht der Person, sondern der Sache. Mord ist Mord.»

Schünzel sagte nichts, doch sein Blick streifte Martins Uniform. Martin bemerkte es nicht.

«Warum? Ich frage mich, warum? Sicherlich war dieser Hanussen ein Gauner, aber warum hat man ihn nicht vor ein ordentliches Gericht gestellt?»

«Dort stand er schon einmal in Leitmeritz. Aber er ist freigesprochen worden. Aber hier geht es um andere Dinge.» Weiter sprach Schünzel nicht. Er schwieg ostentativ.

«Mit mir können Sie offen reden, Reinhold!»

Es war das erste Mal, daß Martin Schünzel mit seinem Vornamen ansprach.

«Ich weiß auch nichts Bestimmtes. Es gibt zwei Gerüchte. Das erste besagt, Graf Helldorfs Freunde haben Hanussen umgebracht, um der Freundschaft zwischen dem ominösen Magier und dem Grafen, die letzterem sehr geschadet hat, ein Ende zu machen. Das zweite Gerücht besagt, der Graf war es selber, der Hanussen ermorden ließ, weil er dem Zauberer zu viel Geld schuldete.»

«Ich glaube, es ist doch besser, wir reden über unser Drehbuch.»

Am Abend sprach Martin mit seiner Frau über den Hanussen-Fall. «Dieser verdammte Kiekebusch! Warum mußte er mir erzählen, daß er Bescheid wußte. Jetzt komme ich mir wie ein Komplize vor!»

«Red doch keinen Unsinn! Ganz Berlin redet über Hanussen. Meine Putzfrau, die Frau Schultz, flüsterte mir in der Küche vertraulich zu: Det war der Helldorf.»

«Die redet sich mit ihrer großen Klappe noch einmal um ihren Kopf.»

Damit war das Thema beendet, aber am 10. Mai sorgte Dr. Goebbels dafür, daß Martins Glaube an die Partei und an sein eigenes Verhalten weiter erschüttert wurde.

An diesem Tag arbeitete Martin länger in seinem Büro in Babelsberg als sonst. Es ging schon auf den Abend zu, als er sich auf den Weg machte. Vor der Portiersloge traf er einige Kameraleute von der Ufa-Wochenschau, die gerade ihre Kameras einluden. Martin fragte den Kameramann Burger, den er noch von der Phoebus kannte: «Wo brennts?»

«Noch nirgendwo, aber bald. Bei der Staatsoper soll eine spontane Brandstiftung stattfinden.» Er grinste.

«Soll etwa die Oper abbrennen?» fragte Martin entsetzt.

«Aber nein, das nun doch nicht. Nur Bücher sollen brennen», antwortete Burger und kletterte eilig in den Wagen.

«Nur Bücher?» murmelte Martin. Er konnte sich auf die Sache keinen Reim machen.

In der Früh erfuhr er dann, was der Kameramann gemeint hatte. Während Annemarie in der Küche das Frühstück machte, saß Martin im Eßzimmer und las seine Morgenzeitung. Es stand ein groß aufgemachter Bericht drin, in dem detailliert beschrieben wurde, wie in der Nacht moralisch entrüstete Studenten in vollem Wichs in einer spontanen Aktion auf dem Opernplatz ein Autodafé veranstaltet hatten. Unter Führung eines Universitätsprofessors namens Dr. Bäumler waren Bücher verbrannt worden, nicht nur von jüdischen Autoren, sondern auch Werke von Schriftstellern, die den Nationalsozialisten einfach nicht genehm waren. «Brenne Tucholsky! Brenne Stefan Zweig!» riefen sie im Chor. Bert Brecht folgte, Heinrich Mann und Thomas Mann, Erich Maria Remarque, Erich Kästner, Alfred Kerr und natürlich unter anderen auch Otto Weininger, Sigmund Freud und Karl Marx. Angesichts der Flammen hielt der schnellstens herbeigeholte Propagandaminister Dr. Joseph Goebbels eine improvisierte, flammende Rede, die in dem Satz gipfelte: «Der Geist ist erwacht!»

Martin war entsetzt. Er las immer wieder die Namen der verbrannten Werke und ihrer Autoren; er dachte an die Villa Kaltz in der Douglasstraße zurück, wo er diese Dichter, deren Werke er ausnahmslos verschlang, teilweise persönlich kennengelernt hatte und anhimmelte. Er starrte auf die noch druckfrischen schwarzen Buchstaben und konnte nicht fassen, was sie besagten.

Als Annemarie mit dem Tablett ins Zimmer kam, saß Martin wie leblos da, seine Hand mit der Zeitung hing herunter, und er starrte ins Leere. Annemarie stellte das Tablett auf den Tisch.

«Was ist passiert, um Gottes willen?»

Martin reichte ihr wortlos die Zeitung. Dann stand er auf. «Mir ist zum Kotzen. Ich kann jetzt nicht frühstücken.»

«Aber du mußt doch etwas essen.»

«Ich ziehe mich erst an», brummte Martin und verschwand im Schlafzimmer.

Annemarie überflog im Stehen den Bericht und folgte Martin. Er stand mit nachdenklicher Miene vor dem geöffneten Kleiderschrank.

«Was überlegst du denn?»

«Ich überlege, welchen Anzug ich anziehen soll», antwortete Martin, nahm seine zwei Uniformen aus dem Schrank, drückte sie Annemarie in die Hand. «Die kannst du einmotten. Oder verbrennen.»

Annemarie nahm mit der einen Hand die beiden Uniformen entgegen, mit der anderen hielt sie die Zeitung hoch. «Es ist ungeheuerlich, was hier steht. Ungeheuerlich!»

Martin schwieg.

«Das ist das Werk Josephs! Von wegen ‹der schnellstens herbeigeholte Propagandaminister›! Drei Tage hat er an der ‹improvisierten› Rede gefeilt. Die ganze Aktion war von langer Hand vorbereitet.»

Martin sagte nichts. Er zog schweigend einen dunklen Anzug an und wollte das Parteiabzeichen vom Revers seiner Jacke nehmen.

«Laß das Ding dran, Martin. Denk an das Rundschreiben.»

Martin erinnerte sich, daß die Partei und die Leitung der Ufa vor kurzem ein Rundschreiben kursieren ließen, in dem alle Parteigenossen aufgefordert wurden, ihr Parteiabzeichen bei jeder Gelegenheit – auch während der Bürostunden – zu tragen.

«Meinetwegen.» Martin zuckte die Achseln, aber er schwor sich, sich nie mehr um die Belange der NSDAP zu kümmern.

In den folgenden Monaten schirmte er sich durch Drehbücher von der Außenwelt ab und arbeitete an fünf Filmprojekten gleichzeitig.

An einem Sonntag um die Mittagszeit klingelte in der Wohnung das Telefon. Annemarie nahm den Hörer ab. Der Propagandaminister war am Apparat. «Gibt es heute Apfelkuchen?»

«Eigentlich hatte ich nicht die Absicht ...», fing Annemarie überrascht an zu sprechen.

Aber Goebbels fiel ihr ins Wort. «Dann lasse ich mir durch meinen Fahrer Kuchen aus dem Kaiserhof besorgen. Ich komme nämlich zu euch zum Kaffee, ich muß Martin dringend sprechen.»

Joseph kam, bewaffnet mit einem Riesentortenpaket und mit einem Drehbuch, das er vor Martin auf den Tisch knallte. «Hier, das mußt du lesen ...»

‹Der 9. November› lautete der Filmtitel. Autor: Veit Harlan.

«Warum soll ich das lesen?»

«Weil ich nicht weiß, ob dieser Harlan verrückt ist oder ich. Es ist das erste Mal in meinem Leben, daß ich mir keine Meinung bilden kann.»

«Und du traust meiner Urteilskraft?»

«Absolut! Wenigstens in diesem Fall. Weil du ein Skeptiker bist und wahrscheinlich auch objektiv. Ich bin es nicht, ich bin ein Nationalsozialist, und ich sehe alles aus dieser Ecke. Oder kannst du dir einen Film über Hitlers Putsch in München vorstellen – gedreht im Caligari-Stil? Mit expressionistischen Dekorationen, schiefen Wänden und überschminkten Gesichtern?»

«Nein. Es sei denn, man will den Führer der Lächerlichkeit preisgeben.»

Goebbels starrte Martin eine Sekunde wortlos an, dann nahm er das Drehbuch wieder an sich. «Du brauchst das Buch gar nicht mehr zu lesen. Du hast den gleichen Eindruck wie ich. Bei diesem Harlan muß man nämlich vorsichtig sein. Er ist ein begabter Hund, aber bis jetzt gehörte er linken Kreisen an. George und so.»

«Künstler ändern leicht ihre Weltanschauung, wenn sie überhaupt eine haben. Ein Schauspieler geht zugrunde ohne Bühne, ein Schriftsteller hört auf zu existieren ohne das Echo der Öffentlichkeit.»

«Dieser Meinung bin ich auch. Darum lasse ich die begabtesten unter ihnen frei herumlaufen – vorerst jedenfalls.»

«Jetzt muß ich Sie etwas fragen, Joseph», mischte Annemarie sich ein. «War die Bücherverbrennung nötig?»

«Mein Gott, das liegt schon ein Jahr zurück!» Er schwieg eine Weile. «Nein, das war nicht nötig. Wir haben so auch aus mittelmäßigen Skribenten Märtyrer des Geistes gemacht. Aber hinterher ist man immer klüger. Wir hätten die Bücher auf den Index setzen und in aller Stille aus den Bibliotheken und aus den Buchläden entfernen sollen.»

Am 1. Juli 1934 brach die Nachricht von der Ermordung des SA-Chefs Ernst Röhm und hunderter anderer SA-Leute wie ein Sturm über Deutschland herein.

Die Ottlers erfuhren die Ungeheuerlichkeit durch Willy Kiekebusch, der sie im Morgengrauen aus dem Bett klingelte. Wie ein Gehetzter stürzte er in die Wohnung, im Zivilanzug, den er sonst nie trug.

«Hajen Se schon jehört, Chef?»

«Was?»

«Die SS bringt die janze SA um!»

«Reden Sie keinen Unsinn, Willy. Woher haben Sie das?»

«Von einem Freund, der ist Drucker bei der Völkischen. Er wohnt in der Nachbarschaft und hat mir besucht.»

Kiekebusch erzählte, was er wußte. Angeblich hatte Röhm einen Putsch gegen Hitler geplant, da er eifersüchtig auf die Wehrmacht war. Die hohen Offiziere stiegen immer mehr in Hitlers Gunst, der Chef der SA fürchtete, daß er und seine Truppen ganz entmachtet würden. Er rief alle seine Vertrauensmänner nach Bad Wiessee am Tegernsee zusammen, um den Putsch vorzubereiten. Sie wohnten fast alle im Hotel Hanslbauer. Hitler hatte Wind von der Sache bekommen und an der Spitze einer SS-Kolonne das Hotel überfallen. Alle Anwesenden wurden schlafend in ihren Betten, teilweise zusammen mit ihren homosexuellen Bettgenossen, gnadenlos niedergeknallt. Röhm selbst wurde angeblich von Hitler eigenhändig erschossen.

«Stellen Se sich det vor», rief Kiekebusch verzweifelt. «Der Führer erschießt seinen besten Freund. Eenen Duzfreund! Schließlich gäbe es ohne Ernst Röhm heute keenen Führer Adolf Hitler. Röhm hat ihn 1918 als Redner herausjestellt, Röhm hat ihn . . .»

«Willy! Das wissen wir doch alles. Schließlich haben wir auch die Parteibroschüren gelesen.»

«Det denk ick mir», gab Kiekebusch kleinlaut zu.

Martin schickte Annemarie in die Küche, sie sollte Kaffee kochen, dann schaltete er das Radio ein. Eine vor Aufregung bibbernde Stimme erzählte das, was Kiekebusch und Martin bereits wußten. Dann drohte die Stimme: «Aus dem Kreis um den Führer ist zu erfahren, daß die Vergeltungsaktion noch längst nicht abgeschlossen ist. Es werden noch andere Verschwörer der Gerechtigkeit zugeführt werden müssen.»

«Jerechtigkeit! Im Schlaf niedergemetzelt, det nennt der Jerechtigkeit.»

«Vor einem Jahr haben Sie anders gesprochen. Denken Sie an den 8. April 1933.»

«Das war nur een Mann. Und der war een Gauner, een Betrüger. Und een Jude. Aber Röhm!»

Annemarie brachte den Kaffee, und Willy schlürfte ihn vernehmlich. «Soll ick nun zur Arbeet fahren oder nich?»

«Natürlich fahren Sie», bestimmte Martin. «Aber Sie halten den Mund. Keine Äußerung. Weder pro noch contra.»

«Weder pro noch contra», wiederholte Kiekebusch automatisch, aber es war keineswegs sicher, ob er die Worte auch verstand. Dann schickte er sich an zu gehen. Martin begleitete ihn bis zur Wohnungstür. Als er ins Wohnzimmer zurückkam, sah er, daß Annemarie leichenblaß war.

«Was hast du denn?»

«Erich», hauchte Annemarie. «Jetzt fällt mir ein, daß Erich vor drei Tagen nach München gefahren ist. Zuerst nach Garmisch, dann nach München.»

«Ich rufe Onkel Clemens an», erklärte Martin entschlossen, und schon wählte er die Nummer des Fernamtes. Aber das Amt war besetzt. Es dauerte eine gute halbe Stunde, bis das Fräulein vom Amt sich meldete. «Garmisch?» fragte die Stimme entsetzt. «Das wird sehr lange dauern. Alle Leitungen nach Bayern sind überlastet.»

Nach einer Stunde meldete sich Clemens Wallner. «Ich habe auf euren Anruf schon gewartet.»

«Was ist mit Erich?» fragte Martin.

«Genau weiß ich das auch nicht. Er war hier, wir saßen einige Stunden zusammen, aber wir sprachen nicht über

Dinge, die mit den Ereignissen der letzten Nacht in Zusammenhang zu bringen wären. Er hat hier übernachtet, dann fuhr er nach dem Frühstück nach München. Der Portier erinnert sich daran, daß er mit einem großen Wagen abgeholt wurde.»

«Hat er etwas von Bad Wiessee erwähnt?»

«Kein Wort. Aber das hat nichts zu sagen. Sollte Röhm wirklich einen Putsch geplant haben und wäre Erich darüber informiert gewesen, dann hätte er darüber kein Sterbenswort verlieren dürfen.»

«Sind außer Röhm schon Namen bekannt?»

«Nur einige wenige. Erich ist nicht darunter. Aber ich fahre jetzt nach München, dort werde ich näheres erfahren. Wenn ich etwas höre, rufe ich euch gleich an.»

«Er wurde abgeholt mit einem großen Wagen», flüsterte Annemarie, die mitgehört hatte, nachdenklich.

«Das bedeutet gar nichts. Erich stand immer ein Dienstwagen zur Verfügung», versuchte Martin sie zu beruhigen. Aber er merkte selbst, daß seine Stimme hohl klang.

Annemarie begann wieder, leise zu weinen, und Martin legte ihr den Arm um die Schulter.

«Ich fahre heute nicht nach Babelsberg, ich bleibe bei dir, bis der Anruf kommt.»

Der kam erst gegen Abend. Annemarie stürzte zum Telefon und riß den Hörer hoch. «Onkel Clemens?»

«Ja, Annemarie, ich bin es. Es tut mir sehr leid, es dir sagen zu müssen, aber Erich gehört zu den Opfern.»

«Ich wußte es», hauchte Annemarie in den Hörer. Sie legte gleich auf und starrte Martin an, der auf sie zukam. «Erich ist tot.»

Sie begann zu schluchzen, laut und herzzerreißend, am ganzen Körper zitternd. Martin nahm sie zärtlich in die Arme, aber er fand keine Worte, sie zu trösten.

Plötzlich hörte Annemarie zu weinen auf. Sie erblickte einige Zentimeter vor ihren Augen das Parteiabzeichen, das Martin vorschriftsmäßig auf seinem Revers trug.

Annemarie befreite sich aus Martins Umarmung und riß mit einer heftigen Bewegung das Parteiabzeichen ab, ohne sich darum zu kümmern, ob der Stoff zerriß. Sie öffnete die Faust und starrte wütend auf das Abzeichen. Martin nahm es ihr mit spitzen Fingern aus der Hand. Er ging zum Fenster, öffnete es und schleuderte das Abzeichen über den schmalen Vorgarten hinweg auf den Bürgersteig. Von dort kullerte das Hakenkreuz in einen Gully.

Nachwort

Martin Ottler ist keine Kunstfigur. Er lebte wirklich und war mein Freund, ich habe lediglich seinen Namen geändert. Er war der Prototyp des Mitläufers; ziemlich unkritisch, er ließ seinen Verstand von Emotionen unterdrücken. Das war so, als er mit Karl Kaltz befreundet war, und auch nach der Trennung von ihm, als er sich gefühlsmäßig anderen Freunden zuwandte. Danach begann die Metamorphose.

Als die Millionen Arbeitslosen von den Straßen verschwanden und die Filmproduktion aufzublühen begann, sagte er zu mir, auf sein Parteiabzeichen zeigend: «Ich war dauernd von Zweifeln geplagt, aber jetzt sehe ich, daß ich mich auf die richtige Seite gestellt habe.» Am 30. Juni 1934 trug er dieses Abzeichen nicht mehr, und 1939, bei dem Überfall auf Polen, gehörte er zu den ersten deutschen Soldaten, die eine todbringende Kugel traf, die er gesucht hat.

Erich von Odenburg ist ebenfalls keine erfundene Person, auch er lebte, hieß nur anders. Er war ein überzeugter Nationalsozialist, schwankte nie und starb durch die Kugeln des Todeskommandos, das am 1. Juli 1934 bei dem angeblichen Röhm–Aufstand in Bad Wiessee von Adolf Hitler persönlich angeführt wurde.

Adolf Hitler und Dr. Joseph Goebbels waren, leider, auch keine erfundenen Figuren. Wie sie lebten und wie sie starben, ist allgemein bekannt.

Der Öffentlichkeit nicht bekannt ist hingegen das Schicksal der jüdischen Familie Kürschner, deren Mitglieder ebenfalls keine erfundenen Romanfiguren sind. Die beiden Brüder verließen im Jahre 1933 mit ihrer Mutter Deutschland.

Sie lebten an der französischen Riviera, in dem kleinen Fischerdorf Cagnes–sur–Mer, solange ihr erspartes Geld reichte. Dann ruderten sie mit dem Boot auf das Meer hinaus, banden sich mitgebrachte Steinklötze um den Hals und sprangen ins Wasser.

Dießen am Ammersee 1988